巴蜀神话研究丛书　主编　向宝云

翩若惊鸿：《墉城集仙录》研究

邢飞 著

四川人民出版社

图书在版编目（CIP）数据

翩若惊鸿：《墉城集仙录》研究 / 邢飞著. —— 成
都：四川人民出版社，2023.9
ISBN 978-7-220-13472-2

Ⅰ.①翩… Ⅱ.①邢… Ⅲ.①神话—文学研究—四川
—五代(907-960) Ⅳ.①I207.73

中国国家版本馆CIP数据核字（2023）第176286号

巴蜀神话研究丛书

PIANRUOJINGHONG : YONGCHENG JIXIANLU YANJIU

翩若惊鸿：《墉城集仙录》研究

邢飞/著

出 版 人	黄立新
策划统筹	谢 雪 周 明
项目执行	邹 近 董 玲
责任编辑	邓泽玲
版式设计	戴雨虹
封面设计	张 科
责任印制	祝 健

出版发行	四川人民出版社（成都市三色路238号）
网 址	http://www.scpph.com
E-mail	scrmcbs@sina.com
新浪微博	@四川人民出版社
微信公众号	四川人民出版社
发行部业务电话	（028）86361653　86361656
防盗版举报电话	（028）86361661
照 排	四川胜翔数码印务设计有限公司
印 刷	四川机投印务有限公司
成品尺寸	170mm×240mm
印 张	15.25
字 数	205千
版 次	2023年9月第1版
印 次	2023年9月第1次印刷
书 号	ISBN 978-7-220-13472-2
定 价	98.00元

总　序

2022年5月27日，习近平总书记在主持中共中央政治局就深化中华文明探源工程进行第三十九次集体学习时指出："要把中华文明起源研究同中华文明特质和形态等重大问题研究紧密结合起来，深入研究阐释中华文明起源所昭示的中华民族共同体发展路向和中华民族多元一体演进格局。"巴蜀地区是长江上游的古代文明中心，巴蜀文化是中华文明的一个重要发源地和组成部分。研究好巴蜀文化，可以为中华文明的源头、特质和形态以及中华民族多元一体格局演进等重大理论问题提供重要支撑。习总书记这一号召，给巴蜀文化研究提供了巨大动力。

巴蜀独特的山川地理、经济生业和发展历史催生了独特的文化，其内容包括在巴蜀地区形成的价值观念、语言符号、行为规范、社会关系与组织、物质产品等中。巴蜀神话是巴蜀文化中一颗璀璨的明珠，涉及巴蜀文化的方方面面，它以思想、信仰和道德等价值观念为基础，形成了覆盖口头和书面的语言符号系统，并渗透在人们的法律、习俗等行为规范中，协调和凝聚各种社会关系与组织，还呈现于饮食、服饰、建筑、工具、器皿等物质产品中。因此，巴蜀文化的研究必然离不开巴蜀神话的研究。目前中国和世界都在关注三星堆考古进展，越来越多令人惊叹的文物出土，像鸟足曲身顶尊人像、猪鼻龙形器、四翼神兽等，它们都是古蜀神话的物化形态，其后蕴藏着古蜀人独特的价值观念和仪式行为，对古蜀社会有着重要的功能意义，也很可能铭刻着古蜀与中华文明其他发源地互动的密码。我们必须对巴蜀上古神话进行深入的研究，才能解读这些文物及古蜀文化。

巴蜀地区是中华神话的渊薮之一，除了三星堆神话，巴蜀地区还孕育和发展了众多本源性神话，为中华民族提供了优秀文化基因和海量文化资源。比如北川、汶川羌族民众中流传的大禹神话，讲述了大禹的出生、婚配、治水的相关事迹，融入中华民族大禹神话的大家庭，对中华民族共同体的凝聚起到了巨大作用；盐亭的嫘祖神话，涉及中华民族母亲神、蚕桑生产和服饰发明、婚嫁礼仪创制等重大文化议题，让盐亭成为全球炎黄子孙寻根祭祖、守望精神家园的文化圣地；梓潼的文昌帝君神话是中国民间和道教尊奉文教之神的源头，对中华民族的勉学重教传统影响巨大，至今仍以文昌祭祀大典的形式促进海峡两岸文化交流。此外，有关女娲、蚕丛、鱼凫、杜宇、柏灌、廪君、二郎等的巴蜀神话也成为中国神话的重要元素……巴蜀神话之丰厚瑰丽，其对中华文明影响之深远、对中华民族共同体贡献之巨大，一时难以尽道。巴蜀神话研究不仅具有史学、文化学、民族学等方面的学术价值，也具有凝聚全球中华民族精神、铸牢中华民族共同体意识的现实价值。

面对如此深厚的神话资源，前辈学人筚路蓝缕，进行了开拓性研究。民国时期，顾颉刚、冯汉骥、郑德坤、董作宾、常任侠、林名均等一批历史学、考古学、民族学、文学研究者，对巴蜀文化进行了大量探索，其中或多或少地涉及巴蜀神话。1949年以后，徐中舒、蒙文通、邓少琴、林向、汤炳正、李绍明、萧崇素、洪钟等老一辈四川学者，在研究巴蜀文化的过程中也不同程度地论及巴蜀神话。其中，最早提倡将巴蜀神话作为专题来研究并取得辉煌成就的学者，首推已故著名神话学家、四川省社会科学院研究员袁珂先生。袁先生毕生从事神话研究，对中国神话学贡献卓著，他的《中国古代神话》《中国神话资料萃编》《中国神话史》《中国神话通论》等书都不同程度地涉及巴蜀神话的研究，并提出自己观点，为后来的巴蜀神话研究奠定了坚实的基础。

　　我们欣喜地看到，继袁珂先生之后，我省黄剑华、李诚、周明、苏宁、贾雯鹤、李祥林等学者继续进行巴蜀神话的深入研究。尤其是在2019年四川省社会科学院神话研究院成立以后，巴蜀神话研究领域更加活跃。四川省社会科学院将巴蜀神话研究列为重点研究方向之一，神话研究院主办的《神话研究集刊》也每期开辟"巴蜀神话研究"专栏，重点刊发相关研究论文。围绕"巴蜀神话研究"方向，我们聚集了一批省内外高等院校、科研机构的相关专家学者进行专题研究，撰写了一批学术论文，在国内外学界产生了较好的影响。

　　为了进一步凝聚巴蜀神话研究的人才队伍、营造巴蜀神话研究的良好学术氛围，以及从神话学角度及与神话学相关的角度对巴蜀文化进行系统研究，神话研究院于2021年成立了《巴蜀神话研究丛书》编辑委员会，将《巴蜀神话研究丛书》的编撰纳入科研计划立项，并与四川人民出版社多次磋商，达成了出版共识。

　　本丛书立足于巴蜀神话研究，以神话研究为切入点，关联若干与神话相关的学科或主题，形成以巴蜀神话资料长编、巴蜀神话与文学（艺术、审美），巴蜀神话与历史、巴蜀神话与考古、巴蜀神话与民俗、巴蜀神话与四川少数民族文化、巴蜀神话与宗教等为主题的系列专题著作，从学术研究的层面多方位地探讨巴蜀神话与巴蜀文化的关系，立足学术，兼及普及。我们争取将本丛书打造为一套有深度、有规模、有影响力的学术研究丛书，做好巴蜀神话研究的人才队伍建设和学科建设，深入挖掘巴蜀文化，进而为阐释中华文明起源、中华民族共同体发展路向和中华民族多元一体演进格局做出应有的贡献。

　　是为序。

向宝云

2022年9月11日

目 录 ///

前　言

　　《墉城集仙录》（以下简称《集仙录》）是一部记录女子得道升仙的
传记，将其纳入巴蜀神话研究之范围，理由有二：其一，《集仙录》是
唐末五代"道门领袖"杜光庭于蜀地编撰完成的诸多作品之一；其二，
袁珂先生认为仙话作品乃神话之余脉，将《集仙录》作为巴蜀神话研究
的对象，理所应当。

　　我们的研究将以回归杜光庭道士身份为切入点，重新解读《集仙
录》中的一些问题。首先是梳理道教仙传撰写历史，在过往的研究中，
多以小说的视角去研究仙传，缺少对仙传作者身份的研究。窃以为，不
对作者身份进行甄别，仅以文体为切入口的研究，恐有失偏颇。毕竟身
为道士的杜光庭，编撰女仙作品的目的，重点不是取悦读者，而是阐扬
他们的"神仙可学"论，从这个立场出发，在道士编撰者眼中他们的仙
传，都是"非虚构"作品，与文人墨客创作的小说故事大相径庭。

　　现存《集仙录》是残本，原书排在第一位的女仙究竟是谁？学界有
不同说法。我们试图从《集仙录》文本本身去解开这个疑问。通过研究
我们认为，原本《集仙录》的开篇女仙是"圣母元君"而非"西王母"。
此外，"圣母元君"与"西王母"传中还有诸多值得研究和讨论的问题，
包括"墉城"的形成过程，"圣母元君"传中包含的老子降生过程与中
国早期神话原型，与佛教之间的关系等，都一并放入第二章讨论。

　　第三章主要研究《集仙录》与巴蜀的关系。撰于巴蜀的女仙传，很

难不被具有丰富神话资源的巴蜀文化烙上其独特的印记。此章主要研究的是古蜀神话中的母题、原型，如"大石""石室"等，是如何被《集仙录》继承下来并进入女仙故事之中的。作为古代蚕桑重镇的巴蜀，《集仙录》中有何体现？杜氏对"马头娘"仙话的改造，以及巴蜀地区出现的诸多女仙等。蜀地女仙中的佼佼者谢自然，因其属于道教上清派，就没有归入蜀地女仙这部分讨论。

第四章从道教"二十四治"入手，讨论女仙作品。相传"二十四治"是道教创始人张陵创立于东汉末年的政教合一的宗教行政治所，其中大部分都在巴蜀地区。因此，这一章研究的问题也可以看作女仙传记与巴蜀问题的延伸。本章的主要研究了"阳平治"神话，"李真多与真多治"、张陵的夫人及其孙女，还有其他与"二十四治"相关的女仙传记。杜氏尝试通过书写女仙与"二十四治"的关系，来神圣化道教兴起之后出现的"二十四治"等道教神圣空间。

杜光庭乃道教上清派弟子，《集仙录》中收录的女仙多与上清一派关系密切，前人的研究早有论述。第五章集中讨论了《集仙录》中上清派女仙的传记。其中杜氏抄录并修改自《真诰》中的女仙传记，写作手法贫乏，技巧单一，使得作品缺少生气，可读性不强。蜀地成仙的谢自然，虽然学界已有诸多研究，但仍有颇多值得讨论的内容，尤其是她的传记与南充（果州）之间的地方关系，尤其值得关注。

《集仙录》作为一部女仙作品也关注到了其他道派的女仙故事，诸如净明派、灵宝派等，这些道派的成长，也需要创造出相应的神仙故事来不断神化他们的道派，于是在《集仙录》中就收录了与新兴道派相关的女仙传记，研究这些道派女仙传记的文字我们放在第六章。

山岳河渎崇拜是中国传统信仰的重要组成部分，并在早期神话中就已被记录和书写。道教要将这些已经具有早期神话积淀的山岳河渎引入到道教信仰体系，收集并创作合适的神仙故事，是其中重要的环节。第七章主要研究的是与早期仙山、河流湖泊相关的女仙传记，它们是如何道教化并被收入到《集仙录》中的。

　　最后一章主要研究与彭祖有关的彭女、采女和九天玄女。彭祖和彭女也是与巴蜀有着深刻联系的两位神仙，尤其是彭女、九天玄女虽与彭祖没有太多关系，但从创作手法来说与彭女传有相似之处，故放入此章一并讨论。

　　从道教派别的角度去理解《集仙录》，那么其创作初衷是以上清派为主体，其他派别为辅助。但如果以巴蜀仙话为视角，则会发现其中收录的诸多女仙传记都与巴蜀有着千丝万缕的关系，有的甚至就是巴蜀本地女仙，如谢自然、黄冠福、董上仙、张玉兰，等等。因此《集仙录》虽是一部全国性的女仙传记，但其中浓重的巴蜀色彩却不容小觑。本研究在照顾到《集仙录》的全国性的同时，也兼顾到其中的巴蜀元素，努力将《集仙录》包含的多重性，完整地展现给读者。

邢　飞

2022 年 12 月 29 日

第一章

道教仙传的编撰

我们今天所知最早的神仙传记是汉代刘向编撰的《列仙传》，只可惜现在看到的版本已不是刘向原本。现在的《列仙传》或是伪托之作，或是后世辑佚增添的版本，已不复最初的样貌，不过编辑仙传的传统却一直保持下来。历史上产生了诸多的仙传作品，却鲜有以女仙为主题的作品，直至唐末五代杜光庭编纂《墉城集仙录》（以下简称《集仙录》），才改变了这一局面。

第一节　传记与仙传

通常我们提到纪传类作品，首先会想到《史记》①。有学者研究认为，纪传文体早已有之，司马迁只是继承并发展了这一文体，后来的人们大都尊他为纪传作品的开创者。纪传体的纪实性写作风格，则成为大多数读者对这种文体的最重要印象。然而这种印象，或许与实际情况有些许偏差。

---

① 参见丁培仁：《道教文献学》，四川大学出版社，2019年，第844页。

一

司马迁作为纪传文体的代表人物已然深入人心，以至于宋代道士贾善翔编撰的《犹龙传》一开篇便是："司马子长，唱始作史书，而帝纪、世家、列传、叙前古圣哲之云为燦然，若当年目击，故班固而下，皆以为则焉。"①历代的史家也以纪传文体为记载史实之体裁，相继撰作传记之文，于是为圣贤立传成为传统。虽然，班固也曾批评司马迁的《史记》纪传体的写作方式，有将事件分散之势，并且详略安排并不妥当，甚至出现相互矛盾之处②，但瑕不掩瑜，"迁有良史之才，服其善序事理，辩而不华，质而不俚，其文直，其事核，不虚美，不隐恶，故谓之实录"③。纪传文具有的记述史实之功能，被社会广泛接受。因此，当道士们在采用纪传类文体去写作神仙传记的时候，从源头上加深其可信度，他们也并不认为自己是在创作虚构性文学作品。而且从现存的资料来看，最早的神仙传记，也并非由道士创作。彼时道教还没有创立，但神仙思想已经弥漫西汉的朝野，长生成仙已然成为诸多西汉士人的追求。公元前1世纪，中国著名的文献学家刘向创作了《列仙传》，这是我们现在已知的最早的神仙传记，距离公认的道教创立时间——东汉末年（2世纪）还有两百多年。刘向采用纪传体记录下了道教创立之前，诸位仙人的故事，《列仙传》乃道教传记作品之滥觞。

晋代葛洪在其著《抱朴子内篇·论仙》中阐述了他对仙传的看法，"刘向博学则究微极妙，经深涉远，思理则清澄真伪，研覈有无，其所撰《列仙传》，仙人七十有余，诚无其事，妄造何为乎？邃古之事，何可亲见，皆赖记籍传闻于往耳。《列仙传》炳然，其必有矣"④。葛洪不仅

---

① 《道藏》第18册，文物出版社、上海书店、天津古籍出版社，1988年，第1页。
② （唐）裴骃：《史记集解序》，见（汉）司马迁：《史记》，中华书局，2014年，第4035页。
③ （唐）裴骃：《史记集解序》，见（汉）司马迁：《史记》，中华书局，2014年，第4035页。
④ 王明：《抱朴子内篇校释》，中华书局，1980年，第16页。

表达了他对《列仙传》内容的相信程度，也从另一个侧面反映出，具有道士身份的葛洪对仙传作品的理解。

现存《道藏》中还收录有题名"汉光禄大夫"刘向撰的《列仙传》。今本《列仙传》或者一开始就是后人托名刘向所著，或者在漫长的流传之中几经增添修改，已非原作。现存文本虽非刘向亲撰，但学者们认为此书最迟乃魏晋间作品，或也有可能是东汉时期的作品，无论作者是谁，它都可以算是早期仙传，保留着来自上古的神仙故事[①]。全书笔法简练，简短几笔就勾勒出上古仙人一生的行迹，与后来的内容宏富的神仙传记颇为不同。只可惜原书没有序文，亦不可探知作者撰写该书之目的。不过想通过纪传体的笔法，留下成仙人事迹的写作倾向，在这些作品中还是留下了蛛丝马迹。

晋代葛洪写作《神仙传》的目的就很明确，他就是想要通过神仙的事迹，去感染弟子们。《神仙传》体现了魏晋时期的神仙观念。由此也从侧面说明，作者本人认为该传记中收录的神仙事迹，都是纪实性而非虚构性作品，至少在作者的认知里神仙事迹，确实是可彪炳史册之事。毕竟两汉魏晋之际，神仙思想浓厚，仙传作者很有可能会将"成仙"当作可信的事实。

神仙可学的思想也在道教内部传承，南宋道士陈葆光编撰《三洞群仙录》时，依然抱有这样的想法。其实《三洞群仙录》已经是以事件为主的写作方式，而非传统意义上的传记类文体。即便如此，作者依然在序言中说道："阙地求泉，虽至愚知其可得。炼形致仙，虽贤者不能笃信。故神仙显迹，昭示世人，使炼炁存真，保命养神。以祈度世，脱嚣尘，超凡秽，而游乎八极之外，其利物济人之意弘矣。……凡载神仙事者，衷为此书，以晓后学，使知夫列仙修真之勤，济物之功，奉天之

---

① 任继愈主编、钟肇鹏副主编：《道藏提要》，中国社会科学出版社，1991年，第219页。

严，得法之艰，如此之勤苦劳勚，卒能有成。"①历代道士们通过编撰道教神仙故事，鞭策后学者，希望他们能努力修道。从这个意义上来说，仙传肩负着教育后学的责任②。

在《神仙传·序》中，葛洪的弟子滕升发出这样的疑问："先生曰神仙可得不死，可学，古之得仙者，岂有其人乎？"于是，葛洪开列了一长串史书记载的成仙之人的名单，末了葛洪说："先师所说，耆儒所论，以为十卷，以传知真识远之士。"③此言道出了他撰写《神仙传》的意图。他想告诉人们，大家需要了解神仙事迹，就去读神仙传记。具有道士身份的作者，他们的这种创作心理一直在道教团体中传续。以仙传为史实的想法，在古代或可能是较为普遍的观念，特别是在道士群体中。

二

《续仙传序》的作者也表达了类似的观点，说明仙传创作者他们苦心经营的作品，并非如同后世小说一般，是作者虚构幻想之作。"古今神仙，举世知之。然飞腾隐化，俗难可睹。先贤有言曰，人间得仙之人，且千不闻其一，况史书不载神仙之事，故多不传于世。……今故编录其事，分为三卷，冀资好事君子学道之人谭柄，用显真仙者哉！"④从序言的字字句句之间，作者详细阐述了他们在创作神仙传记的时候，并不认为自己是在进行虚构文学作品创作，并不以虚构的故事去满足读者的猎奇心理，也并不以读者获得阅读愉悦作为他们写作的目标。虽然学界认为，唐代"小说"的形成与先秦的"说"与纪传文学有着继承关系⑤，但是，道教内部的传记作品创作目的，始终与作家创作小说之目的

① 《道藏》第32册，文物出版社、上海书店、天津古籍出版社，1988年，第233—234页。
② 贺佳：《〈墉城集仙录〉的教育思想》，山西师范大学硕士论文，2013年。
③ （晋）葛洪撰，胡守为校释：《神仙传校释·序》，中华书局，2014年，第1—2页。
④ （宋）张君房编，李永晟点校：《云笈七签》，中华书局，2003年，第2480—2481页。
⑤ ［日］内山知也著，查屏球编：《隋唐小说研究》，复旦大学出版社，2010年，第14页。

有着区别。

宋徽宗在给杜光庭的另一部著作《道教灵验记》写的序文中也延续了类似的思想。"杜光庭所集《道教灵验记》二十卷，其事显而要，其旨实而详。"①宋徽宗作为道君皇帝笃信道教，他的观点可以看作道教内部的认识，他也将道教仙传类作品看成是纪实性作品。

杜光庭作为一代道教大师"道门领袖"，他的作品在教内的影响还是比较大。"张陵之教，自光庭而后，宗风一变。所撰仙传道仪数十种，为道流所奉行。"②引文中的文字说明了道教内部对于杜光庭作品的接受度还是很高的。影响如此广泛的著名高道，他的声名反过来又增加了其作品的可信度，这种相辅相成的互动关系，构成了神仙传记作品的创作与阅读的循环关系，使得仙传故事的可信度在不知不觉中被大众所认可。

三

仙传中记载的内容还是有太多天马行空的想象和荒诞不经的内容，以至于后代的学者认为，此类作品乃是不经之作，神话学界则将这类作品归入"仙话"之列。袁珂先生在《中国神话通论》对神话与仙话的关系有专门论述，文章一开篇就指出了仙话的特点，"在中国古代，有一种和神话同属幻想虚构，然而性质却比较特殊的故事。这种故事以寻求长生不死途径为其中心内容，进而幻想人能和仙人们打交道，终于由仙人们的导引，采取各种修炼的方式而登天"③。仙话随着神仙思想而产生，并被道教吸收，作为阐发其修仙成道的载体，后期的仙话与古仙话有着一脉相承之处，但又具有更为浓烈的宗教氛围。既然与神话和古仙话有着千丝万缕的关系，在后期仙话中看到早期神话和仙话的某些原型和内容就不足为奇了。而且袁珂先生认为，"仙话是中国神话的一个分支，

① （唐）杜光庭撰，罗争鸣辑校：《杜光庭记传十种辑校》，中华书局，2013年，第153页。
② 王文才、王炎校笺：《蜀梼杌校笺》，巴蜀书社，1999年，第172—173页。
③ 袁珂：《中国神话通论》，四川人民出版社，2019年，第19页。

而将仙话纳入中国神话的范围内予以考察"①。大部分的仙话都具有长生不死、白日飞升的内容,《集仙录》中亦有少部分的人物传记是以宣扬道教信仰为主题的,其没有完整的故事情节,只有宗教说教,这类作品充当宗教思想传声筒的意图十分明显。

文人加入仙传创作,其意图可能会有不同,但是,作为道士书写的仙传其目的是很明确的,就是宣扬道教的教理教义。因此,我们要分析《集仙录》就该回到杜光庭的道士身份,从其道士身份所赋予他的思维方式、行为举止和弘扬道教等方面去审视他的作品;回到唐末五代的巴蜀和《集仙录》对地方文化的吸收及所产生的影响等方面去重新去检视作品;回到作品本身和作品意图构建的道教神圣性方面仔细分析《集仙录》。所以仙传的分析研究就应该依据作者身份,分为道士创作类②和文人创作类。他们的创作初衷、创作目的,甚至创作手法均有不同,作品所产生的影响和收到的效果也就会有不同③。我们讨论《集仙录》这部道士作品,难免会涉及一些道教相关问题,这个问题早期仙传鲜有言及。

道士与文人创作的仙传并未有泾渭分明的区别,但是对作者身份的思考,是我们理解作品的重要路径。今人将杜光庭的纪传类作品归入小说,并用小说的创作理论去分析和理解作品,这或与作者创作作品时的本意不太相符④。下面我们就以回到杜光庭撰写《集仙录》的道士身份,为我们的主要研究方法,试图找到解读《集仙录》的更佳途径。

---

① 袁珂:《中国神话通论》,四川人民出版社,2019年,第24页。

② 本书将《道藏》及《藏外道书》收录的仙传集作品目录收入本书的附录中,可参阅。

③ 我们这里讨论的仙传概念相对宽泛,部分早期的传奇也包含在内。因为我们发现《墉城集仙录》中的某些作品,如"南溟夫人"就近似传奇。但杜光庭还是毫不犹豫的将其收入其中,可见作者并未严格区分二者。

④ "在道教文学的定义下,道教小说的内涵与外延就可以作如下归纳:主旨以宣传教义、劝善教化为主;内容主要反映道教生活、神仙信仰;作者以道士为主,但也不乏深受道教影响的文人士大夫及山中处士等;分布范围,不仅《道藏》《藏外道书》等道门经典大量保存,《太平广记》《类说》《绀珠集》等藏外文献更有载录。"见罗争鸣:《杜光庭道教小说研究》,巴蜀书社,2005年,第2页。

第二节 《墉城集仙录》

　　《集仙录》是由唐末五代道士杜光庭在蜀地时编撰的一部女仙传记作品。"墉城"是西王母之居所，在中国神话传统中，西王母统领女仙，故杜光庭将其编撰的女仙故事集命名曰"墉城集仙录"。严格来说，《集仙录》也是唯一一部独立的女仙传记作品[①]。

一

　　原书未能全本保存至今，但根据杜光庭自序，可知全书共十卷。仅有残存的六卷保存在道教大型类书《道藏》里。宋代张君房编撰《云笈七签》的时候，选取了其中27位女仙的传记编入其书[②]。《云笈七签》素有小道藏之称，收录内容庞杂，故而篇幅有限，未能全本收录。南宋郑樵在《通志略》中记录了《集仙录》收录的女仙数量。"集古今女子成仙者百九人。"[③]元代末年，脱脱编撰《宋书·艺文志》的时候，还能看到全本的《集仙录》，并将其归入神仙类著作。明代正统、万历年间编撰我们今天还能看到的《道藏》时，《集仙录》已非全本。虽然，文献学家们一直致力于还原一部全本的《集仙录》，然而散佚的文本终难聚齐。杨莉博士在其学位论文《道教女仙传记〈墉城集仙录〉研究》的第三章，对《集仙录》有过版本辑佚的工作。[④]樊昕的硕士论文《杜光庭〈墉城集仙录〉研究》集中讨论了该书的版本并进行了辑佚[⑤]。李剑国著《唐五代志怪传奇叙录》中专门就《集仙录》进行了较为详细的文献

① 杨莉：《道教女仙传记〈墉城集仙录〉研究》，香港中文大学博士论文，2000年，第1页。
② "《道藏》六卷本《墉城集仙录》更可能是原本，而《云笈七签》所收的27篇，却是经过宋人加工的。"见罗争鸣：《杜光庭道教小说研究》，巴蜀书社，2005年，第103页。
③ 转引自李剑国：《唐五代志怪传奇叙录》，中华书局，2017年，第1457页。
④ 杨莉：《道教女仙传记〈墉城集仙录〉研究》，香港中文大学博士论文，2000年，第37—52页。
⑤ 樊昕：《杜光庭〈墉城集仙录〉研究》，南京师范大学硕士论文，2007年。

考证①。罗争鸣经过烦琐地搜求考证，将其能够搜集到的《集仙录》中的84位女仙传记集合到一起，放在由中华书局出版的《杜光庭记传十种辑校》之中，并断句标点，方便大家阅读，也算是弥补了不能看到全本原著的些许遗憾。我们研究所使用的《集仙录》文本，如果没特别说明，指的都是罗争鸣校理本。

学界关于《集仙录》及其相关问题的研究已有很多成果，详尽地对已有的研究成果进行集中论述既不太可能，也没必要。我们将在具体论述中对学界已有的研究成果进行讨论。《集仙录》的成书年代，学界已多有考证，大致认为该书撰作于前蜀时期，具体年月已不可知。学者给出了成书的时间下限，约在前蜀后主王衍在位期间②，即918—932年。

二

我们有必要简单叙述一下蜀地唐末五代的情况，这样有助于理解杜光庭在蜀地身处的环境、所具有的地位，以及他在政界及道教界所具有的影响力。唐末黄巢攻陷长安，唐僖宗避难蜀中。而此时，已经脱离流民队伍的王建加入唐王朝军队，并在讨伐王仙芝以及护卫唐僖宗的过程中建立功勋。光启二年（886）春三月，唐僖宗为躲避叛军战火，逃往兴元。王建随唐王而行，且玉玺由他保护。当涂驿唐僖宗一行遭遇李昌符的追击，放火烧毁栈道。王建一路护卫唐僖宗逃到坂下。由于是在出逃途中，条件简陋，僖宗不得不枕王建膝而寝。第二天唐僖宗解龙袍赐王建，到达兴元之后，王建被任命为壁州刺史，将帅遥领州镇的情况就是从王建开始的③。王建虽只是"遥领"刺史，但也算是唐朝的朝廷命官。此后，唐朝微弱，藩镇刺史间相互杀伐，王建在蜀中一带的地方征战中逐渐获得了主动权，并通过占据剑门天险的方式，使得两川阻绝，

① 李剑国：《唐五代志怪传奇叙录》，中华书局，2017年，第1457—1475页。
② （唐）杜光庭撰，罗争鸣辑校：《杜光庭记传十种辑校》，中华书局，2013年，第563页。
③ （清）吴任臣：《十国春秋》，中华书局，1983年，第482页。

从此割据一方①。天复七年（907）秋，王建计划称帝，采用安抚副使、掌书记韦庄的计谋，"帅吏民哭三日。己亥，即皇帝位，国号大蜀。帝以卯年生，至是丁卯即位，左右献兔子上金床之谶。帝命饰金为坐，诏蜀人以金德王，用承唐运"②。王建虽已自立为王割据蜀中，然仍遵唐代的金德之运。

杜光庭与五代西南地方政权，关系甚是密切。王建执政后的通正二年（917）十一月，杜光庭出任前蜀的户部侍郎③。王衍执政之后，杜光庭与前蜀政权的关系似乎更近一层，乾德三年（921）八月，杜光庭作为王衍受箓的传真天师，名义上成为引领王衍进入道教之师，并出任大蜀的崇真馆大学士④。与前蜀当权者的良好关系，也为杜光庭的编撰道书、神仙传记等著作赢得了有利的环境，在此期间他创作了《道德真经广圣义》《王氏神仙传》《广成集》《墉城集仙录》等大量的作品。《蜀梼杌》用一句话总结了他编撰道教文献的一生："有文千余卷，皆本无为之旨。"⑤他的千卷作品并非都创作于蜀地，但其中较为重要、流传后世的作品，大部分都是在蜀中完成的。

古人认为，道教自东汉末年张陵创始之后，虽代代有道教大师，然而发展到唐代道教典籍已然散乱，杜光庭乃道教文献的整理者。"所撰仙传道仪数十种，为道流所奉行"⑥，尤其《道德真经广圣义》，以及本书将要讨论的女仙传记——《墉城集仙录》，都是他在前蜀时期完成的重要作品。

---

① （清）吴任臣：《十国春秋》，中华书局，1983年，第488页。
② （清）吴任臣：《十国春秋》，中华书局，1983年，第500—501页。
③ 王文才、王炎：《蜀梼杌校笺》，巴蜀书社，1999年，第144页。
④ 王文才、王炎：《蜀梼杌校笺》，巴蜀书社，1999年，第172页。
⑤ 王文才、王炎：《蜀梼杌校笺》，巴蜀书社，1999年，第172页。
⑥ 王文才、王炎：《蜀梼杌校笺》，巴蜀书社，1999年，第173页。

三

关于《集仙录》作者杜光庭，这里还需要多说一句，他在创作仙话，他的故事似乎也在被后来的编撰者按照道教传统的话语习惯编撰着。他的生平事迹最具有道教仙话色彩的当属收入《历世真仙体道通鉴》（以下简称《通鉴》）卷四十的杜光庭传。"道士杜光庭，字宾圣号东瀛子，本处州人。《青城山记》云：京兆杜陵人。博极群书，志趣超迈。唐懿宗朝与郑云叟，赋万言不中，乃奋然入道，事天台道士应夷节。"①举儒业而不第这样的描写，在道教人物传记中屡见不鲜。一如在民间拥有广泛声誉的唐代道士吕洞宾，也是屡试不第，方才入道，最终获得一代大师的声名②。即使不是考试不第，也是在学了儒学经典之后，才转入道家文化学习的。著名的道教大师潘师正亦复如是，先学习了儒家六经且都通透之后，开始学习五千言，最终成为一代宗师③。另一位编撰仙传的宋代道士谢守灏，字怀英，号观复。"尝为举子，知推尊孔氏矣，已而脱儒冠，去为道士，以推尊孔氏者尊老子，于是为书若干卷。"④以上列举的诸位道教大师的事迹颇为相似，都是先入儒学，后入道教。这一方面说明了儒学在古代社会的强势地位，另一方面或许是道教人物传记撰作所依循的书写惯例，营造弃儒入道的经历和身世，已然成为一代道教大师的必经之路。弃儒入道的惯用写作手法，受到道教人物传记作者的青睐，时常出现在道教人物传记的写作之中，故而杜光庭传记遵循这种写作惯例，也就不足为奇了。

杜光庭的传记，常见的有两种文献。一是清代吴任臣撰的《十国春

---

① 《道藏》第5册，文物出版社、上海书店、天津古籍出版社，1988年，第330页。
② 《道藏》第5册，文物出版社、上海书店、天津古籍出版社，1988年，第358页。
③ 《道藏》第5册，文物出版社、上海书店、天津古籍出版社，1988年，第245页。
④ 胡道静、陈耀庭、段文桂、林万清主编：《藏外道书》第18册，巴蜀书社，1994年，第1页。

秋》中的杜光庭传，此传秉承正史写作风格，叙事手法亦延续正史脉络。只是传记详于杜氏流寓蜀中事迹，而略于入蜀以前事迹。另一种就是《通鉴》卷四十中的仙传，此传以时间先后顺序铺陈开来。《通鉴》早于《十国春秋》，只是前者秉承道士传记的创作风格，故而更有神仙传记的韵味。一位编撰神仙传记的大师，他的事迹也被后人编撰成为传记，并且采用的是他自己熟悉的编撰体例和言说方式。故此，有必要全文录下《通鉴》杜光庭传，去感受一代道门大师的事迹是如何成为神仙传记的。

　　道士杜光庭，字宾圣，号东瀛子，本处州人。《青城山记》云：京兆杜陵人。博极群书，志趣超迈。唐懿宗朝，与郑云叟，赋万言不中。乃奋然入道，事天台道士应夷节。常谓道法科教，自汉天师暨陆修静，撰集以来，岁月绵邈，几将废坠。遂考真伪条例始末，故天下羽褐，永远受其赐。郑畋荐其文于朝，僖宗召见，赐以紫服象简，充麟德殿文章应制，为道门领袖，当时推服。皆曰："学海千寻，辞林万叶，扶宗立教，海内一人而已。"中和初，从驾兴元，道游西县。适遇术士陈七子，名休复，洒然异之。披榛穴地，取瓢酒酌之。曰："以此换子五脏尔。"先生知国难未靖，上表匄游成都，喜青城山白云溪，气象盘礴，遂结茅居之。溪盖薛昌真人飞升之地也。未几，驾将复都，诏光庭，醮二十四位。

　　会王建霸蜀，召为皇子师。建谓曰："昔汉有四皓，不如吾一先生足矣。"光庭不乐宫中，荐许寂、徐简夫自代，因老于成都。相国徐光溥，志学之年，执弟子礼事之。光庭尝谓曰："予初学于上庠，而国子监书籍皆备。先读天文神仙之书，次览经史子集，一月之内分布，定日而习之，一日诵经书，二日览子史，三日学为，四日记故事，五日游息，凡五事，每月各六日，如此不五、七年经史备熟。"

　　韦蔼学士，以兄之相国庄之文集，请为序。光庭曰："相国富有文辞，若集中不删落，小悼浮艳等诗，不敢闻命。"建用张格，乃唐相濬之子，其才术高于时，而于故实未通治蜀。初小大事每令咨禀，盖光庭非止善辞藻，而已有经国之大才，时有道士感庭秋谒之而不遇。一日忽谓门人曰："青城方创真宫工未毕，昨梦朝上帝，以吾作岷峨主司，恐不久于世。"门人皆沾襟。及真宫成时，后唐庄宗长兴四年，癸巳十一月，光庭八十四岁。一旦，披法服作礼，辞天升堂，趺坐而化。颜色温晬，宛若其生，异香满室，久之乃散。

光庭有一白犬，目之曰吠云，令以麻油涂足，绘布裹之。曰："吾闻油涂犬足，可日行万里。"逡巡吠云，亦号叫数声而毙。光庭尝撰《混元图》《纪圣赋》《广圣义》《历帝记》，暨歌诗杂文，仅百余卷行于世。凡所著述未尝不以经济为意。《蜀梼杌》云："有文千余卷，皆本无为之旨。"如《山居百韵诗》，及《纪道德怀古》，今二篇有一言至十五言，颇有益于教化。

蜀主王建，初赐号广德先生，又欲优于名秩，询于故事。毛文锡献言，唐武德初，祁平定为金紫大夫。开元中，尹愔居谏省。于是以为谏议大夫，封蔡国公，进号广成先生，延之玉局化通正，初迁户部侍郎。衍袭位，尊为传真天师，特进检校太傅，太子宾客兼崇文馆大学士。①

《通鉴》中的杜光庭传虽然亦是传记，但是与普通的写作风格已然不同。基本的历史史实上，作者遵循着史家的笔法。在基本事实之外，作者则采用了神话的描写手法，在简洁而细腻的"线描"之中把"道门领袖"的身份塑造出来。如中兴初年，杜光庭从唐王游兴元道西县，偶遇术士陈休复，他认为杜光庭天赋异禀，遂以酒饮之，帮杜氏换五脏的情节，就是颇具神话色彩的插叙。作者通过插入的神话叙述，让杜光庭

---

① 《道藏》第5册，文物出版社、上海书店、天津古籍出版社，1988年，第330—331页。

摆脱了肉体凡胎，从凡俗跨入了神圣，为他成为神圣的道教大师铺就一条坦途。

杜光庭的去世，也采用了神话的叙事方式去描写。"后唐庄宗长兴四年，癸巳十一月，光庭八十四岁。一旦，披法服作礼，辞天升堂，趺坐而化。颜色温晔，宛若其生，异香满室，久之乃散。"通过最后离世的异象描写，隐喻杜光庭乃修道有成之士。《通鉴》如此的叙述方式也影响着正史传记的写作取向。如吴任臣的《十国春秋》将杜光庭的去世也描写为，"年八十五卒，颜貌如生，人以为尸解，葬于清都观后"①。尸解是道教专用术语，"指一种道教成仙和变化之术，即弃尸于世而自己解化仙去"②。道教仙传多有所谓尸解成仙之说。看来正史的作者也吸收了道教仙话的诸多观念，才会在他的传记中采用"人以为尸解"这样的解释，来阐释杜光庭的去世。

此外，《五代十国》杜光庭传的末尾亦记录有另外一件神异之事，"光庭居恒持骄龙杖一条，红如猩肉，重若玉石，绝非藤竹所为。相传遇仙人留赐云"③。传记作者在创作时，会受到被"传记者"自身身份的影响。因此一些看似不经之事，也会因其身份的特殊性，堂而皇之地被保留下来，即使正史作者也难免落入窠臼，并未删去那些奇闻逸事。这也可以看作是"仙传"创作与"正史"写作相互影响所留下的一丝痕迹。我们只能说不同的作者，在面对历史材料时，截取和保留材料的尺度各不相同而已。就杜光庭传来说，显然《通鉴》的仙传写法更有故事性和可读性。从严谨的历史学角度来说，仙传的内容确实缺少可信度，其中的想象也着实过于丰富和浪漫，但是也正是这些描写，才成为仙传中最具可读性的部分，满足阅读者对于道教大师应该具有神秘色彩的心态。从这个角度去理解杜光庭的传记，史实问题的准确性反而退居第二

---

① （清）吴任臣:《十国春秋》，中华书局，1983年，第674页。
② 吉宏忠主编:《道教大辞典》，上海辞书出版社，2020年，第280页。
③ （清）吴任臣:《十国春秋》，中华书局，1983年，第676页。

位，而关于杜光庭神异事件的描写却成为读者关注的重点。由历代仙话不断构建起来的道教大师形象语境中，阅读者要接受一位有血有肉的历史人物成为一代道教大师，那么他的行迹里面必然包含诸多神奇因素，太多写实的事件，无法构成宗教大师神奇的人生。因为，在人们的日常认知里，只有那些具有丰富神奇经验的道士，方能配得上一代道教大师的称谓。

据《十国春秋》的记载来看，杜光庭之所以取得如此巨大的道教成就，与他跟前蜀王朝两任皇帝具有良好的君臣关系密不可分。"光庭博学，善属文，高祖常命为太子元膺之师。光庭荐儒者许寂、徐简夫以侍东宫，颇与议政事，相得甚欢。久之，迁户部侍郎。后主立，受道箓于苑中，以光庭为传真天师、崇真馆学士。"[1]这段引文中透露出来杜光庭与前蜀两位皇帝的关系颇为密切，这也为他编撰道书赢得了有利的创作环境。关于杜光庭本人的研究，学界已经有较为翔实的考证，[2]在此，本书的研究将直接指向《集仙录》文本本身。

《集仙录》作为道教著名的女仙传记作品，历年来亦受到学界的关注。2000年香港中文大学杨莉的博士论文《道教女仙传记〈墉城集仙录〉研究》，就以从宗教和性别两条路径研究了《集仙录》。杨莉认为《集仙录》是杜光庭在上清秩序上建立"墉城集仙"的构想[3]。杜光庭确实是一位深受道教上清思想影响的道士。但他同时也是一位道教仪式的大师，并且身处道教发源地巴蜀地区。诸多因素集合，才是《集仙录》应该有的全貌，而并不只是突出道教上清派。回到杜光庭的道士身份，去探究他的写作动机，才能很好地理解他的作品。关于杜光庭身处的社会环境，包括他与政治权力、唐代女性道士以及唐代道教派别的发展情

① （清）吴任臣：《十国春秋》，中华书局，1983年，第674页。
② 参见杨莉：《道教女仙传记〈墉城集仙录〉研究》，香港中文大学博士论文，2000年；罗争鸣：《杜光庭道教小说研究》，巴蜀书社，2005年。
③ 杨莉：《道教女仙传记〈墉城集仙录〉研究》，香港中文大学博士论文，2000年，第4页。

况等，前人都已有诸多研究，但这些问题又与杜光庭的创作思想密切相关，本书将在具体问题中去分析。至于《集仙录》中所体现出来的性别问题，学界已有专题讨论，本书不再涉及。

过往学术界对于《集仙录》的研究，为本书的进一步探索扫清了障碍，我们将把研究重点放在文本本身。诸如，文本的写作方式内容来源，《集仙录》取材与蜀地的关系，女仙故事与地方文化，杜光庭对于道教神圣空间的构建以及《集仙录》所阐扬的道教思想等几个方面去解读《集仙录》。

第三节　杜光庭及其作品

杜光庭之前就有仙传，只是未将女仙单独成集。古时有托名刘向的《列女传》专收古代女性事迹，或有学者认为，此"传"非彼"传"。此"传"是对图画的解释和说明[1]。无论此处的"传"采用何种解释更为恰当，但仍可看出古代以女性事迹单独成书的事例并不多见。且在《列女传》问世多年之后，依然没有单独成册的女仙传记，确实留下了遗憾。直到10世纪，杜光庭的出现，才改变了这一尴尬的局面。

一

唐朝皇族姓李，并追认同是李姓的老子为圣祖，奉道教为国教，这些耳熟能详的史实，早已为人所知。李唐王朝与老君之间的关系，伴随着神话故事的造势，变得更为密切。李老君的降神神话也常被引用来说明，唐朝尊崇道教的原因。其中此类神话的某些作品也被杜光庭记录下来，收入《历代崇道记》之中。"霍山神"这一则故事常被引用以为证明，此处也略引其文，方便论述。

---

① 邢培顺：《汉魏文学散论》，齐鲁书社，2017年，第112页。

隋末大业十三年，感霍山神，称奉太上老君命，告唐公："汝当来，必得天下。"至武德元年，晋州浮山县羊角山著素衣，戴金冠，乘朱鬃白马，令吉善行告神尧："汝今得圣，理可于长安城东，致一安化宫而安道像，则社稷延长，天下大定。""善行辞见天子，何以为据？"太上曰："但去，有献石龟者，可以为信。"善行乃告晋州刺史贺君孝义。孝义遂将善行见秦王，具言神人现事，群官拜庆。遂差左亲卫帅杜昂与善行于所现处设祭。太上又现，一如善行所言。以鞭指昂曰："汝是何人？"昂曰："是秦王使者。"太上曰："我不饮不食，何用祭乎？所有委曲，令人具知。"昂还，乃言神人复现，秦王大悦，乃令昂将善行入京上奏。至京立未定，果有邠州治中张达献石龟，上有文曰："天下安，子孙兴，千万岁，千万叶。"遂入面奏，高祖大悦，诏授善行为朝散大夫，赐物一百段。乃令通事舍人柳宪于羊角山立庙，复改浮山县为神山县，羊角山为龙角山。太上又现，为善行曰："天子喜欢否？"对曰："大喜！"又曰："疑惑何事？"复对曰："为不知圣者姓名耳。"太上曰："我是无上神仙，姓李氏，号老君，即我也。我即帝之祖也。《史记》中有传，亳州谷阳县本庙有枯桧再生为验。"①

这则神话通过神仙下降的玄妙故事，构建起李唐王朝与其圣祖老子之间的关系。开启了唐朝奉道教为国教、崇敬老君之风。

二

杜光庭生活在唐末五代，生活的环境氛围还具有浓厚的唐代气象。女性地位开一代之先，出现了中国历史上绝无仅有的女皇帝武则天，女

① （唐）杜光庭撰，罗争鸣辑校：《杜光庭记传十种辑校》，中华书局，2013年，第361—362页。

性的文化素养也与从前大不相同。有学者统计，有唐一代约有140位女性诗人留下诗作，①其中就有不少女道士。古时道士又被称之为"黄冠"，而女性道士又可别称为"女冠"。在《全唐诗》收录的女性诗作中，以李冶、鱼玄机②和薛涛三位的诗歌数量最多、成就最高，而李冶、鱼玄机两位都是女冠诗人，薛涛晚年亦喜着"道士"装。

据《新唐书·百官志》"崇玄署"条的记载，唐代的女冠多于男道士。从绝对数量上来说，女冠并不算多，全国仅900余人。但从男女比率的角度来说，女性出家当道士热情较之男性更高一筹，女冠数量略多于男性道士。③唐代公主出家，形成了一股不小的潮流④。先有唐睿宗的两个女儿玉真公主和金仙公主出家当了道士。《新唐书》列传第八"诸帝公主"记载曰："金仙公主，始封西城县主。景云初进封。太极元年，与玉真公主皆为道士，筑观京师，以方士史崇玄为师。"⑤两位公主的入道或多或少与她们的公主身份和当时的政治环境有着千丝万缕的关系⑥。但无论如何，她们的入道对当时道教徒和唐代公主们的影响可谓巨大。此后，唐王朝大约有25位公主受度成为道士。⑦曾在成都青城山修行的玉真公主，对二百年后来到此地的杜光庭产生过何等影响我们已经无从考证。杜光庭在他的《青城山记》中只用淡淡的笔墨记下了玉真公主在青城山所住道观的位置。"玉真公主，肃宗之姑也，筑室丈人观西，尝

---

① 陈尚君：《唐诗求是》（上），上海古籍出版社，2018年，第258页。
② 如果说玉真公主是否入传因篇目残缺而难以定论，那么鱼玄机、李冶等女冠名流未入杜氏所选，则是可以肯定的。参见杨莉：《道教女仙传记〈墉城集仙录〉研究》，香港中文大学博士论文，2000年，第31页。
③ （宋）欧阳修、宋祁撰：《新唐书》，中华书局，1975年，第1252页。"天下观一千六百八十七，道士七百七十六，女官九百八十八；寺五千三百五十八，僧七万五千五百二十四，尼五万五百七十六。"
④ "在唐代两百零七位公主中，凡有十二位入道，竟无一人为尼的，为一个值得注意的现象。"参见李丰楙：《忧与游：六朝隋唐仙道文学》，中华书局，2010年，第170页。
⑤ （宋）欧阳修、宋祁撰：《新唐书》，中华书局，1975年，第3656页。
⑥ 贾晋华著译：《唐代女道士生命之旅》，社会科学文献出版社，2022年，第61页。
⑦ 贾晋华著译：《唐代女道士生命之旅》，社会科学文献出版社，2022年，第66页。

诣天下道门使萧邈字元裕受三洞秘法箓，游谒五岳，寓止山中。"① 杜光庭在青城时，尝住于丈人峰，在此举行道教仪式，并留下诸多与此地有关的醮词。② 他亦会来到离丈人观不远的金华宫，并留有诗文。从文词之间我们大概可以体味到，他对于公主人去楼空的感叹。"楼阁层层冠此山，雕轩朱栏一跻攀，碑刊古篆龙蛇动，洞接诸天日月闲。帝子影堂香漠漠，真人丹涧水潺潺，扫空双竹今何在？只恐投波去不还。"③

道教对待女性的态度，与当时占据主流价值观的儒家颇有不同，并未受到太多儒家伦理的束缚。从魏晋南北朝起就有大量的女性神仙出现在道教神仙谱系之中。仙传中记录下来的道教女仙，有的源自上古，亦有新晋的女仙，这与道教新教派的兴起不无关系。

三

东晋发端，延绵整个唐宋时期的道教上清派，就是由诸多女仙下降道经而形成的道教派别。上清派奉魏华存为开派祖师，魏夫人，讳华存，字贤安，小有王君弟子。以魏夫人为尊的上清派，其神话系统围绕女仙展开，不仅魏夫人会时常降授道教经典，紫微王夫人、北岳上真山夫人、上真东宫魏夫人等几十位女仙也时常降临人间，向杨羲、许翙等人传授上清经典。上清女仙们，不仅传授经典，也会以诗歌的形式与她们的人间弟子交流，留下了诸多诗篇，这些诗篇或许开启了女冠诗歌的先河。而上清下降的女仙中又多有西王母的女儿，如王母第四女南极王夫人、王母第二十女紫微夫人等女仙，都与西王母有很深的渊源。

魏晋之际，西王母已经成为道教女仙中地位极尊的大神。围绕西王母展开的神话愈加丰富，西王母的女儿也不断增加。李丰楙先生指出，

---

① （唐）杜光庭撰，罗争鸣辑校：《杜光庭记传十种辑校》，中华书局，2013年，第933页。
② （唐）杜光庭撰，董恩林点校：《广成集》，中华书局，2011年，第23、27、28、50、86、90、115、142、144、145、233、234页。
③ （清）钟文虎：《灌县乡土志》卷二，清光绪三十三年刻本，第8页。

王母地位以及王母与墉城之间的关系等，均与魏晋间兴起的上清派关系密切①。记录女仙的《集仙录》继承道教上清派崇敬女仙的传统就顺理成章了。略晚于《集仙录》亦有人撰《女仙传》，其文多类同《集仙录》，此书已经散佚不存，仅有部分佚文存于《太平广记》《三洞群仙录》之中。

唐代以茅山宗为代表的上清派，发展形成鼎盛之势。"唐代时茅山宗已经遍布全国成为道教的主流，并建立了嵩山、王屋、茅山、天台、京畿、蜀中等几个大的传道据点。当时有'茅山为天下道学之所宗'之誉。这也是茅山历史上最为辉煌的时期。"②唐代上清派的兴盛，也在社会上形成了尊崇女仙的氛围。唐代在历代女仙信仰的基础上，又有其特别之处。《集仙录》卷十记载的女仙谢自然，传说就是在唐代成仙的。谢自然成仙之事，在唐代朝野引起了强烈的反响。著名诗人唐宋八大家之首的韩愈，还专门为此写过《谢自然诗》。诗歌是对谢自然事件的批判，但也足见该事件在当时社会的影响之大，专门撰作一篇五言长诗来驳斥谢自然事件。谢自然白日飞升并非孤例，《集仙录》记录的唐代白日飞升的女仙，成为令人瞩目的群体，下文将有详论。她们的仙传内容及写作手法，与早期的女仙传记颇有不同。

四

杜光庭与前蜀王朝两位统治者的关系，也是促使他编撰仙传的动力。唐末杜光庭随唐僖宗入蜀，之后便留在巴蜀。前蜀王朝建立之际，王建就命杜光庭为太子元膺之师。他还在王建朝担任金紫光禄大夫、谏议大夫等职。王建封其为蔡国公，赐号广成先生。③王建去世之后，杜光庭与前蜀王朝的继任者王衍依然保持着良好的君臣关系。他是王衍入

① 李丰楙：《仙境与游历：神仙世界的想象》，中华书局，2011年，第82页。
② 张崇富：《上清派修道思想研究·导言》，巴蜀书社，2004年，第6页。
③ （清）吴任臣：《十国春秋》，中华书局，1983年，第674页。

道的传真大师，也曾出任王衍朝的户部侍郎和崇真馆大学士。[①]杜光庭与前蜀王朝的良好互动，或许与前蜀王朝延续崇尚道教之风有着重要的关系。尤其是王衍继位之后，在其不长的统治期内，最为显著的两个标签就是崇道与荒淫。王衍的母亲徐太后成为王建妃子的传说，与青城山颇有关系。由此可见，青城山作为道教圣地，在巴蜀神话传说构建中的中心意义。徐贤妃本是蜀郡眉山人，在未成为贤妃之前，就有传说唐代眉州刺史徐耕请相士为其相面，相士认为徐耕将要大贵，而他的富贵是由两个女儿带来的。传说的构建就是以青城山为中心展开的，"相工曰：'青城山王气彻天，不十年有真人承运，此女当作后妃。君贵由二女致也。'"[②]王建政权的中心在成都，然而徐耕富贵传说的构建，不以成都为中心，而以道教圣地青城山为重点，《蜀梼杌》记载王建自立为王的吉兆也是，"巨人见青城山，凤皇见万岁县"[③]。足见青城山及其所代表的道教在蜀地的意义。

徐贤妃在王建选择太子时，苦心经营才让王衍登上王位。"衍母徐氏有宠，密以金百镒遗宰相张格，言上已许衍为太子，愿相公助之。格遂抗表，言衍才器英武，实堪社稷之托，遂得立。"[④]笼罩在青城王气之下的徐贤妃，或许也将她对道教的崇信，传递给了继承帝位的王衍。王衍继位之后，就携其母遍游蜀中道教名山。徐贤妃及其妹徐太妃还留有遍游道教名山的诗文。有如此举动的王衍可算是崇信道教，但当他的崇信与他的荒淫结合之后，这样的崇信是否经得起推敲，就值得深思了。

王衍的荒淫使其对于道教的态度是崇信中带有几分戏谑。这或许是杜光庭在编撰《集仙录》之后，又编撰一部《王氏神仙传》的原因。从《蜀梼杌》的记载中，多少就能看出，王衍对待道教复杂的一面。"宣华

①　王文才、王炎校笺：《蜀梼杌校笺》，巴蜀书社，1999年，第172页。
②　（清）吴任臣：《十国春秋》中华书局，1983年，第560页。
③　王文才、王炎校笺：《蜀梼杌校笺》，巴蜀书社，1999年，第79页。
④　王文才、王炎校笺：《蜀梼杌校笺》，巴蜀书社，1999年，第156页。

苑成，延袤十里。有重光、太清、延昌、会真之殿，清和、迎仙之宫，降真、蓬莱、丹霞之亭。土木之功，穷极奢巧。"①从这些宫殿建筑的命名上来说，王衍看似信奉道教。然而他在这些以道教仙山圣地命名的宫殿里作派，却十足是个纨绔子弟，缺少对信仰的敬畏。"衍数于其中，为长夜之饮，嫔御杂坐，舄履交错。尝召嘉王宗寿赴宴，宗寿因持杯谏衍。"②王衍只是在神仙宫殿环绕的环境里饮酒作乐。王衍还喜欢让后宫佳丽穿上道服，扮作道人，取悦于他。"后宫皆戴金莲花冠，衣道士服，酒酣免冠，其髻鬌然，更施朱粉，号'醉妆'，国中之人皆效之。尝与太后、太妃游青城山，宫人衣服，皆画云霞，飘然望之若仙。"③在这样的环境中，杜光庭编撰《王氏神仙传》，以王子晋为王氏之祖。杜光庭的《王氏神仙传》早已散佚，后来的一些神仙传记中还保留有《王氏神仙传》的部分文字。如南宋陈葆光编撰的《三洞群仙录》，元代赵宜真编撰的《历世真仙体道通鉴》等神仙传记都有所保留，今人从诸本之中辑录出王氏神仙传记三十九人，大致恢复了杜光庭原著的概貌。④

前蜀继承了唐代崇信道教的风气。唐末五代之际，越来越多关于女仙的传说被记录在不同的传记之中，或许正如杜光庭在《集仙录·录叙》中所言，"一阴一阳，道之妙用，裁成品物，孕育群形，生生不停，新新相续"⑤。杜光庭编撰一部女仙传记似乎已是水到渠成之举。

五

"仙传"概念确立之后，我们的研究关注的焦点是在作品。这样的研究使我们获得了有关神仙传记的诸多认知，帮助我们建立起有关神

---

① 王文才、王炎校笺：《蜀梼杌校笺》，巴蜀书社，1999年，第168页。
② 王文才、王炎校笺：《蜀梼杌校笺》，巴蜀书社，1999年，第169—170页。
③ （宋）欧阳修、宋祁撰，徐无党注：《新五代史》，中华书局，1974年，第792页。
④ （唐）杜光庭撰，罗争鸣辑校：《杜光庭记传十种辑校》，中华书局，2013年，第884页。
⑤ （唐）杜光庭撰，罗争鸣辑校：《杜光庭记传十种辑校》，中华书局，2013年，第567页。

仙传记的知识体系。但当我们进一步深入神仙传记研究，却发现虽都是仙传，然而他们的写作方式不同、写作目的不同甚至写作手法亦有差别，这些差别或多或少与作者身份的差别有关。以作者身份为切入，来考察神仙传记的创作，或许能有不同的收获。神仙传记的流传早于道教，《山海经》等早期作品中已有较为完整的神仙形象，魏晋间的志怪小说中亦有诸多神怪传记。然而这些作品的作者，大多不是后来所谓的道士。

魏晋时期，道教已经在社会上有着相当大的影响，著名的书法家王羲之家族，葛洪家族等都是道教信徒。此时也是中国志怪小说蓬勃发展的时期，举其要者大略有如下几部:《穆天子传》《汉武帝内传》《博物志》《搜神记》《搜神后记》《拾遗记》等，在这些志怪小说中，我们找到了那些被反复书写、后来又进入道教神仙体系的传记，这些作品大略可以分为三类，一类是个人传记作品如《穆天子传》和《汉武帝内传》，这类作品以古代帝王追寻神仙，希望得道成仙的事迹为主体，其中间杂了西王母等神仙形象。另一类代表则是《搜神记》《搜神后记》，这类作品是将诸多神仙传记集合，记录下上古多位神仙事迹的重要文本。最后一类如《拾遗记》，以类似《山海经》的地理构成，故事中夹杂着神仙事迹，也为我们留下了古代神仙的诸多信息。三类作品的创作侧重不同，但故事内容多与神仙相关。其中的有些故事作为素材，被后世仙传不断吸收改编，流传下来。

从现存的各种文献及目录记录来看，最早的道士创作的神仙传记应当是葛洪的《神仙传》。甚为可惜的是"最迟至隋唐，葛洪《神仙传》原本已不存，已出现各种传写本，而增删改写的不知凡几，后人只能根据古籍选择辑录，却难以恢复原貌"[1]。梁朝道士陶弘景的《真诰》之中亦有大量的女仙传记作品且保存完整，然《真诰》是全面记录道教上清

---

[1]　胡守为:《神仙传校释·前言》，中华书局，2010年，第5页。

派的道派文献，虽然其中某些女仙事迹被杜光庭吸收，但《真诰》本身并不是一部道教神仙传记作品。

隋唐之初，道士亦没有留下太多的神仙传记作品，直至杜光庭的出现，才打破了这一局面。他一口气创作了诸多有关神仙、鬼怪、精灵的作品。如《录异记》《仙传拾遗》《王氏神仙传》《历代崇道记》《神仙感遇传》等，仅从数量就可看出，杜光庭是道士创作道教神仙传记的代表人物，他之后再无道士，以一人之力，如此大规模地编撰道教神仙传记。

唐以后道士撰写的仙传作品也向三个路径发展：第一，仍是多位神仙传记合为一集者，如元代道士赵宜真的《历世真仙体道通鉴》及其《续编》《后集》。第二，如南宋道士陈葆光的《三洞群仙录》，该作品以事件为中心写作。第三，道派或祖师个人传记。祖师传记也是后来道士作者创作道教传记作品的着力之处，出现了诸如《犹龙传》《混元圣纪》《钟吕二仙传》等诸多传记，在此就不一一列举了。祖师传记在形式上虽与早期的《穆天子传》等十分相似，但是实质还是很不相同。早期作品是描述人去求仙访道，而后来的祖师传记则侧重于人修道成仙。如果说早期的周穆王和汉武帝，因慕神仙之道而踏上寻访神仙的道路，最后得与神仙相见，可以说人神之间还有明显的界线，那么后期的祖师们的传记里描写的大多是通过他们的修行最终脱离苦海，是在为广大信众提供神仙可学的榜样。

道士仙传作品创作目的，与早期非信徒创作的作品可能完全不同。道士创作的目的就是要推动道教信众建立起对道教的信心。道士与非道士作者作品的区别虽非泾渭分明，且作品之间亦有相互吸收借鉴之处，但并不妨碍二者之间区别大于相似，有意为之与自发创作的出发点不同，所以写作方法和收获的结果亦有差别。无论后人如何理解其创作内容，就如杜光庭自己在《毛仙翁传》中所言："则黄帝驾龙而腾跃，子乔控鹤而飞翔，赤松乘雨而飘摇，列寇御风而上下，史简昭著，又何疑焉?"①从这番言语看来，杜光庭对于神仙故事是完全相信的，至于将王子晋张冠李戴给了王姓，那只是姓氏上的错误，并非神仙故事本身的问题。作为一代高道，他所保证的是故事内容能够打动更多的读者，并相信道教。从杜氏选择进入传记的标准来看，在唐代具有社会名流身份的鱼玄机、李治等未能选入《集仙录》②，就说明了杜氏是想通过《集仙录》宣传他的道教成仙思想，而不是为名流树碑立传。如果可能，读者就该照着他的作品宣扬的方法修行实践，这就达到了他的创作目的。

　　综上所述，魏晋之际，道士群体发展起来开始创作道教仙传作品，但是没有形成独立的女仙传记作品，杜光庭创作的《集仙录》是第一部道士创作的女仙作品。虽然是一部仙传作品，但其中包含着杜光庭对道教教理教义、道教修行、道教神圣空间的阐释。杜光庭希望通过他的理解与阐释，带给大众可资信仰的道教。

---

① （唐）杜光庭撰，罗争鸣辑校：《杜光庭记传十种辑校》，中华书局，2013年，第937页。
② "这里有两个既区别又联系的概念，一是女道，一是女仙。从区别上讲，两者在性质上不可等而视之；从联系上看，女仙是女道的目标，女道是女仙的前身。严格地说，列入仙传的女道不仅均是修真女冠，而且是其中被认为事迹凸出而已经得到成仙者，杜氏仙传之宗旨十分明确，其立传标准始终紧扣《墉城集仙》这一主题。"参见杨莉：《道教女仙传记〈墉城集仙录〉研究》，香港中文大学博士论文，2000年，第32页。

第二章

《墉城集仙录》的开篇及其他

　　现存《集仙录》已经不全。原本《集仙录》开篇的第一位神仙是谁，便成为问题。尤其是在西王母与圣母元君谁排在前的问题上，着实困扰着研究者。围绕《集仙录》的开篇问题，我们还需要厘清西王母传与圣母元君传，只有相关问题梳理清楚之后，谁是开篇女仙的问题才能迎刃而解。

第一节　《墉城集仙录》的开篇

　　《集仙录》开篇收录问题学界争讼已久。究竟是"西王母"为开篇第一女仙，还是"圣母元君"为第一更为妥当？学界各有看法，且各有所据。这是没有完整《集仙录》版本流传下来，所造成的困惑。杜光庭本人所作的序言，其描述方式也具有很大的迷惑性。"女仙以金母为尊，金母以墉城为治，编记古今女仙得道事实，目为《墉城集仙录》。……此传以金母为主，元君次之，凡十卷矣。"①可见杜光庭的写作构想是围绕"金母"也即是西王母展开的，那么以"西王母"为开篇当是自然之推论。

---

① （唐）杜光庭撰，罗争鸣辑校：《杜光庭记传十种辑校》，中华书局，2013年，第567页。

然而现存的《道藏》本与《云笈七签》本的排序不一致，引起了研究者的关注。有学者认为，"其本正以金母为首，《道藏》本则颠倒之，疑为后人所窜"①。仅从文本的完整情况来看，《道藏》本的顺序似乎更接近原本，而《云笈七签》作为选本，自身就不具有完整性，因此，该本安排的神仙顺序，应该不具有参考性。另一部传记类书《太平广记》的卷五十六到卷七十，收录有女仙传记，也是以"西王母"为首。从排序问题来看，这类节选作品，都很好地贯彻了"女仙以金母为尊"的思想。

一

《道藏》本《集仙录》也不是全本，所以在这里以它为据来讨论收录顺序，似乎有点尴尬。不过我们还是想回到作者杜光庭的身份和身处的环境，来讨论他创作道教女仙传记作品的意图，再试图解开《集仙录》排序问题，希望能给读者多一条理解《集仙录》的路径。

杜光庭是当时的道门领袖，他撰写一部女仙传记，肯定不会是以取悦读者为目的。作为具有宗教领袖光环的杜光庭，撰写女仙传，就是要让道教的理念深入读者之心。有学者就认为，杜光庭的创造意图就是要阐明道教教义，辨明道教教理。②沿着这种思路去思考杜光庭的《集仙录》女仙顺序的安排，或许会为我们提供不同的阐释视角。抛开"圣母元君"是老子之母，唐代尊崇老子，故将其放在首位等推断。我们回到文本本身，会发现"圣母元君"出现在首位，有其统领全书的作用③。

"圣母元君"文本对元君本身的事迹叙述不多，与传记作品主要记述人物事迹为主的惯用写作手法不同。"圣母元君"文本中仅有"圣母元君

---

① 李剑国：《唐五代志怪传奇叙录》，中华书局，2017年，第1458页。
② 贾晋华著译：《唐代女道士生命之旅》，社会科学文献出版社，2022年，第252页。
③ "事实上，只有在唐代道教的背景下，才能找到这种安排的可能性与合理性。换言之，这一排位的成因只能从杜光庭的道教神学思想，以及老子神话在唐代道教所具有的特定的时代意义中去寻找——杜光庭本人就是唐代老子神话传说之集大成者。"参见杨莉：《道教女仙传记〈墉城集仙录〉研究》，香港中文大学博士论文，2000年，第22页。

者，乃洞阴玄和之炁凝化成人，亦号玄妙玉女，为上帝之师"①一句交代"圣母元君"来历的文字。鉴于其传记文体的特性，不多的介绍文字显得过分单薄。紧接着作者笔锋一转，开始介绍太上老君的降生过程。随后是六个"元君曰"构成传记的中间部分。传记结束语犹如道经惯用的套路叙述模式"说经将毕，龙鹤天仙来迎"一般，结束了"圣母元君"传。除了开头一句与元君本人的事迹相关之外，文本再无涉及元君行迹的文字。反倒是太上老君降生，元君曰等，占据余下的篇幅。一篇传记类作品，不以记录中心人物的行迹为叙述重点，不得不让人心生疑问。

杜光庭将"圣母元君"传排在第一，有其宣传道教思想和理念的用意。老君降生一节先不说，仅从六个环环相扣的"元君曰"的文本来说，就可看出杜光庭是要借"圣母元君"之口，从六个方面提纲挈领地介绍道教的修道观。作者也通过明确的文字表达了"圣母元君"宣讲的内容和意图。"老君于是景侍元君，幽阐妙道，将欲广化万有，大弘正真也。"②能让唐代奉为圣祖的老君，"景侍"的也只有自己的母亲。如此描写既周全了老君作为圣祖的身份，也彰显出老君作为儿子侍奉母亲的孝顺之道。接下来的文字"圣母元君"就开始宣讲道教的大道。第一曰，是以道教的认知体系来告诉修道之人身体及脏器的构成。道教的身体观与中医有诸多相通之处，然而这里的论述颇有特色。"吾观于身，皆六家之物，权借用耳。何谓六家？甲寅木神为骨，甲申金神为齿爪，甲戌土神为肌肉，甲辰风神为气息，甲午火神为温暖，甲子水神为润泽。又木神为肝，火神为心，土神为脾，金神为肺，水神为肾，风神为胆，六家共成人身。故有五脏六腑，九宫十二室，四肢五体，三膲九窍，百八十关机，三百六十骨节，各随而居之。"③此处圣母提出了构成人体的"六家"说，这与传统中医的"五行"说颇有不同，但其中又将五行之说融入其中。

---

① （唐）杜光庭撰，罗争鸣辑校：《杜光庭记传十种辑校》，中华书局，2013年，第569页。
② （唐）杜光庭撰，罗争鸣辑校：《杜光庭记传十种辑校》，中华书局，2013年，第570页。
③ （唐）杜光庭撰，罗争鸣辑校：《杜光庭记传十种辑校》，中华书局，2013年，第570页。

圣母提出的六家分为两个系统，首先是由甲子中的"六家"构成了身体的骨骼肌肉和气息，等生命特征。其次，提出来与中医五脏与五行的对应关系相似的"六家"，这里仅将六腑中的"胆"单独提出来，与五脏形成了第二套"六家"系统。第二曰，明显受到儒家"齐家治国平天下"思想的影响。只是圣母讲出来的儒家道理，根植于道教土壤之中。"夫重长生者，始于一身，次及家乡，至于天下。为子尽孝，为臣尽忠，为上尽爱，为下尽顺，色味调和，与道合真也。"[①]修道者的伦理纲常是从"一身"这个根基出发而"至于天下"。同时，圣母也强调了"上士积善，永久长生，号为真人"[②]的积善成仙的思想。第三曰，圣母从道教的角度讲述了人与人的区别，"人生天地之中，有清有浊，有刚有柔，因而修之，各成其性"。[③]这段文字充满了道教"气"的思想，禀气之不同，人就有了不同，不同的人采用不同的修行方式，成就各不相同。当然，圣母的言教还是要回到长生上来，"积气为精，积精为神，积神则长生矣"[④]。第四曰，圣母讲述了日常饮食、名誉、利益等与道教修行的密切关系。"世人唯知丰肴以甘其口，不知美食之伤命也。只知爵禄以荣其身，不知爵禄奢丽之伤己也。……夫仙者，心学心识则成仙，道者，内求内密则道来。"[⑤]第五曰，具体讲道教的术。文字开始之处，便将道与术作了区分："道得，虚通之至真也；术者，变化之玄伎也。"[⑥]第六曰，具体说了道教外丹术。"宝章变化之功，还丹金液之术，昔有七十二篇，今则九篇矣。"[⑦]圣母元君从以上六个方面阐释了道教的修行体系，她从道教所认识的人身结构、修道方法、修行路径、道与术的关系等方面，给修行者指明了修行之路。

---

① （唐）杜光庭撰，罗争鸣辑校：《杜光庭记传十种辑校》，中华书局，2013年，第571页。
② （唐）杜光庭撰，罗争鸣辑校：《杜光庭记传十种辑校》，中华书局，2013年，第571页。
③ （唐）杜光庭撰，罗争鸣辑校：《杜光庭记传十种辑校》，中华书局，2013年，第572页。
④ （唐）杜光庭撰，罗争鸣辑校：《杜光庭记传十种辑校》，中华书局，2013年，第572页。
⑤ （唐）杜光庭撰，罗争鸣辑校：《杜光庭记传十种辑校》，中华书局，2013年，第572—573页。
⑥ （唐）杜光庭撰，罗争鸣辑校：《杜光庭记传十种辑校》，中华书局，2013年，第573页。
⑦ （唐）杜光庭撰，罗争鸣辑校：《杜光庭记传十种辑校》，中华书局，2013年，第573页。

二

　　圣母传起到的效果犹如道教经典一般，在其传记即将结束之处也有如同经文结尾的描写，"云舆、羽盖、仙官、卫从森然而集，即乘八景之舆，白日升天"①。这并非惯用的传记结尾，而更似某些道教经文结语。《集仙录》中的"圣母元君"犹如来到世间讲经一般，宣讲完道教修行的六个方面之后，便又回到天界去了。书写的重点不在人物的生平事迹，而在于其讲述的六个方面。

　　我们这样的推测并非完全没有根据。《道藏》中收录有《先天玄妙玉女太上圣母资传仙道》，其文有云："吾有秘宝非圣不传，有能修之可以长存。"②该经主要讲道教修行，经过学者比对认为，该经文字是摘录成书于宋代的《混元圣纪》的卷二和卷三。③《先天玄妙玉女太上圣母资传仙道》包含有元君与老子的言教，其中元君所说的那部分内容，其源头可追溯到《集仙录·圣母元君》，此处兹列经文中的元君曰部分作对比，就能清楚地看到二者之间的承继关系。

《墉城集仙录》④	《先天玄妙玉女太上圣母资传仙道》⑤
元君曰："人生天地之中，有清有浊，有刚有柔，因而修之，各成其性。夫气清者，聪明贤达；气浊者，凶虐愚痴；气刚者，高严壮烈；气柔者，慈仁淳笃。……明者返伏其性，以延其命；愚者恣纵其欲，以伤其性。"	圣母告老君曰：夫人受生于天地中，有清有浊。气之清者，聪明慈仁；气之浊者，愚痴凶虐。明者，因修以成性；昧者，恣欲以伤命。性者，身之源也；命者，身之根也。是故，修学之人炼身于九丹，解结于五神，引炁于本生，灭根于三关，九炼十变，百节开明，包结断灭，乃知本真而成上仙也。……

----

① （唐）杜光庭撰，罗争鸣辑校：《杜光庭记传十种辑校》，中华书局，2013年，第574页。
② 《道藏》第18册，文物出版社、上海书店、天津古籍出版社，1988年，第689页。
③ 任继愈主编，钟肇鹏副主编：《道藏提要》，中国社会科学出版社，1991年，第631页。
④ （唐）杜光庭撰，罗争鸣辑校《杜光庭记传十种辑校》，中华书局，2013年，第572—574页。
⑤ 《道藏》第18册，文物出版社、上海书店、天津古籍出版社，1988年，第689—690页。

《墉城集仙录》	《先天玄妙玉女太上圣母资传仙道》
元君曰："道得，虚通之至真也；术者，变化之玄技也。道之无形，用术以济人。人之有灵，因修而契道。人能学之，则变化自然矣。道之要者，在深简而易矣；功术之祕者，唯符、药与炁也。符者，三光之灵文，天之真信也；药者，五行之华英，地之精液也；炁者，阴阳之和粹，万物之灵爽也。此三者，致道之要机，求仙之所宝也。人能兼之，可以常存，度人无量矣。"	元君曰：道者，虚通之至真；术者，变化之玄技。道因术以济人，人因修而会道，则变化无穷矣。夫道之要者，无为而自然。术之祕者，符与炁、药而已。符者三光之灵文，天之真信也。药者，五行之华英，地之精液也。炁者，阴阳之和粹，万物之灵爽也。人虽得一事未毕要资，符药道乃讫此。吾之祕宝耳，尔能兼之，可以长存，度人无量矣。
元君曰："宝章变化之功，还丹金液之术，昔有七十二篇，今则九篇矣。凡三卷，卷有三篇。其中卷三篇正丹经也。一曰《玄白》，二曰《金精》，三曰《飞符》，四曰《金华》，五曰《三五》，此谓之五符也。一曰白雪，二曰雌雄，三曰白华，四曰金液，五曰丹华，六曰五色，七曰泥汞，八曰金精，九曰九鼎，皆名九转还丹。得一丹者，可以长生，不必尽须作也。神丹之道，三化五转，至九而止。"	元君披出神图宝章，变化之方，还丹伏水火汞金液之术，凡七十二篇，以授老君，金液之术。圣母玄妙玉女曰：神仙之道，不在祭祀祷鬼神；不在导引与屈伸；不在咒愿多言语；不在精思自苦勤。长生之要在神丹，知之甚易，为实难。子能行之，可长存此之道成，立得仙。吾亦学得非自然金液之术。其文曰：一为玄白生金公太阳流珠入华池，斤内五两文菱蕤赤盐白雪成雄雌，五符九丹得之飞真，道在此人不知。五符者：一曰《玄白》；二曰《金精》；三曰《飞符》；四曰《金华》；五曰《三五青龙精》。九丹者，一曰白雪九转还丹；二曰雌雄九转还丹；三曰金液九转还丹；四曰白华九转还丹；五曰丹华九转还丹；六曰五色九转还丹；七曰泥汞九转还丹；八曰金精九转还丹；九曰九鼎极耀还丹，此九丹得一则可以长生，不在遍作也。神丹之道，皆三化五转，至九而止，得服之者与吾等矣。

《先天玄妙玉女太上圣母资传仙道》文本对《圣母元君》的增删代表了宋代对于道教修行理解的变化，但这种增删并不能改变《圣母元君》一文对修行所具有的指导性。反而更加说明，"圣母元君"讲授修行要道的文本，就很有可能是从《集仙录》开始，进而被《混元圣纪》吸收，最终单独成册成为《先天玄妙玉女太上圣母资传仙道》，用以指导信徒们的修行。

从作者采用这种书写方式来看，"圣母元君"放在《集仙录》的首位，就是要让读者了解道教的理念。开篇一段道教教理教义的宣讲，让读者知道并了解道教的宗旨，对道教的修行体系有结构性的了解，然后才开始展开下面的各位神仙的传记，似乎是合情合理的推断。

三

在《汉武帝内传》西王母与汉武帝的对话中，涉及了诸多修行方法，如"夫欲长生者，宜先取诸身，但坚守三一，保尔旅族……"[1]等说教。只是西王母所传之法，采用了更为文学的笔法，且不带浓重的道教修行气息，多在反复描写珍奇异草，不似"无上元君"以六曰的方式，传授道教修行。西王母的言辞之中，向我们展示了仙境、仙草之美。"金瑛夹草，广山黄本，昌城玉蕊，夜山火玉，逮及凤林鸣酢，西瑶琼酒，中华紫蜜，北陵绿阜，太上之药。"[2]西王母口中描述的是美妙的神仙境界，虽然这些吃过或饮用之后就能成仙的珍馐美酒，在西王母的话语中似乎就在眼前，然而实际却是远不可及。这又与圣母元君讲述的修行之道大相径庭。西王母传即使描写了一些修行成仙的方法，也还较为简单。如："夫始欲修之，先营其气，太上真经所谓行益易之道，

① 上海古籍出版社编：《汉魏六朝笔记小说大观·海内十洲记》，上海古籍出版社，1999年，第144页。
② 上海古籍出版社编：《汉魏六朝笔记小说大观·海内十洲记》，上海古籍出版社，1999年，第144页。

益者，益精；易者，易形。能益能易，名上仙籍；不益不易，不离死厄。行益易者，谓常思灵宝也。灵者，神也；宝者，精也。子但爱精握固，闭气吞液。气化血，血化精，精化液，液化骨，行之不倦，神精充溢。为之一年易气，二年易血，三年易脉，四年易实，五年易髓，六年易筋，七年易骨，八年易发，九年易形。形易则变化，变化则道成，道成则位为仙。"[①]西王母传授的方法还相对简单，没有复杂的修行套路，这也从一个侧面反应出《汉武帝内传》创作多截取早期神话的内容，而鲜少采用道教相关内容来充实故事。"圣母元君"这位道教兴起之后出现的女神，在她的传记创作之时，道教的修行体系已经相对完备，故而圣母元君传才能如数家珍般的将道教的修行方法以"六曰"的形式一一道来。

因此，我们可以看出，圣母元君讲授道教修行方法的功能，是从两汉魏晋之际已经形成的西王母处继承而来，只是作了修改，系统性更强，更具有道教修行色彩，而神仙境界的内容相对弱化，可读性也大打折扣。从道教的角度来说，由老君的母亲"圣母元君"来继承这个教授道法的功能，最为合适，将其放在"西王母"之前，也不会招来太多的质疑，毕竟"圣母元君"是老君的母亲，符合道教自身的逻辑。而且民间流传的圣母元君说故事相对简单，改造起来更为方便。于是当《集仙录》需要一位从文理上能够统领全局的神仙传记时，充满道教教理教义修行路径的"圣母元君"传，就成了不二之选。所以《道藏》本《集仙录》虽非全本，但将"圣母元君"放在首位的排序方式，应该是符合作者创作目的的。

---

① 上海古籍出版社编：《汉魏六朝笔记小说大观·海内十洲记》，上海古籍出版社，1999年，第145—146页。

四

考察成书于9世纪的《酉阳杂俎》前集卷二的"玉格"也有关于"圣母元君"的记载，文词简略得多，没有"六曰"的宣教布道式文字，且称为"玄妙玉女"。唐代虽奉老子为圣祖，但文人作者还没有将老子的母亲神化成布道的祖师。此项工作应该是到了《集仙录》的出现才完成的。《酉阳杂俎》中的"玄妙玉女"，也就变成了"圣母元君"。老君母亲称谓的不同，也隐约地透露出，她在道教内部的地位还不确定，需要时间去缓慢成形。于是在《集仙录》中，唐王朝远祖的母亲，一位还有创作空间的仙传人物，便被杜光庭借用过来，填充上"六曰"的内容，帮助他去宣讲道教教理，以及他对道教修行的理解。也借此将道教的教理和修行观念传播出去，去影响更多阅读仙传的读者，这恐怕就是具有道士身份的杜光庭，创作该传的初衷。

"圣母元君"在仙传中的排序问题，还可以参考《历世真仙体道通鉴后集》（简称《通鉴后集》），该传记由元代道士赵道一编撰，《通鉴后集》收录的也全为女仙传记，排在首位的是"无上元君"，虽然称呼上与"圣母元君"有别，但实为同一仙，即老子之母。将老子的母亲称为"无上元君"，是从元代开始的。元代徐道龄的《太上玄灵北斗本命延生真经注》中亦称"圣母元君"为"无上元君"。其文曰："先命玄妙玉女，即无上元君为天水尹氏之女，名益寿。"[1]

元末脱脱编撰《宋书·艺文志》之际，《集仙录》还保存有全本，那么同为元代的赵道一，他在编撰《通鉴后集》的时候，很可能参考过《集仙录》的排序。而且赵道一在序言中也说明他编撰的传记排序，不按照编年顺序。"是书甫成，或者曰：此不编年类传，何名通鉴？愚曰：

---

[1] 《道藏》第17册，文物出版社、上海书店、天津古籍出版社，1988年，第4页。

通鉴者，是通天下之人，可得而照鉴也。何必局于编年乎！"①既然不按照编年排序，那么前贤已经有的排列顺序，就是可资借鉴的最好参照，不必另辟蹊径。

从文学作品的写作手法来说，"圣母元君"传记写作手法是不成熟的，没有构成人物生平的完整叙事结构，也没有完整的故事，甚至连完整的情节也没有。而《集仙录》中这样的书写形式不止有"圣母元君"一例。"采女"一文亦复如此，全文以"采女"与"彭祖"一问一答的形式，讲述了道教养生修行之道。全文没有去建构采女完整的神仙事迹，而是通过与彭祖的问答来讨论道教养生理论。严格说来"采女"一文，不应该算作传记作品，跟后世所谓的"小说"就更是完全没有相似之处。具体分析"采女"的文本，可以将其看作道教养生知识读本，这也就是作者创作该文的目的，借用"采女"与彭祖的问答，传播道教养生知识。

由此观之，这类作品并不具有完整的故事情节。文章的主旨就是传达道教的教理教义和养生等修行方法，行文简单明了、逻辑清晰。一部传达道教教理教义的传记类作品，正好需要这样一篇人物故事不甚完整，却清楚阐述了道教教理教义，并具有统领地位的女仙，来作为作品的开篇，圣母元君传正好符合这一要求。

第二节　圣母元君传

圣母元君，老君的母亲，她的传记是在老子被神话之后才出现的一部作品。《集仙录》中的圣母元君传，其实是一部以圣母元君为依托，旨在描述老君生平和道教修行的文字。以女仙为题，内藏男仙故事的写作方式，在《集仙录》并不少见，是《集仙录》常用的一种写作手法。

---

① 《道藏》第5册，文物出版社、上海书店、天津古籍出版社，1988年，第449页。

《集仙录》的圣母元君传写作手法虽然不新，但其内容却很丰富，既吸收佛教的书写内容，也保留了中国上古神话的元素；既有上古神话的反刍，又有宗教教化的内涵。圣母元君传，是中外内容相融合、上古神话与道教仙话相结合的一篇作品。

<h2 style="text-align:center">一</h2>

东汉末年，佛教传入中国，开始不断地影响着中国文化。而巴蜀又是佛教较为盛行之地，尤其是隋唐之后更是如此。"隋唐五代时期巴蜀佛教的深刻变化，肇始于隋末唐初、成就于盛唐以降。隋末，天下大乱，大批中原义学高僧避乱入蜀，相互激荡，把巴蜀变成了当时的全国义学中心之一。继之，随着佛教各大宗派的次第形成，在巴蜀则形成了著名的剑南禅派。延至中晚唐，巴蜀僧人或东下江南，南方僧人或西上巴蜀，巴蜀僧人成为南宗禅弘扬的主力军之一。"[1]生活在唐末五代的杜光庭，虽然是一代高道，但他依然无法脱离佛教叙述风格对他讲述道教仙话的影响。

佛教进入中国之后也在不断建立自己的传记体系。杜光庭距离5世纪末、6世纪初，南北朝释慧皎撰写《高僧传》也已过去四五百年，佛教积淀的文化影响力，也会在道教传记中窥见一二。杜光庭入蜀之后，游走在佛教文化发达的蜀中大地上。其时，成都城中的大慈寺是一座深刻影响成都文化、经济、休闲的重要寺庙[2]。10世纪来到成都的杜光庭，亦会在距离大慈寺不远的玉局观举行道教仪式。而唐末蜀中相对的安宁，使宗教文化艺术等获得了长足的发展。唐朝皇帝两次避难蜀中，给蜀中带了人才，各类工匠、艺人、画家学者等，跟随唐皇一起来到蜀地，还有著名高道杜光庭。唐末蜀中的安定富足，为其各方面的发展创

---

① 段玉明：《巴蜀佛教文化》，宗教文化出版社，2021年，第51页。
② 段玉明：《唐宋大慈寺与成都社会》，《宗教学研究》，2009年第2期。

造了优良的条件，也为宋代赢得"一扬二益"的经济、文化、政治等重要地位打下了牢固的基础。

五代王建建立的大蜀国，亦是佛道并重的地方政权，形成了佛道二教共融共生的局面。"是岁，帝以降生日为寿春节。诸僧进辟支佛牙，道士献《武成混元图》。"[①]王建对高僧大德也是尊崇有加，"二月□□朔，帝幸龙华禅院，召僧贯休坐，赐茶药彩段"[②]。"武成元年（908）春正月癸酉朔，帝登兴义楼。有僧抉一目以献，帝命饭万僧报之。学士张格曰：'小人无故自残，赦其罪幸矣，不宜复崇奖以败风俗。'帝乃止。"[③]成都本就是道家发祥地，故王建还曾加封道教第三代天师张鲁，"封汉张鲁为扶义公"[④]。当然，王建对威胁政权安全的出家人也绝不手软，"昌明县道士李怀果谋乱，伏诛"[⑤]。无论是佛教还是道教，都只是王建政权的辅助力量。引文中的"饭万僧"也隐含了彼时巴蜀地区的佛教已经相当发达。仅从留存下来的佛教石刻遗存，就足以说明唐宋之际巴蜀佛教对社会的影响力。生活在这个时期的道教大师很难不对佛教有所了解，甚至自觉和不自觉地被佛教影响。

二

玉局观是道教地理神话系统里一个重要的神圣空间，是道教著名的"二十四治"中唯一一个在成都城内的治化。传说二十四治为道教创始人张陵所创，为避唐高宗李治之讳，唐代又称之为"二十四化"，以应二十四节气。虽然关于二十四治早已有道书记载过，但是作为唐末的"道门领袖"，并且长居成都的杜光庭，还是对"二十四治"进行了重新

---

① （清）吴任臣：《十国春秋》，中华书局，1983年，第510页。
② （清）吴任臣：《十国春秋》，中华书局，1983年，第514页。
③ （清）吴任臣：《十国春秋》，中华书局，1983年，第505页。
④ 王文才、王炎校笺：《蜀梼杌校笺》，巴蜀书社，1999年，第172页。
⑤ （清）吴任臣：《十国春秋》，中华书局，1983年，第510页。

梳理，并将其整理进了他编撰的《洞天福地岳渎名山记》，该书保存在《道藏》之中。

《洞天福地岳渎名山记序》，就撰写于玉局治。玉局治也与道教北斗信仰有着莫大的关系，《太上玄灵北斗本命延生真经》就有一段关于该经的降授神话，将玉局治与《北斗经》联系起来，"（老君）化身下降，至于蜀都，地神涌出，扶一玉局，而作高座。于是老君升玉局座，授与天师《北斗本命经诀》"①。近来有学者研究认为，北斗信仰兴起于玉局治的关键人物乃是杜光庭②。

杜光庭在蜀期间，时常会来到玉局观中，或是举行道教仪式，或是小住一段时间。据今人王纯五考证，五代时期的玉局观大约在万里桥附近。③万里桥距离同在城内的大慈寺并不算远。玄奘就于大慈寺受戒，而五代时期的大慈寺在蜀中的影响正如日中天，处于同城之中的杜光庭，不会对近在咫尺的佛教圣地毫无所知。作为成都城里的佛教中心寺庙，也不会不对杜光庭产生文化辐射。

王氏大蜀国时期，佛道二教一起入朝。《广成集》收录的《谢恩奉宣每遇朝贺不随二教独引对表》称曰："以臣每有起居称贺，皆与道众僧人齐班，特降宣旨，令臣自今已后，独入引对，不随众例者。"④准许杜光庭单独"引对"之前，杜光庭是与道士僧人同班。也即是说，杜光庭与僧人在朝堂之上或可能是有交流的。除此之外，杜光庭传中亦有如下记载，"光庭初入蜀时，曾于梓潼遇异僧，僧与县令周乐有旧，忽云：'今日自兴元来，颇瘁。'光庭奇其言。明日僧去，乐谓光庭曰：'此僧乃鹿芦蹻，故剑侠也'为嗟异者久之"⑤。书中描述的内容真实与否并不重要，

---

① 《道藏》第11册，文物出版社、上海书店、天津古籍出版社，1988年，第346页。
② 丁酪著、于国庆：《〈北斗经〉之问世流传与蜀地关系考论》，《宗教学研究》，2021年第3期。
③ 王纯五：《天师道二十四治考》，四川大学出版社，1996年，第279页。
④ （唐）杜光庭撰，董恩林点校：《广成集》，中华书局，2011年，第4页。
⑤ （清）吴任臣：《十国春秋》，中华书局，1983年，第676页。

重要的是书中描绘了在佛道教都很发达的大蜀，道士与和尚之间交流的机会应该不少。这样的交流也给他编撰的道教仙话吸收佛教叙述形式，描述手法，带来了可能性。尤其是在对教主的塑造上，佛教的神话叙事方式会不露痕迹地出现在道教传记之中。

三

《集仙录》中关于老子降生故事是夹杂在"圣母元君"传中呈现出来的描写相对简略，但却包含有诸多元素值得我们深究。尤其是当我们以《集仙录》"圣母元君"传为中心来考察老子传记的撰写过程时，我们就能够清晰地勾勒出老子传记书写的演变过程，而在这个演变过程中，中国古代仙话内容有的被置换了，也有佛教内容进入老子传记之中，更有后代作者对于早期神话的画蛇添足，如此等等都值得我们去分析和探索关于老子传记的发展与演变。从《史记》到诸如《混元圣纪》《犹龙传》等描绘老子的传记类作品，作为"得道之圣"[①]的老子，其传记愈来愈神化。《集仙录》开篇的"圣母元君"关于老子降生的神话虽非完整的老子传记，但是这段神话颇有些似曾相识的感觉，而且作为老子神话承上启下的作品，尤其值得注意。

有关老子的故事、传说早已有之，早在战国，《庄子》就已开始神化老子。早先关于老子的描写多是一鳞半爪，神龙见首不见尾。就如我们耳熟能详的孔子对老子的描述，"吾乃今于是乎见龙！龙，合而成体，散而成章，乘云气而养乎阴阳"[②]。《庄子·天运》开了神化老子之先河，之后有关老子的描述更为丰富和完备。战国就已变化无常具有神龙属性的老子，到了汉代司马迁著《史记》时，事迹就更加难以厘清了，于是司马迁也对自己记录下的老子事迹没有把握，临了加上一句。"或曰：

---

① 王明：《抱朴子内篇校释》，中华书局，1980年，第138页。
② （清）郭庆藩撰，王孝鱼点校：《庄子集释》，中华书局，1961年，第525页。

'老莱子亦楚人也，著书十五篇，言道家之用，与孔子同时云。'"①张守节唯恐后人看不出司马迁的犹豫，在他为《史记》"正义"的时候，加上说明，"太史公疑老子或是老莱子，故书之"②。也就是说，其实在太史公生活的时代，关于老子的史实已经模糊，而后代的仙传就着这个模糊的轮廓，逐渐神化老子的行迹。然而，后世神化老子的道路，出现了线索不清，内容反复，吸收佛教内容与坚持中国传统的不同进路。颇值得我们深思的是：吸纳佛教内容的反而以道教文献为主。坚持中国传统神话的书写模式的则是以文人志怪小说为主。这或许从另外一个方面反映出六朝道教对佛教的屈服。③

四

先从道教经典来看，老子神话过程中吸收佛教因素的例子。《老子化胡经》传为西晋道士王浮所撰。经唐、元等朝代禁毁，现在仅在一些道教类书及敦煌文书中存有部分文字。现存敦煌残卷中的"卷一"就有文字曰："是时，太上老君以殷王汤甲，庚申之岁，建午之月，从常道境，驾三气云，乘于日精，垂芒九耀，入于玉女玄妙口中，寄胎为人。庚辰之岁，二月十五日，诞生于亳。九龙吐水，灌洗其形，化为九井。尔时，老君须发皓白，登即能行，步生莲花，乃至于九，左手指天，右手指地，而告人曰：天上地下，唯我独尊。我当开扬，无上道法，普度一切动植众生，周遍十方，及幽牢地狱。应度未度，咸悉度之，隐显人间为国师范。"④杜光庭在整理和撰写"圣母元君"传时，整合了早期道经中有关老子的传说，形成了具有佛教因素的老子故事。"元君因攀李树

---

① （汉）司马迁：《史记》，中华书局，2014年，第2606页。

② （汉）司马迁：《史记》，中华书局，2014年，第2606页。

③ 葛兆光：《屈服史及其他：六朝隋唐道教的思想史研究》，生活·读书·新知三联书店，2003年。

④ 李德范：《敦煌道藏》，全国图书馆文献微缩复制中心，1999年，第2073页。

而生诞于左肋。时有九龙自地涌出，腾跃空中，吐水而浴老君焉。"①"老君既生，能行九步，步生莲花，以乘其足，日月扬辉，万灵侍卫，……既行九步，左手指天，右手指地，言曰：'天上天下，唯我独尊。世间之苦，何足乐闻。'"②这段具有王者宣言式的文字，我们在佛经、敦煌变文及游记著作中会经常见到，其与释迦牟尼佛降生的场景何其相似！此处就选取大家熟知的《大唐西域记》中描写的佛陀降生场景，以作对比。"菩萨生已，不扶而行于四方各七步。而自言曰：'天上天下，唯我独尊。今兹而往，生分已尽。'随足所蹈，出大莲花，二龙踊出，住虚空中，而各吐水，一冷一暖，以浴太子。"③两段文字，虽然不是字字句句相同，但其中神韵确实无有二致。同样的内容，不仅出现在《集仙录》，在杜光庭撰写的《道德真经广圣义》之中亦有之④。发端于西晋的老子传记佛教化，到杜光庭这里得到了延续。到宋代贾善翔编《犹龙传》的时候，也延续了相同的叙述内容⑤。如果汉代老子传还是中国传统内容，魏晋之际加入佛教因素，那么到了唐末杜光庭则是对老子传记中的佛教内容给予了肯定。杜光庭"道门领袖"的身份对于他作品的传播和推广有着不言而喻的作用，因此，宋元以后的老子传记大都遵循杜光庭的写作基调。到了元代赵道一编撰"无上元君"传的时，描写更加细致，细节更为精彩。"圣母因攀李枝，忽从左腋降生。是时阳景重耀，祥云荫庭，万鹤翔空，九天称庆。玉女跪捧，九龙荐水，以浴圣姿，龙出之地因成九井。降生之初，即行九步，步生莲华，左手指天，右手指地，曰：天上地下，惟道独尊，我当开扬无上道法，普度一切动植众生，周遍十方及幽牢地狱，应度未度，咸悉度之。隐显人间，为国师范，位登太极无

① （唐）杜光庭撰，罗争鸣辑校：《杜光庭记传十种辑校》，中华书局，2013年，第569页。
② （唐）杜光庭撰，罗争鸣辑校：《杜光庭记传十种辑校》，中华书局，2013年，第569—570页。
③ （唐）玄奘述，辩机撰：《大唐西域记》，广西师范大学出版社，2007年，第85页。
④ （唐）杜光庭述，周作明校理：《道德真经广圣义校理》，中华书局，2020年，第42页。
⑤ 《道藏》第18册，文物出版社、上海书店、天津古籍出版社，1988年，第12页。

上神仙，号曰聃，名耳，字伯阳。或曰伯阳父者，尊老之称也。"①《通鉴后集》中有关老君降生的描写细节更加丰富了。

仙传中老君降生的场景尤其是"左腋降生"这一幕令人印象深刻，不过类似的传说中国古籍中亦有之，只是描写方式与佛教不同。《史记·夏本纪》张守节正义引《帝王纪》曰："父鲧妻修己，见流星贯昴，梦接意感，又吞神珠薏苡，胸坼而生禹。"②一般学者认为"胸坼而生禹"就是剖胸而生禹。这与老子的由左腋降生，有异曲同工之妙。宋代罗泌的《路史》有"孕生坼疈"一文，不仅考证了"坼疈"而生之人，还列举了诸多奇奇怪怪的神话式生产故事。"兹世之所常有，而坼疈之事，尤为昭彰。诗人美后稷之生'不坼不疈'，则古固有坼疈者矣。黄白六年，魏守孔羡《表》言：'黎阳掾屈雍妻王（氏），以去年十月十二日坐草生男，从右肋下水腹上生。其母自若，无他异痛。今子母安全。'又《广五行记》：'李势末年，马氏妊，从胁生子，母无恙。李宣妻樊生儿，从额疮中出，及长将兵。宋武时，武宁扬欢妻妊女，从股中生，至齐犹在。'《（新）唐（书·五行）志》：'大顺元年，资州兵王全义妻孕，渐下至股，入足拇指，痛折生珠，渐大如杯。'何谯周致疑于陆终乎？老聃疈左，释迦疈右，夏后辟背，此予之不疑者。"③生育神话的生产方式千奇百怪，但圣母元君传中老子出生的场景，却要选择与佛陀出生场景相似的书写方式，很难不让人想到二者之间似乎有一定的联系。中国早期的生产神话不断演变，最初的内容形式逐渐被淡忘。佛教传入之后，或可能影响到了老子传记的书写，才有了圣母元君从左肋生老子的场景。

有研究者根据佛祖降生神话的内容，及印度的医学书籍，认为"古印度有开刀手术和使用仪器的事实，包括危险的从子宫内取出胎儿的手

---

①　《道藏》第5册，文物出版社、上海书店、天津古籍出版社，1988年，第450页。
②　（汉）司马迁：《史记》，中华书局，2014年，第64页。
③　周明：《路史笺注》，巴蜀书社，2022年，第1111—1112页。

术"①。神话书写"左腋降生"的情节，似乎更为重视其代表的神圣性和圣洁性，而不在乎故事所反映的医疗技术。因此，教主出生场景，才会采用异于常人的描写方式。

老君在外形上也受到了佛教内容的影响，"圣母元君"传中那一句"七十二相，八十一好"②一如佛经对如来的描绘。

造作时间约在刘宋时期的道经《三天内解经》③，延续了《老子化胡经》中佛教内容，也将老子描写成多生多世降临人间，且这一世的出生场景也很具有佛教色彩。"三气混沌相因，而化生玄妙玉女。玉女生后，混气凝结化生老子，从玄妙玉女左腋而生，生而白首，故号为老子。老子者，老君也。"④只是该文献为道教经典，描述简略故事性不强。

六朝文人旧籍《拾遗记》卷三中亦有简短的老子事迹⑤，其形象已经有了明显的神化迹象。"老聃在周之末，居反景日室之山，与世人绝迹。惟有黄发老叟五人，或乘鸿鹤，或衣羽毛，耳出于顶，瞳子皆方，面色玉洁，手握青筠之杖，与聃共谈天地之数。及聃退迹为柱下史，求天下服道之术，四海名士，莫不争至。五老，即五方之精也。"⑥创作者还神化了《道德经》的创作过程，"记造化人伦之始，佐老子撰《道德经》，垂十万言。写以玉牒，编以金绳，贮以玉函。……老子曰：'更除其繁紊，存五千言。'"⑦《拾遗记》的描写虽然光怪陆离，怪诞不经，但其描写主要还是集中在老子事迹及《道德经》创作本身，还未将其笔触延伸

---

① ［美］郑僧一著，郑振煌译：《观音——半个亚洲的信仰》，贵州大学出版社，2013年，第194页。

② （唐）杜光庭撰，罗争鸣辑校：《杜光庭记传十种辑校》，中华书局，2013年，第570页。

③ 《三天内解经》题"三洞弟子徐氏撰"。徐氏为南朝刘宋时道士。见任继愈主编、钟肇鹏副主编：《道藏提要》，中国社会科学出版社，1991年，第950页。

④ 《道藏》第28册，文物出版社、上海书店、天津古籍出版社，1988年，第413页。

⑤ 四库全书研究所整理：《钦定四库全书总目》，中华书局，1997年，第1875页。

⑥ 上海古籍出版社编：《汉魏六朝笔记小说大观·拾遗记》，上海古籍出版社，1999年，第514页。

⑦ 上海古籍出版社编：《汉魏六朝笔记小说大观·拾遗记》，上海古籍出版社，1999年，第514页。

到"圣母元君",更没有虚构李灵飞作为老子父亲的痕迹。也不似宋代以后的老子传记,将其生命描写成多生多世。不过《拾遗记》中的书写方式,已经有了将其分为两人,在与"五老"相往来的情境下,作者称之为"老聃",当其"退迹为柱下史"去编撰《道德经》时则称之为"老子"。虽然作者还没有明显的将其描写为多生多世的模式,但将其区隔为"圣"(老聃)和"俗"(老子)的建构方式,或对后世老子传记的写作有一定的启发意义。

唐代文人段成式的《酉阳杂俎》延续了《拾遗记》中国传统的志怪小说神化老子的描写方式。如:"李母本元君也,日精入口,吞而有孕,三色气绕身,五行兽卫形,如此七十二年而生陈国苦县赖乡涡水之阳九井西李下。具三十六号,七十二名。又有九名,又千二百。老君又曰九天上皇洞真第一君、大千法王、九灵老子、太上真人、天老、玄中法师、上清太极真人、上景君等号。形长九尺,或曰二丈九尺。耳三门,又耳附连环,又耳无轮郭。眉如北斗,色绿,中有紫毛,长五寸。目方瞳,绿筋贯之,有紫光。鼻双柱,口方,齿数六八。颐若方丘,颊如横垄,龙颜金容,额三理,腹三志,顶三约,把十蹈五,身绿毛,白血,顶有紫气。"[1]《酉阳杂俎》的描写不可谓不神奇,其中的基本元素大都取自中国神化传统,传承了中国志怪传说描写老子的路径,与道教经典采用佛教描写手法来神话老子的做法,形成了鲜明的对比。

五

老君神话在流传演变过程中,吸收了有关姓氏起源的神话因素。姓氏起源是人类社会进入文明阶段的产物,姓氏的起源可以追溯到母系氏族社会[2]。无论中华姓氏起源于图腾,还是来源于分封,都明显要早于老

---

① (唐)段成式撰,许逸民、许桁点校:《酉阳杂俎》,中华书局,2018年,第34页。
② 谢均祥:《论中华姓氏(上)》,《黄河科技大学学报》,2006年第4期。

子出生之年。而在《集仙录》中，关于老子姓氏来源的神话，可以看作是创作者对于中华姓氏起源的一次神话记录。关于老君姓氏的来源，《集仙录》有如是描述："即指李树曰：'此余姓也'，遂为李氏，时人亦因号元君为李母焉。"[①]姓氏起源的神话想象也是中华民族神话中的重要内容。

关于姓氏的起源，华夏兄弟民族的神话中还保留有与上文所引老君姓氏来历相似的神话情节。羌族的《姐弟射日造人烟》就有类似的传说。"婚后三年，姐姐怀胎，生下一个没头没脸没鼻子没眼的肉团团。姐姐说：'这怎么办？真是丢死人了，叫你别，偏不听！'弟弟本来心里就不舒服，又受了一顿窝囊气，更是起火，就拿这个肉团团出气。他操起一把弯刀猛砍，把肉团团砍成了一坨又一坨小肉块儿。砍完还不消气，又抓起这些肉块子东南西北到处抛撒。这些肉块子落得满山遍野。一些沾在了梨树上，一些挂到了桃树上，一些分别落到了核桃树、白杨树、李子树上。……第二天，这些树下竟有了人，升起了一股股的炊烟。从此，这个世界上就有人了。当时落在桃树上的就姓陶，李树上的姓李，核桃树上的姓郝，白杨树上的姓白……"[②]

无独有偶，藏族神话中姓氏的来源亦采用了相同的解决方式。在《洪水冲天》这个神话中，我们又看到了几乎相似的内容。"远古时候，洪水泛滥，水浪接天。天上有个撒金娘娘，撒一把金子洪水消退一截，再撒一把金子，水又消退一截，直到把洪水消退到涨水前的原样为止。但洪水淹后天底下已荒无人烟，只有太阳与月亮。太阳对月亮说：'天底下都没得人了，我们还出来有什么用，干脆我们俩成亲重新繁衍人类。'他们约定各拿一扇磨子，分别到对立的两座山上把磨子放下山来，两扇磨子滚到山脚后，合拢一处了，两个就成了亲，并生了一个孩子，把这个孩子砍成一百块，分别挂在一百棵不同种类的树梢上。第二天早上，

---

① （唐）杜光庭撰，罗争鸣辑校：《杜光庭记传十种辑校》，中华书局，2013年，第569页。
② 周晓钟收集整理，平武县民族宗教事务局编印：《平武羌族民间故事集》（内部资料），第4—6页。

每棵树下都冒出了炊烟，那一百块已变成了一百家人。有人以后，太阳和月亮又操心没得种子进行生产来维护这些人的生活，正操心时，来了一条狗，在地上打了一个滚，狗尾巴上恰好粘了一粒麦子，他们就把这粒麦子取下作种子播下，从此，人类有了农作物，解决了人的生存问题。之后，太阳和月亮又商量轮流出去为人们送温暖和光明。他们决定晚上月亮出去为人们照明，太阳白天出去替人们送温暖。但太阳怕羞，月亮便让太阳拿一把麦芒，有谁看太阳就用麦芒刺眼，太阳晃眼也就是这个来历。据说现在的百家姓就是根据那一百棵不同种类的树名得来的。"[1]姓氏起源神话向我们展示了中华姓氏的早期来源与当时民众居住地有着密不可分的关系。

《集仙录》中老子姓氏来源神话，是对早期中原姓氏产生的神话学解释的反刍。《集仙录》借用"以树名为姓"的神话来塑造老子姓氏，说明这种传说在当时有一定的社会接受度，作者才采用这种姓氏起源来解释老子李姓的来源。从其他兄弟民族也采用这种神话解释来看，"以树名为姓氏"的传说，应当是华夏大地较为普遍的姓氏起源神话。

杜光庭撰写于唐末五代的《集仙录》基本认同了这种姓氏起源的神话，所以才在"圣母元君"传中，采用了早期民族获得姓氏的方式来书写老子姓氏的获得方式。但是这样无父而生的，由树名获得姓氏的原始思维方式，在宋代遇到了伦理障碍。我们先来看《集仙录》中的描写："老君乘日精，驾九龙，氤氲渐小，如九色弹丸，自天而下，托孕于元君之胎。元君时在楚国苦县濑乡曲仁里涡泉之滨，昼日假寐，遂感日象如流星之光，径入口中，因而有娠，凡八十一年。"[2]

《集仙录》"圣母元君"感孕神话之中，完全没有提到老子父亲的信息，这也为后世作家杜撰一位老子父亲留下了足够的创作空间。

---

[1] 宋兴富主编：《康巴民间文学集成丛书·藏族民间故事（中）》，巴蜀书社，2004年版，第8—9页。

[2] （唐）杜光庭撰、罗争鸣辑校：《杜光庭记传十种辑校》，中华书局，2013年，第569页。

六

感孕神话是中国神话的重要题材,《史记》之中已有记载,如"殷契,母曰简狄,有娀氏之女,为帝喾次妃。三人行浴,见玄鸟堕其卵,简狄取吞之,因孕生契"[1]。传说中后稷亦是感孕而生的神人。"周后稷,名弃。其母有邰氏女,曰姜原。姜原为帝喾元妃。姜原出野,见巨人迹,心忻然说,欲践之,践之而身动如孕者。居期而生子,以为不祥,弃之隘巷,马牛过者皆辟不践;徙置之林中,适会山林多人,迁之;而弃渠中冰上,飞鸟以其翼覆荐之。姜原以为神,遂收养长之。初欲弃之,因名曰弃。"[2]除此之外,道教体系内亦有感孕神话,感孕神话的主角是张天师的后代,道教内部的感孕神话与道经传承,孕育龙子等有关联。"《集记》:'温江治西三十五步有女郎祠。张天师孙灵真之女名玉兰者,幼不茹荤,十七梦吞赤光,感孕,为母所责。一夕,无疾而卒,有一物如莲花自腹中出。开视之,乃《本际经》十卷。葬百余日,雷雨晦暝,失经所在,坟圹自开而飞升,棺盖挂于巨木之上。此三月九日事,乡人至今如期斋祭之。'"[3]从文字内容来看,玉兰是天师后代,但是感孕而生的情况,却不被其母接受,才导致了玉兰的身亡,这与上古时大禹的母亲感孕而生的周遭待遇已是大相径庭。

同是张氏一脉的张鲁女,也有一段"感孕而生"神话,该作者笔下的张鲁女则是另外一番遭遇。"按《郡国志》:'梁州女郎山,张鲁女浣衣石上,感赤光之祥而怀孕,生二龙。及女死,将殡,柩车忽腾跃升此山,遂葬焉。其浣衣石犹在,因谓之女郎山。'"[4]说明不同的作者对于相同的主题,伦理标准不同,也造成了他们在记述类似"神话"时,叙述

---

[1] （汉）司马迁:《史记》,中华书局,2014年,第119页。
[2] （汉）司马迁:《史记》,中华书局,2014年,第145页。
[3] （明）曹学佺撰,杨世文点校:《蜀中广记》,上海古籍出版社,2020年,第60页。
[4] （明）曹学佺撰,杨世文点校:《蜀中广记》,上海古籍出版社,2020年,第60页。

的语句亦有差异。

生活在某个时代里的人会被该时代的伦理观念所影响。那些接受儒家正统伦理观念的作者似乎不能接受感孕而生,没有父亲的神仙降生神话,于是开始为感孕而生的老君寻找合适的父亲。其中较为突出的故事有两个,一个是《古今图书集成·人事典》引《魏书》的,"老聃,父姓韩,名乾,字元毕。母曰精敷,二合而娠,孕八十年而生于李树下,因以为姓"[1]。看来从魏晋开始,神话编撰者就已经为虚构老子的身世煞费苦心了。这则神话保留了指树为姓的情节,又给老子虚构了一位姓韩的父亲,这种逻辑混乱叙述方式,最终还是逐渐消失在大众视野中。不仅如此,有的神话传记还详细描述了老君韩姓父亲的相貌与身世。"老聃父名乾,字元果,胎则无耳,一目不明,孤单,年七十二无妻,与邻人益寿氏老女野合,怀胎八十余年乃生老子。"[2]只是这种描述更为荒诞,褒贬混淆,更不适合作为一位宗教神灵的降生神话,于是在后代老子神话的构建中,这则神话逐渐被舍弃。

为老子寻找一位姓李的父亲,直接删除早期神话中姓氏神话的孑遗,采用符合逻辑的叙述方式,建构一位宗教神仙的神奇身世,采用更符合社会伦理的叙述方式,是后代老君传记编撰的基本思路。于是宋代时两部编撰时间相去不远的老子传记,即《犹龙传》和《混元圣纪》都为老子的降生寻找了人世间的父亲,只是描写互有详略。成书略早的《犹龙传》文字描写还相对简单,"以商第十八王阳甲十七年,庚申岁,讬孕于玄妙玉女。九十一年,诞于亳之苦县,即武丁九年,庚辰岁,二月十五日也。明宗绪者,灵飞之先,起于颛帝之后,至灵飞凡数十世。灵飞娶天水尹氏。尹氏即玄妙玉女也"[3]。《犹龙传》的描写,重点是在时间的确定性上,让读者顿生阅读史传作品的错觉。然而,老子母亲的姓

① (清)姚东升辑,周明校注:《释神校注》,巴蜀书社,2015年,第149页。
② (清)姚东升辑,周明校注:《释神校注》,巴蜀书社,2015年,第149页。
③ 《道藏》第18册,文物出版社、上海书店、天津古籍出版社,1988年,第2页。

氏问题，也是各作者描写不统一的地方。《集仙录》也绕开了这个问题，就直接称为"李母"，是在老子指李树为姓之后，方才获得这一称呼的。其实在成书略早于《集仙录》的《酉阳杂俎》中就曾记录过老子母亲的姓氏。"青帝劫末，元气改运，托形于洪氏之胞。"[①]上文亦曾引李母乃"益寿氏"加上《犹龙传》中的尹氏，老子母亲的姓氏也是经历了多次的转变。神话写作者们在不断地构筑自己心目中的神仙形象，以及他们所能理解的神仙所呈现的社会伦理属性。

另外一部，题名为宋观复大师、高士谢守灏编的《混元圣纪》，除了其神学理论更为精巧之外，内容更加丰富，语言也愈加文学化，想象宏大而瑰丽。"老君虽历代应见，而未有诞生之迹，将欲和光同尘以立世教。乃先命玄妙玉女降为天水尹氏之女，名益寿，适仙人李灵飞。玄妙玉女即无上元君也。灵飞本皋陶之后，至商时父子相承得修生之道。父庆宾年百岁余，常有少容，周游五岳诸山，一旦云龙下迎，白日升天。灵飞感父升天之事，精修大道，亦百余岁。当老君未诞而升天，至商十有八世王阳甲践祚之，十七年庚申岁，老君自太清仙境分神化炁乘日精驾九龙化为五色流珠下降。时尹氏昼寝梦天开数丈，众仙捧日出，良久日渐小，从天而坠，为五色珠大如弹丸，因捧而吞之，觉而有娠。"[②]

宋代对老子传记内容的改编，很快获得道门内部的回应。元代徐道龄集注的《太上玄灵北斗延生真经注》延续了这种说法。虽然圣母元君都是感而怀孕，但无父无姓的传说，在宋元之际的伦理环境中，已经难以被人们接受，于是神话也不得不屈服，为老子找到了一位父亲。而这位父亲却在老子入胎之前就飞升了。虽然没有改变圣母元君感应而孕的故事主线，但却使得老子，生而有父，生而有姓。而且，神话的创

---

① （唐）段成式撰，许逸民、许桁点校：《酉阳杂俎》，中华书局，2018年，第34页。
② 《道藏》第17册，文物出版社、上海书店、天津古籍出版社，1988年，第804页。

作者，也并非凭空给老子创作了一位父亲。梁代著名道士陶弘景创作的《真灵位业图》中就有"太保玉郎李君，名飞"。据今人王家葵考证，"《云笈七签》卷九十七亦说：'方丈台东宫昭灵李夫人者，即北元中玄道君李庆宾之女，太保玉郎李灵飞之妹也。'则小字注释说'名飞'，或有误，当作'名灵飞'"①。老子的父亲不仅在世俗传承上有着显赫的家族传统，在神仙层面也有着尊贵的血脉。老子神话叙述的发展路径，显示出神话天马行空的想象，但仍需要接受世俗的剪裁，并接受不被世俗理解的悲哀。

七

《混元圣纪》和《犹龙传》两书除了在为老子杜撰一位父亲的问题上有相似之处外，还将佛教轮回的观念，用于塑造老子成历世累劫不断而拯救人类的神仙，延续了《老子化胡经》以来的老君降生于商代，历经商周的超长时空的叙述方式，转变成了具有佛教轮回色彩不断历世的老子。"在伏义（引者注，羲之误）时，号郁华子；神农时，号大成子；祝融时，号广寿子；黄帝时，号广成子；颛帝时，号赤精子；帝学待（引者注，喾时之误），号录图子；帝尧时，号务成子；帝舜时，号君臣子；夏禹时，号真行子；商王时，号锡则子，皆以经术授帝，俾行化于世。"②老君历世显化的叙事方式，直接引发了《老子八十一画图》的产生。而且多世多生的这种叙事方式，不仅被用在老君神话之中，其他需要神化的神仙，也都开始采用这种叙事结构去处理。比如，文昌帝君神仙事迹建构形式，亦复如是。《文帝孝经原序》也是采用这套话语体系在阐述文昌帝君的事迹。"帝君以至孝而居文昌上位，一十七世为士大夫身，

---

① （梁）陶弘景纂，（唐）闾丘方远校定，王家葵校理：《真灵位业图校理》，中华书局，2013年，第62页。
② 《道藏》第18册，文物出版社、上海书店、天津古籍出版社，1988年，第2页。

现九十七化。"①而吕洞宾历世显化的图像则绘在了永乐宫的壁画上。《老子八十一画图》也刻在陕西白云观，甚至还有刻本流传民间。这些神仙转世事迹图画供民众学习和了解，于是这样的转世应化，拯救受苦众生的神话故事就在民众中日益传开，而民众也越发能够接受这样的故事。

老子故事主线的来回变化，折射出每个时代对于神话的阐释受制于时代的思想的牵制，也反映出神仙传记作者的个人特征。不同的作者所选择的神话内容，与作者的偏好或有一定关系，导致他们对神话的材料的取舍呈现不同的样态。

《集仙录》中老子故事虽然还未形成多世转生的结构，但是作为老子殷商这一世的故事结构和内容变得更为丰满，佛教诸多内容的进入也融合得更加圆融，为进一步发展成为多世转生结构的老子故事，奠定了良好的基础。同时也应该看到《集仙录》中"老子"神话保留的中国本有神话因素，而这些因素在后来的老子神话中逐渐被取代，虽偶有反复，但道教内部主要流行的话语已被《混元圣纪》和《犹龙传》占据，反观《集仙录》中的老子故事，似乎就显得更具价值，其中保留的无父而生、指树为姓的情节就更具有中国上古神话的色彩和意义了。而从佛教舶来的指天指地等情节，某种程度上可以看作从魏晋就开始的道教对于佛教神话的屈服，只有采用当时占据主流话语体系的教主身世神话构建体系，才能占有一席之地，所以不得不采用与佛教相似的话语来重构老君降生的神话。说明佛教从东汉进入中国之后至隋唐之际，已经取得了较为广泛的信仰，他们的教主降生神话建构方式，已被民众所接受，与之并行的道教，亦不得不采用如此的神话话语体系来讲述他们的教主降生故事，这就有了《集仙录》中"老子"降生故事这种中国传统与印度佛教混搭的写作尝试。

---

① 胡道静、陈耀庭、段文桂、林万清主编:《藏外道书》第4册，巴蜀书社，1994年，第300页。

第三节　墉城以及西王母

西王母作为家喻户晓的中国神灵，她的信仰、形象、神性乃至地位等，都在历史长河中不断演变。两汉西王母的信仰达到高潮，有关西王母的文字也不少，但并未有西王母单独的传记，关于她的文字，都是夹杂在其他作品之中。直到《集仙录》的出现，西王母才有了独立的传记作品。由此可以说《集仙录》是西王母文学形象发展的高峰[①]。在此之后，西王母形象基本延续着《集仙录》的描写。

一

学术界关于西王母的研究，早已汗牛充栋，此处就不再去重复前人的工作[②]。这里要特别指出，早期文献里，西王母并不居住在"墉城"，或者说没有具体提到"墉城"。《山海经》中有三处关于西王母的文字。此时的西王母居住地还称之为"玉山"或"昆仑之丘"，并非所谓的"墉城"[③]。虽然后来的文本也都认为墉城就在昆仑之上，但从现存的《山海经》文字中并未明确描述二者的关系。同时，西王母也非后来仙传中雍容华贵的中年女性形象，而是外形比较"凶"的造型，这也与《山海经》中记载的"司天之厉及五残"[④]很符合。郭璞的注释指出西王母的职责是"主知灾厉五刑残杀之气也"[⑤]。可见在《山海经》描述的早期信仰

---

① 经罗争鸣考证，《道藏》本《集仙录》中的"西王母"传与《云笈七签》中《集仙录》"西王母"传的文字不同，而《云笈七签》本的文字可能是经宋人修改过。本文不涉及版本问题，故不做讨论，请参见罗争鸣：《杜光庭道教小说研究》，巴蜀书社，2005年，第103—107页。

② 西王母作为中国最重要的神灵之一，关于她的研究已是汗牛充栋。关于其研究成果的研究，也已逐渐展开。由于成果太过丰富，这里就不再回顾和列举。行文及引用等，会提到过往的研究成果。

③ 袁珂：《山海经校注》，巴蜀书社，1996年，第59、358、466页。

④ 袁珂：《山海经校注》，巴蜀书社，1996年，第59页。

⑤ 袁珂：《山海经校注》，巴蜀书社，1996年，第60页。

体系中，西王母是主灾异刑罚的神灵，与后来贵妇一般的西王母形象相去甚远。

《山海经》中的《西山经》与《大荒西经》描写的西王母形象虽有出入，但大致不差，今录《大荒西经》中的文字，以备对照。"有人，戴胜，虎齿，有豹尾，穴处，名曰西王母。"①《大荒西经》西王母所住的昆仑之丘，没有富丽堂皇的宫殿，还是"穴处"，亦即住在洞穴之中。《山海经》有关西王母的描写太过简略，使读者云里雾里而不得其要。现代学者王家祐先生认为"西王母又称西王貘，'西王'为其部族之姓，'母'者言其为母姓，犹隋唐时'女国'之称"②，试图将西王母还原为母系氏族社会首领的形象，这样的想象或许并非没有道理。著名的彝族学者刘尧汉就认为，西王母的形象就是彝族女巫形象。在彝族女巫举行仪式时，她们要头戴虎形面具，腰缠虎尾（豹尾），而且女祭司彝语音译为"西膜"③。刘尧汉先生的人类学证据，加深了人们对西王母形象的认识，也为人们理解《山海经》中的西王母形象提供了新的思考路径。

西王母形象的转变当在两汉之际，如今出土的汉代画像砖上，西王母已经与后代文字描写的形象十分相似，因此汉末魏晋之际，描写西王母形象的文字，可以看作是两汉西王母形象的总结性记录，文字虽然滞后，但形象转变过程确应该始于汉代。

二

随着时代的变化，人们对于仙境的想象也不断变化，不仅西王母的外在形象变化了，就是上古淳朴的西王母居所，也随着文人天马行空的想象，变得金碧辉煌、流光溢彩、气派无比，这也许就是后世对于神仙境界所有美好的想象。经过神话创作者们一番瑰丽的描写，西王母也不

① 袁珂:《山海经校注》，巴蜀书社，1996年，第466页。
② 王家祐:《巴蜀道教碑文集成·序》，巴蜀书社，1997年，第1页。
③ 刘尧汉:《道家和道教与彝族虎宇宙观（上）》，《贵州民族研究》，1984年第1期。

再居住于昆仑之墟的山洞中，而是有了新的住所——墉城。《海内十洲记》这部传说是东方朔撰写的作品，大抵是六朝时期的托名之作，[①]其中对墉城有如下描述："昆仑，号曰昆崚……其一角有积金，为天墉城，面方千里。城上安金台五所，玉楼十二所。其北户山、承渊山，又有墉城。金台、玉楼，相鲜如流，精之阙光，碧玉之堂，琼华之室，紫翠丹房，锦云烛日，朱霞九光，西王母之所治也，真官仙灵之所宗。"[②]从此西王母就再也没有回到她"穴处"之中，而是住进了墉城。《汉武帝内传》中汉武帝雅好神仙，精诚思之，于是西王母特别派遣她的使者来降承华殿。文中穿着青衣的使者，已经用"墉城"来表明自己的身份。[③]《海内十洲记》《汉武帝内传》等文献，虽然都是托名汉代的作家所作，但学界普遍认为实为魏晋间作品[④]。从这些产生于魏晋之际的传记内容来看，"墉城"乃西王母居所的说法已经出现，将"墉城"与西王母的关系变得更加紧密的文献是道教类书《无上秘要》，"昆仑墉城是西王母治所"[⑤]，因此可以说，是道教拉近"墉城"与西王母的关系。然而，此时西王母还不是女仙统领，因此"墉城"也只是她的居所，她的象征，还未成为女仙的代称。这个转变要到西王母取得女仙统领地位之后。到了唐末五代杜光庭撰写女仙传记之际，墉城这个具有符号意义的空间，也转变为众女仙云集之地，他撰写的女仙传记也就顺理成章的名曰《墉城集仙录》。换言之，西王母的女仙之首地位的确立，与道教的关系密切。[⑥]

---

① 四库全书研究所整理：《钦定四库全书总目》，中华书局，1997年，第1873页。
② 上海古籍出版社编：《汉魏六朝笔记小说大观·海内十洲记》，上海古籍出版社，1999年，第70页。
③ 上海古籍出版社编：《汉魏六朝笔记小说大观·海内十洲记》，上海古籍出版社，1999年，第140页。
④ 四库全书研究所整理：《钦定四库全书总目》，中华书局，1997年，第1873—1874页。
⑤ 周作明点校：《无上秘要》，中华书局，2016年，第288页。
⑥ 杨莉：《道教女仙传记〈墉城集仙录〉研究》，香港中文大学博士论文，2000年，第54页。

另外，张华的《博物志》卷六还记载有现实世界的"墉城"，"姜嫄
嗣祠在墉城，长安西南三十里"①。此仅是与西王母之城同名而已，并非
仙境。

三

神仙的功能随着时代的迁移而有变化，尤其是中国上古神话中的神
灵，西王母亦复如是。她并非一开始就拥有女仙统领的地位。《汉武帝
内传》有这么一段话，似乎道出了魏晋间人们认为的女仙的统领者是上
元夫人。"是三天真皇之母，上元之官，统领十方玉女之名录者也。"②引
文中已经说明了上元夫人之职能。虽然十方玉女的具体情况并不明确，
但从"玉女"这个称呼推测，应该是神话中女性神仙的泛称。袁珂先生
的《中国神话传说词典》中就列举了从《山海经》到《列仙传》等多部
作品中都使用"玉女"之称谓③。"玉女"在一般的仙传作品中泛指女性
神仙，而统领十方玉女的上元夫人，应该就是魏晋神话中的女仙统领。
杨莉认为，"较之仙界夫人，玉女的级别较低，常常作为前者的部属"④。
但是当"玉女"用作泛指意义时，是否还存在这样的等级结构，值得讨
论。《汉武帝内传》创作的时候，道教仙官等级制度应该还没有形成，
以唐代形成的等级来考虑更早的作品，恐有失偏颇。《酉阳杂俎》中，
就有关于"玉女"之称的特指的使用情形⑤，所以"玉女"的所指有多重
性，恐要具体分析其使用的情况。

---

① 上海古籍出版社编：《汉魏六朝笔记小说大观·博物志》，上海古籍出版社，1999年，第
209页。
② 上海古籍出版社编：《汉魏六朝笔记小说大观·汉武帝内传》，上海古籍出版社，1999年，
第147页。
③ 袁珂：《中国神话传说词典》（修订版），北京联合出版公司，2013年，第96页。
④ 杨莉：《道教女仙传记〈墉城集仙录〉研究》，香港中文大学博士论文，2000年，第
69页。
⑤ （唐）段成式撰，许逸民、许桁点校：《酉阳杂俎》，中华书局，2018年，第224页。"玉
女以黄玉为志，大如黍，在鼻上。无此字者，鬼使也。"

　　早期西王母则是主宰百姓生死之神，只是后来逐渐演变成了主管女仙的神，并取代了上元夫人的主要权限。魏晋时期，女仙的居所还不是"墉城"。《汉武帝内传》中以三天太上道君的视角，叙述了真仙们各自的居所。昆陵、蓬丘、扶桑之墟。方丈之阜、沧浪海岛，以及名叫祖瀛元炎、长元流生，凤麟聚窟的各洲，都有神仙居住。女仙则是住在"沧溟"之中①。在《汉武帝内传》构筑的神仙世界里，不同的神仙居住在不同的空间，而此时的女仙（玉女）则是聚于沧溟。此后神仙居所的变化，则根据不同的神话有所不同，经过演变，最后"墉城"则成为女仙的居所。

四

　　"西王母"是早期神话中重要的人物，其在《山海经》中的形象，已在前文引用，此处就不再重复。之后的诸多文献中也都有关于西王母的记载，汉代西王母信仰愈发浓烈，祭祀西王母之事亦颇为常见。相传晋代干宝所著《搜神记》记载有："哀帝建平四年夏，京师郡国民聚会里巷阡陌，设张博具歌舞，祠西王母。"②秦汉之际的西王母形象与早期大为不同，其时的西王母的事迹也都是蕴含在《汉武帝内传》《穆天子传》等传记作品之中，还未形成单独传记文本。现存的葛洪《神仙传》，干宝《搜神记》等亦未有单独成文的西王母传。从现存文献来说，单独成传的西王母事迹，恐始于《集仙录》。此后，宋代李昉编撰的《太平广记》以及赵道一编撰的《通鉴后集》等仙传中的"西王母"传记，都是源自《集仙录》本，或有增删而已。③也即是说，具有母本意义的《集

---

① 上海古籍出版社编：《汉魏六朝笔记小说大观·汉武帝内传》，上海古籍出版社，1999年，第149页。
② 上海古籍出版社编：《汉魏六朝笔记小说大观·搜神记》，上海古籍出版社，1999年，第325页。
③ （唐）杜光庭撰，罗争鸣辑校：《杜光庭记传十种辑校》，中华书局，2013年，第583页。

仙录》西王母传，值得我们深入地解读和研究。

此处就将含有西王母事迹的几个文本及此后的西王母传记进行比对，以期找到这其中的变化。现存西王母事迹的文献主要有《山海经》《汉武帝内传》《穆天子传》《墉城集仙录》《太平广记》和《通鉴后集》。《山海经》有三处提到了西王母，描写简略，留给我们的形象与后世的大相径庭。从简单的文字中我们可以勾勒出西王母的大致特征，住在昆仑之丘，戴胜，豹尾，虎齿……汉代西王母信仰颇为兴盛，只可惜没有留下可资参看的文字材料，但其图像留在了诸多汉代画像砖（石）里。根据出土的画像砖（石）来看，与西王母有关的画像砖（石）主像一般有两类，即西王母为主像和西王母与东王公同为主像两类。但无论哪一类形象，西王母都不再是豹尾虎齿、人面虎身的形象。后来有《穆天子传》和《汉武帝内传》两部传记文本亦有关于西王母的描写。《穆天子传》晋代郭璞作注。此书乃"太康二年，汲县人不准，盗发魏襄王墓，得竹书《穆天子传》五篇，又《杂书》十九篇，《周食田法》、《周书论楚事》、《周穆王美人盛姬事》"[1]。不准盗墓所得的这些竹书，仅有《穆天子传》流传至今。关于《穆天子传》的成书时间，学界还有争议。大部分学者认为其最早早不过战国，最晚肯定不会晚于其被盗掘的时代。故此将其视为《山海经》之后，重要的有关西王母记录的文献，应当是没有问题的。而且其跨越的时间段，正与西王母信仰流行的汉代有重叠。《穆天子传》中的西王母形象，便能与出土的汉代画像砖相互印证。

《穆天子传》又称《周王游行记》，讲述的是周穆王西行，并谒见西王母的故事。因此其中的主角并非西王母并而是周穆王。《穆天子传》中关于西王母事迹的描写不多，集中在卷二、卷三、卷四之中，先将其中与西王母有关的文字抽出，抄录于下，以供比对。

---

① 四库全书研究所整理：《钦定四库全书总目》，中华书局，1997年，第1871页。

卷二:"癸亥,至于西王母之邦。"①

卷三:"吉日甲子,天子宾于西王母。乃执白圭玄璧以见西王母,好献锦组百纯,□组三百纯。西王母再拜受之。□乙丑,天子觞西王母于瑶池之上。西王母为天子谣,曰:'白云在天,山陵自出。道里悠远,山川间之。将子无死,尚能复来。'天子答之曰:'予归东土,和治诸夏。万民平均,吾顾见汝。比及三年,将复而野。'天子遂驱升于弇山,乃纪其迹于弇山之石。"②

卷四:"自群玉之山以西,至于西王母之邦,三千里。□自西王母之邦,北至于旷原之野,飞鸟之所解其羽,千有九百里。"③

从摘抄的文字来看,《穆天子传》没有西王母的形象有正面描写,只是传说为郭璞所作的注有曰:"西王母,如人虎齿,蓬发戴胜,善啸。"④郭璞的注释与《山海经》的文字如出一辙。虽然学界对于郭璞注释的真伪还有疑问,但是同为题名郭璞注释的《山海经》与《穆天子传》,出现相似性文字就情有可原了。《穆天子传》中缺少西王母的正面描写,则由注释沿用《山海经》的形象。但这是不是《穆天子传》中想要表达的西王母形象呢?或许不是,接下来的描写,西王母开口唱歌了,而且有歌词,歌词内容也很明确。虽然我们没有看到歌者的外形。但是,已经会用语言的西王母,应该不再是"如人"的"人面兽身"。而且,西王母"谣"的这个情节,也作为经典的女仙与人沟通的形式被后来的女仙传所用。

另一个描写周穆王与西王母相会场景的是《拾遗记》卷三,此乃六

---

① 上海古籍出版社编:《汉魏六朝笔记小说大观·穆天子传》,上海古籍出版社,1999年,第13页。

② 上海古籍出版社编:《汉魏六朝笔记小说大观·穆天子传》,上海古籍出版社,1999年,第14页。

③ 上海古籍出版社编:《汉魏六朝笔记小说大观·穆天子传》,上海古籍出版社,1999年,第18页。

④ 上海古籍出版社编:《汉魏六朝笔记小说大观·穆天子传》,上海古籍出版社,1999年,第14页。

朝文献，此书的语言更为顺畅，而且用词更为华丽铺张，描写更加优美。"西王母乘翠凤之辇而来，前导以文虎、文豹，后列雕麟、紫麈。曳丹玉之履，敷碧蒲之席，黄莞之荐，共玉帐高会。荐清澄琬琰之膏以为酒。又进洞渊红花，嵊州甜雪，昆流素莲，阴岐黑枣，万岁冰桃，千常碧藕，青花白橘。……西王母与穆王欢歌既毕，乃命驾升云而去。"①六朝文人的想象已经迥异于早期神话的朴质与晦涩，表现出魏晋之际，在中国传统神话见到印度传来的佛教神话之后的紧张与模仿，虽然用词更为华丽，想象也不可谓不美，但总会觉得少了早期神话的朴素，多了几分刻意的做作。神仙的居所不过是人间帝王的升级，在华丽的背后是枯竭的想象力，颇有外强中干的味道，也少了早期神话打动人心的内在张力。西王母形象正是在这样堆叠繁复的文词之中，开始了她的转型。

《汉武帝内传》又名《汉武内传》《汉武帝传》。"旧本题汉班固撰。《隋志》著录二卷，不注撰人。宋《志》亦注曰不知作者。"②虽然不知作者为谁，但根据文字乃至后人的征引与用典的方法考证，"殆魏晋间文士所为"。亦有人认为是魏晋著名道士葛洪所撰③。魏晋间作品可以说是对汉代西王母信仰的总结性文字。魏晋作为中国思想大变革的时代，也影响到了中国人的丧葬习俗。魏晋之后，墓中的画像砖开始减少，西王母在画像砖中的形象也在减少。西王母形象之所以出现在汉魏时期的墓葬中，与当时的信仰或有一定的关系。张华《博物志》卷九的记载，或透露出我们现在汉魏墓葬中看到诸多西王母画像砖的原因。"老子云：'万民皆付西王母，唯王、圣人、真人、仙人、道人之命上属九天君耳。'"④汉魏之际，西王母主宰着普通人的生死，因此汉魏墓葬中才

---

① 上海古籍出版社编：《汉魏六朝笔记小说大观·拾遗记》，上海古籍出版社，1999年，第510—511页。

② 四库全书研究所整理：《钦定四库全书总目》，中华书局1997年，第1874页。

③ 任继愈主编，钟肇鹏副主编：《道藏提要》，中国社会科学出版社，1991年，第217页。

④ 上海古籍出版社编：《汉魏六朝笔记小说大观·博物志》，上海古籍出版社，1999年，第221页。

出土了数量众多的西王母画像砖。干宝《搜神记》中的另一则记载，也从侧面印证了西王母是汉代主宰人间普通人生死大事的神灵。"哀帝建平四年夏，京师郡国民聚会里巷阡陌，设张博具歌舞，祠西王母。又传书曰：'母告百姓，佩此书者不死。不信我言，视门枢下当有白发。'至秋乃止。"[1]哀帝乃西汉末年皇帝，哀帝建平四年，即公元前3年。《搜神记》是生活于3世纪下半叶的干宝创作，距离哀帝建平四年已经过去将近三百年，再加上《搜神记》这类志怪小说的可信度并不高，所以要让大家相信建平四年确实发生过"王母传书"的事件有一定难度。但是，从《搜神记》记录"王母传书"这个故事就足以说明，两汉魏晋间，西王母的信仰还是很兴盛，而且，在民众的观念里，西王母能够主宰百姓的生死。唯有这样的观念较为普遍，成为民俗，干宝才可能以文字的形式将这样的事情记载下来。所以可以说，具体的事情真伪可能有待商榷，但其中有关的信仰思想内容则是毋庸置疑的。此后的西王母传记被不断地丰富和完善，其中的很多形象刻画，大多是对汉魏间西王母形象的增添。

题名东方朔撰的《神异经》："所载皆荒外之言，怪诞不经，共四十七条。……观其词华缛丽。格近齐、梁，当由六朝文士影撰而成。"[2]其中西王母的居所就在通天铜柱的鸟翼之下。"昆仑之山有铜柱焉，其高入天，所谓天柱也。……上有大鸟，名曰希有。南向。张左翼覆东王公，右翼覆西王母。背上小处无羽，一万九千里。西王母岁登翼上，会东王公也。"[3]从《汉武帝内传》开始，西王母住的住所已经改为"墉宫"。文中载曰："忽见一女子，著青衣，美丽非常。帝愕然问之，女

① 上海古籍出版社编：《汉魏六朝笔记小说大观·博物志》，上海古籍出版社，1999年，第325页。
② 四库全书研究所整理：《钦定四库全书总目》，中华书局，1997年，第1872—1873页。
③ 上海古籍出版社编：《汉魏六朝笔记小说大观·神异经》，上海古籍出版社，1999年，第57页。

对曰:'我墉宫玉女王子登也,向为王母所使,从昆山来。'"①两部魏晋六朝时的作品描写的西王母之不同,可见当时西王母神话已经出现了差异,这种不同可能与地域有关。这从出土的画像砖图像大致也能看到地域性的倾向,西南地区出土的西王母有关的图像,主像多为西王母,而东边以山东为中心出土的画像砖一般多是西王母与东王公同时出现的形象。文字记录的差异与出土文物的对应,或可看作是神话地域差别的体现。不过在杜光庭编撰《集仙录》时,他选择了更靠近《汉武帝内传》所描写的内容,而放弃了《神异经》所描绘的场景。这就使得我们在阅读后来的神仙传记时,接受的内容是经由杜光庭拣选之后的文字。当然《神异经》的文字也过于简单,缺少进一步加工的良好基础。

《汉武帝内传》中有关西王母的描写非常丰富,此处仅摘录形象描写的文字以作对比。"忽天西南如白云起,郁然直来,径趋宫庭间。须臾转近,闻云中有箫鼓之声,人马之响。复半食顷,王母至也。……王母唯扶二侍女上殿,年可十六七,服青绫之褂,容眸流盼,神姿清发,真美人也。……著黄锦袷襦,文采鲜明,光仪淑穆。带灵飞大绶,腰分头之剑。头上大华结,戴太真晨婴之冠,履元琼凤文之舄。视之可年卅许,修短得中,天资掩蔼,容颜绝世,真灵人也。"②这段文字里再也找不到早期西王母"人面兽身"的踪影,代之以"真灵人"的形象。侍奉在西王母左右的也不再是早期的青鸟、九尾狐等神兽,而侍女也是"真美人"。西王母的形象有了一百八十度的大反转。年龄也定在了"年卅许",这奠定了以后西王母相关传记中西王母年龄描写的基调。发型也不再是"蓬头戴胜"了。尤其值得一提的是"戴胜",判断画像砖(石)中的西王母形象,其重要标志就是"戴胜"。然而到了《汉武帝内传》,

---

① 上海古籍出版社编:《汉魏六朝笔记小说大观·汉武帝内传》,上海古籍出版社,1999年,第140—141页。
② 上海古籍出版社编:《汉魏六朝笔记小说大观·汉武帝内传》,上海古籍出版社,1999年,第141—142页。

"戴胜"这个标志性符号也被改写了，成为"头上大华结，戴太真晨婴之冠"，由此那位穴居在昆仑之丘的"人面兽身神"，华丽转身成为具有贵妇气质的女神。西王母文学形象魏晋时期的大转变，为后来的《集仙录》的形象做好了准备。

五

《集仙录》是对以前西王母事迹文本的整合和改写，形成了具有道教特色的西王母形象。《集仙录》没有回避《山海经》中"西王母"形象的问题，通过下面这段文字，"王母'蓬发戴胜，虎齿善啸'者，此乃王母之使，金方白虎之神，非王母之真形也"[①]。很好地解决了早期形象与汉魏之际西王母形象的差异。《集仙录》中的西王母形象，成为后来诸多传记作品取材，甚至完全承袭其故事内容。比如《太平广记》里的"西王母"，《通鉴后集》中的"圣母元君"等文字，就基本采用了《集仙录》的文字，只有略微差别。《集仙录》中的西王母在集合古代诸多西王母形象而成，此中也继承了《拾遗记》中的思想，将西王母与东王公，塑造为代表阴阳不同的两位神灵，这样符合道教所谓"一阴一阳之谓道"的传统。

西王母形象不断变化的同时，其姓氏也有变化。仅常见的几种文献中，西王母姓氏就有不同。《酉阳杂俎》载曰："西王母姓杨，讳回，治昆仑西北隅。以丁丑日死。一曰婉妗。"[②]清代杨东升辑《释神》引《太平广记》曰："姓何，名婉妗，一字太虚。"[③]今本《太平广记》内容与《集仙录》基本相同，唯西王母姓氏写作"侯氏"[④]，应是"缑氏"之误。查《广列仙传》有云："西王母，姓何氏，字婉妗，一字太虚，又云龟台

① （唐）杜光庭撰，罗争鸣辑校：《杜光庭记传十种辑校》，中华书局，2013年，第576页。
② （唐）段成式撰，许逸民、许桁点校：《酉阳杂俎》，中华书局，2018年，第268页。
③ （清）姚东升辑，周明校注：《释神校注》，巴蜀书社，2015年，第105页。
④ （宋）李昉等编：《太平广记》，中华书局，1961年，第344页。

金母。"①姚东升恐将《广列仙传》与《太平广记》记混。《集仙录》中则云："金母生于神洲伊川，厥姓緱氏，生而飞翔，以主阴灵之气，理于西方，亦号王母。"②而编撰于元代的《通鉴续编》也采用的是《集仙录》文字。仅从这一点来说，《集仙录》"西王母"传的文本对于后世西王母传的影响颇大。在后世仙传辑本中具有较大影响力的《太平广记》和《通鉴续编》都采用了《集仙录》的文本，很大程度上也影响了后来人们对西王母形象的接受。

从西王母姓氏的多样化来说，西王母传说的来源多元化，不同地区乃至不同时期的西王母神话，在创作之时，采用了不同的传说源头，故而造成了西王母姓氏多样化的实际情况。

另外，《路史·余论》卷九"西王母"条征引有《集仙录》的文字，此书所谓之《集仙录》是否即是杜氏之《墉城集仙录》有待考证，然其中文字颇与罗氏辑《集仙录》本有不同，故录于此，以备比较。"《集仙录》又言：'黄帝在位，西王母使乘白鹿，授地图。舜帝在位，复献白玉环及《益地图》，舜遂广九州为十二。复献白玉之琯，以和八风。'"③

元代之后，源于佛教摩利支天的斗姥信仰兴起，一位新的道教女神出现，并取得了普遍的信仰。于是关于西王母的信仰，便不再如汉唐时那么火热了。关于"西王母"传记的书写风潮也渐渐熄灭。直至明代《广列仙传》的出现，有关"西王母"传的书写才又有了继作。然而，《广列仙传》与《集仙录》建立的西王母形象则大为不同。从《广列仙传》的采辑群书书目来看，其中并无《集仙录》，因此，该书的"西王母"文字应是来自其他传记中。

西王母信仰出现于道教创立之前，两汉之际就已获得民众的广泛信

---

① 胡道静、陈耀庭、段文桂、林万清主编：《藏外道书》第18册，巴蜀书社，1994年，第437页。
② （唐）杜光庭撰，罗争鸣辑校：《杜光庭记传十种辑校》，中华书局，2013年，第575页。
③ 周明：《路史笺注》，巴蜀书社，2022年，第1182页。

仰。道教上清派出现之后，西王母及其众多的"女儿"获得了较高的声誉，成为下降上清经文的重要女仙，受到广泛信仰。唐末杜光庭收集散落在早期仙传文学中的有关西王母神话的点点滴滴，连缀成完整的西王母传记。虽然后来的西王母传还有所发展，但基本没有超出《集仙录》所达到的高度。随着道教女神信仰的重心转移至斗姆，西王母的信仰也逐渐式微，她的传记也就随之停滞且不再发展。

第三章

《墉城集仙录》与巴蜀之关系

从杜光庭一生的行迹来看，他曾两次到巴蜀，并于唐光启初年（885—887）再次来到巴蜀，此后杜光庭便留在巴蜀直至去世。寓居巴蜀期间，杜氏自然浸润在巴蜀文化之中。巴蜀的山山水水、人物风景，神话的原型和母题也都出现在杜光庭撰写的仙传之中，接下来我们将就《集仙录》中与巴蜀神话内容进行分析。

第一节 古蜀"大石""石室"与《墉城集仙录》

巴蜀的"大石"原型很突出，尤其引人瞩目，与石头相关的故事内容，代代相传，形成文字的年代大都不算久远，但又多与上古的神话意象相连，让读者不免产生遐想，或许这些传说真的流传了千年。传说的产生年代我们已无从稽考，其中故事的真伪也很难辨别，但对大石的崇拜，却是毋庸置疑的。从现存文献中，我们隐约看见，巴蜀人对石头的复杂的情感。

一

我们从现存较早的巴蜀文献《华阳国志》中还能看到这样的记载："周失纪纲，蜀先称王。有蜀侯蚕丛，其目纵，始称王。死，作石棺、石椁。国人从之。故俗以石棺椁为纵目人冢也。"[1]石棺、石椁葬的传统在巴蜀地区早已有之。"每王薨，辄立大石，长三丈，重千钧，为墓志。今石笋是也。号曰笋里。"[2]人生归处以石头作为标记。"其亲埋作冢者，皆立方石以志其墓。成都县内有一方折石，围可六尺，长三丈许。去城北六十里曰毗桥，亦有一折石。"[3]后来的记录者或已不能分辨大石头的主人究竟是谁，但可以肯定的是，一块立着的大石就代表着一位曾经来过这个世界的先人。大石也就从一块普普通通的石头，变成了受后人敬重的石头，石头被赋予了新的内涵。出生与死亡并不对立，他们不过是生命形态的改变，死后回到石头。出生也与石头紧紧相连，形成生命的循环。扬雄的《蜀王本纪》有曰："禹本汶山郡广柔县人也，生于石纽。"[4]在蜀人的眼里，石头或许又是生命的来处。

二

蜀人对石犀的情感十分复杂，既包含着喜爱，又暗含着几分愤愤。后来又演化成李冰镇水的神兽，化作民间崇拜的对象，供奉在石犀庙中。蜀人与石犀的故事得从秦惠王说起。"周显王之世，蜀王有褒汉之地。因猎谷中，与秦惠王遇。惠王以金一笥遗蜀王。王报珍玩之物，物化为土。惠王怒。群臣贺曰：'天承我矣！王将得蜀土地。'惠王喜。乃

---

[1] 任乃强：《华阳国志校补图注》，上海古籍出版社，1987年，第118页。
[2] 任乃强：《华阳国志校补图注》，上海古籍出版社，1987年，第122页。
[3] 任乃强：《华阳国志校补图注》，上海古籍出版社，1987年，第123页。
[4] 转引自李德书：《大禹传·禹生石纽史料专辑》，天地出版社，2020年，第139页。

作石牛五头，朝泻金其后，曰：'牛便金'。"①这五头会便金的牛后来蜀人迎到了蜀地，但已不会便金。于是"怒遣还之。乃嘲秦人曰：'东方牧犊儿。'秦人笑之，曰：'吾虽牧犊，当得蜀地也。'"②后世文献的撰写者对此事仍然念念不忘，还在确认石牛来到蜀中的具体地点。"石犀寺，一名石牛寺。……《舆地志》云：'邓艾庙南有石牛，即秦惠王遗蜀王者。'"③蜀人心中的石犀不止是秦惠王时会便金的石犀，也是李冰用来镇压水精的石犀。"冰乃雍江作堋。……外作石犀五头以厌水精。穿石犀【溪】渠。于【江】南江，命曰犀牛里。"④类似的记载亦见于《水经注》中，"西南石牛门曰市桥。吴汉入蜀，自广都令轻骑先往焚之。桥下谓之石犀渊。李冰昔作石犀五头以厌水精，穿石犀，渠于南江，命之曰犀牛里。后转犀牛二头在府中，一头在市桥，一头沈之于渊也。"⑤自从蜀中的石犀与李冰治水神话联系在一起，石犀的功能则由便金转化成了镇厌水精。两个看似不关联的功能，经过李冰治水的神话故事得到了转换，为蜀中的石犀增添了新的内涵。

石犀不再是让蜀人丢掉疆土的象征，转而成为保护蜀民不受洪水侵袭的侍卫，石犀在李冰的故事传说中获得神圣性。作为保护一方百姓不受水灾侵害的神物，受民众供奉。而历代文人对石犀的歌咏，又沿着李冰治水石犀镇水的路径进一步强化着蜀地人民对石犀的热爱。石犀在巴蜀文化中，逐渐建立起"镇压水精"的信仰原型。

唐代诗人岑参用平实的笔调写下了这样的诗句："江水初荡潏，蜀人几为鱼。向无尔石犀，安得有邑居。始知李太守，伯禹亦不如。"⑥诗圣杜甫也留下了诗篇《石犀行》："君不见秦时蜀太守，刻石立作三犀牛。

---

① 任乃强：《华阳国志校补图注》，上海古籍出版社，1987年，第123页。
② 任乃强：《华阳国志校补图注》，上海古籍出版社，1987年，第123页。
③ （明）曹学佺撰，杨世文点校：《蜀中广记》，上海古籍出版社，2020年，第17页。
④ 任乃强：《华阳国志校补图注》，上海古籍出版社，1987年，第133页。
⑤ （明）曹学佺撰，杨世文点校：《蜀中广记》，上海古籍出版社，2020年，第17页。
⑥ 黄钧、龙华、张铁燕等校：《全唐诗》，岳麓书社，1998年，第710页。

自古虽有厌胜法，天生江水向东流。蜀人矜夸一千载，泛溢不近张仪楼。今年灌口损户口，此事或恐为神羞。"[1]石犀传说深入蜀地文化基因之中，又以地名的方式浮现在我们目之所及处，好让世世代代的蜀人铭记为蜀地镇压水精的石犀。"犀浦县，周垂拱二年割成都之西鄙置，盖因李冰所造石犀以名。"[2]石犀的信仰以地名的形式，深深刻在了蜀地文化柱上，时时刻刻向过往的人们展示着那段传说。

三

巴蜀地区对石头的崇拜，不断发展。《巴志》中就有云："秦昭襄王时，白虎为害，自【秦】黔、蜀、巴、汉患之。……白虎常从群虎，瞋恚，尽搏煞群虎，大响而死。秦王嘉之【白】曰：'虎历四郡，害千二百人。一朝患除，功莫大焉。'欲如约，嫌其夷人。乃刻石为盟要：复夷人顷田不租，十妻不算；伤人者，论；煞人雇死，俶钱盟曰：'秦犯夷，输黄龙一双。夷犯秦，输清酒一钟。'夷人安之。"[3]从秦人与夷人勒石盟约的故事来看，巴蜀地区对于石头具有天长地久的想法和人间重要事件勒石记之的观念业已形成，这又扩充了巴蜀地区大石崇拜所的内容。

巴蜀先民通过为动物形状的石头编纂神话，使其具有了禁忌功能，以此限定夷人的活动范围。夷人则形成了对动物形状的石头产生禁忌的观念，故而不敢越雷池一步。"有长谷石【时】猪坪，中有石猪，子母数千头。长老传言：夷昔牧猪于此，一朝猪化为石，迄今夷不敢牧于此。"[4]

---

① 王士菁编：《杜诗便览》（上），四川文艺出版社，1986年，第559页。
② （明）曹学佺撰，杨世文点校：《蜀中广记》，上海古籍出版社，2020年，第57页。
③ 任乃强：《华阳国志校补图注》，上海古籍出版社，1987年，第14页。
④ 任乃强：《华阳国志校补图注》，上海古籍出版社，1987年，第210页。

四

与大石相关的另一个元素，在巴蜀神话中也很引人瞩目，那就是"石室"传统。"石室"在巴蜀可谓家喻户晓，大部分人之所以了解"石室"，大多与文翁石室有关。孝文帝末年，以庐江文翁为蜀守。"立学校，造讲堂石室，以备其制度。"[①]《华阳国志》记载就更加详细，"始文翁立文学精舍，讲堂作石室，在城南。永初后，堂遇火。太守陈留高眹更修立，又增造二石室"[②]。另外巴蜀地区的冉駹夷人居住在"石室"之中。"山岩间多石室，深者十余丈。"[③]巴蜀的"石室"象征其源头很早。

追溯古蜀神话中的"石室"，古蜀先王蚕丛就住在岷山石室之中。[④]而住在石室的古蜀先王，从此成仙而去，留下一段神仙的佳话。"鱼凫王田于湔山，忽得仙道。"[⑤]或许正是古蜀先王与石室的这种关联性，使得"石室"这个意象，作为具有古蜀神话特色的神话符号，深深地刻在了古蜀神话之中。石室也作为重要的元素，成为中国古代书写的反复出现的文化符号。

在蜀地，石室与教育、知识的关系，又在历代诗词歌赋中被不断强化，成为蜀心中教书育人的圣地，也使得"石室"符号在蜀地具有了传承学问的意象。《蜀中名胜记》辑录了历代关于蜀中"石室"的文字。"《寰宇记》云：石室，司马相如教授于此，从者数千人。按秦宓引《地理志》：'文翁倡其教，相如为之师。'汉家得士，盛于其世矣。《金石录》云：石室又有左右生题名碑，或云江阳、宁蜀、遂宁、晋原。"[⑥]而历代文人们不断撰写的石室碑文，又再次用石头的不朽，强化了石室以及石

① （宋）袁说友等编，赵晓兰整理：《成都文类》，中华书局，2011年，第929页。
② 任乃强：《华阳国志校补图注》，上海古籍出版社，1987年，第152页。
③ 任乃强：《华阳国志校补图注》，上海古籍出版社，1987年，第189页。
④ 蒙文通：《巴蜀古史论述》，四川人民出版社，2019年，第48页。
⑤ 任乃强：《华阳国志校补图注》，上海古籍出版社，1987年，第118页。
⑥ （明）曹学佺撰，杨世文点校：《蜀中广记》，上海古籍出版社，2020年，第16页。

头的意象。"王象之《舆地碑目》云:《大周总管太学碑》,益州刺史齐国公宇文宪立。《益州州学庙堂颂》,唐神龙二年史焘撰。《益州馆学庙堂记》,永徽元年贺遂亮撰。《益州孔子庙堂碑》,开元中周灏撰,《唐明皇追谥孔子册文》,宋太平兴国五年府尹辛仲甫立石。又云:《石室赞》,大历十年维州刺史郑藏休撰,殿中侍御史李枢篆。《益州文宣王庙碣》,会昌五年裴儋撰。"[1]历代文人官员为石室树碑礼赞,让肇始于文翁的石室,在岁月的积淀中,逐渐成为成都乃至巴蜀地区承载文化知识的标志性符号。

石室不仅是传授文化的地方,也成为文献保存的重地,而保存形式也与石头相关。"《成都记》云:伪蜀孟昶有国,其相毋昭裔刻《孝经》《论语》《尔雅》《周易》《尚书》《周礼》《毛诗》《礼记》《仪礼》《左传》凡十经于石,其书丹则张德钊、杨钧、张绍文、孙逢吉、朋吉、周德贞也。石凡千数,尽依大和旧本,历八年乃成。《公》《谷》则有宋田元均时刻,《古文尚书》则晁公武所补也。胡元质宗愈作堂以贮之,名石经堂,在府学。"[2]

五

"石室"意象在世俗社会表达其为收藏知识之场所,在道教亦有如此的意象。在"王妙想"传中就有载曰:"三天所镇之药,太上所藏之经,或在石室、洞台、云崖、嵌谷,故亦有灵司主掌。"[3]就连道教的创教者,张陵学道时也是从石室中获得的经典。"天师张道陵,字辅汉,沛国丰县人也。……后于万山石室中,得隐书秘文及制命山岳众神之术,行之有验。"[4]这样的例子还很多,石室中获得道教秘书的故事流

① (明)曹学佺撰,杨世文点校:《蜀中广记》,上海古籍出版社,2020年,第16页。
② (明)曹学佺撰,杨世文点校:《蜀中广记》,上海古籍出版社,2020年,第16—17页。
③ (唐)杜光庭撰,罗争鸣辑校:《杜光庭记传十种辑校》,中华书局,2013年,第713页。
④ (晋)葛洪撰,胡守为校释:《神仙传校释》,中华书局,2014年,第190页。

传广泛，也代表着"石室"作为收藏与传承道教法术（知识）的重要空间，已经作为一种普遍知识获得认可，方才会频繁出现在道教文献之中。

此外，石室又是能通向洞天福地之所。如《成都玉局化洞门石室验》"成都玉局化洞门石室，昔老君降现之时，玉座局脚，从地而涌，老君升座传道。既去之后，座隐地中，陷而成穴，遂为深洞，与青城第五洞天相连。天师以为玉局上应鬼宿，不宜开穴通气，将不利分野，乃刻石以闭之，因为石室，高六七尺，广一步，中镂玄元之像焉。节度使长史章仇兼琼，开元中遍修观宇，崇显灵迹，欲开洞门，使人究其深浅。发石室之际，晴景雷震，大风拔木，因不敢犯。"[1]这里的"石室"与道教的神圣空间联系在一起，有学者认为"洞天"的"洞"就是"通"的意思。在福地洞天，人与天通，更便于道教修炼。[2]而在道教中还有另外一种"石室"意象，这种"石室"的意涵与文翁石室有着逻辑上延续的关系，又与古蜀早期的神仙思想存在继承关系。"石室"符号在历代的神话故事中不断被赋予新的内涵，包含有"学府——知识""通向神圣"等内容，后来道教仙话的书写者，就沿用了"石室"符号来表达作者想要讲述的内容。《集仙录》的多篇传记中出现"石室"符号，值得我们研究。

六

在《南极王夫人》传记中，我们看到"石室"元素的在道教仙话中的延续。"南极王夫人者，王母第四女也，名林，字容真，一号紫元夫人，或号南极元君。理太丹宫，受书为金阙圣君上保司命。汉平帝时，降于阳洛山石室之中，授清虚真人，小有天王、王褒字子登，《太上宝

---

① （宋）张君房编，李永晟点校：《云笈七签》，中华书局，2003年，第2688页。
② ［法］施舟人：《中国文化基因库》，北京大学出版社，2002年，第133页。

文》等经三十一卷。"①石室授经的传说，作为成熟的意象，在《集仙录》中多有采用。如《骊山姥》中亦是如此。"骊山姥，不知何代人也。李筌好神仙之道，常历名山，博采方术。至嵩山虎口岩石室中，得《黄帝阴符》本，绢素书，缄之甚密"②。"石室"神圣空间，降授神仙经典的道教传授方式，逐渐成为道教传授道经、道法的一种方式。在《骊山姥》中还采用定期重复劳动，强化道教"石室"传授道教法术的机制。"每年七月七日，写一本，藏名山石岩中，得加算。"③在石室中得来的知识，又通过得经者抄写放置山中，然后传诸后人，形成完整的传授链条，使得道教知识不至于断裂。

《骊山姥》的故事借用"石室"意象，烘托出道教重要经典《黄帝阴符经》。所以有学者认为，"骊山老"这则故事，就是李筌为了神化自己写就的《黄帝阴符经》而专门创作的神话故事。然而事情或并非如此，早在初唐李筌之前，褚遂良就已写就其书法作品《阴符经》，所以李筌应该只是《阴符经》的注者而非作者④。历代《黄帝阴符经》的注疏不少，而李筌所注为现存较早的注本，故而某种意义上来说，李筌的出现以及《骊山姥》的神话产生，或推动了《黄帝阴符经》的传播。《道藏》收录的《黄帝阴符经疏》有序文一篇，其内容与罗本辑《集仙录》骊山姥传故事内容相似，文字稍有差异。⑤《集仙录》"骊山姥"意在借用行踪无定、来去无有定法的骊山姥烘托李筌的《黄帝阴符经疏》，该文故事还算完整，只是人物生平，因其神仙身份的飘忽不定，所以也就有些没头没尾，未能构成通常习惯的首尾俱全的故事结构。

"石室"的意象，在后来的作品中亦有所变化，或变成茅屋等形象，

---

① （唐）杜光庭撰，罗争鸣辑校：《杜光庭记传十种辑校》，中华书局，2013年，第601页。
② （唐）杜光庭撰，罗争鸣辑校：《杜光庭记传十种辑校》，中华书局，2013年，第721页。
③ （唐）杜光庭撰，罗争鸣辑校：《杜光庭记传十种辑校》，中华书局，2013年，第723页。
④ 丁培仁：《道教文献学》，四川大学出版社，2019年，第694页。
⑤ 《道藏》第2册，文物出版社、上海书店、天津古籍出版社，1988年，第736页。参见附录。

但仍与"洞天"相连以说明其神圣性。如神霄雷法中的王文卿，就是如此获得雷法的。"侍宸曰：昔游名山二百余所，一到金陵清真洞，乃唐叶天师修真之地。抵暮四无人烟可依，远望山中，忽有灯光，以此投奔灯光。到草舍间寂然无人，予心大惊，于灯下卓上有一文字，启而视之名曰：嘘呵风雨之文。予意其必雷宅也，心方安。取笔墨，以木叶录之，录将毕，忽闻鸡鸣之声。须臾一老姥出来。予问其姓氏，老姥曰：予无姓氏，此乃雷霆所居之地，不可久留。予问鸡鸣者何以有此？姥曰：乃地中金鸡鸣。予觉而出不数步，回望不见草屋。不久一里许，已到洞天。"① "石室"意象成为给予人类知识之所在，编撰者在神化他们知识来源的神圣性的同时，也将知识的来源与神圣性关联起来，成为后代道教知识的源头。

文翁石室，包含着石室具有知识传授的意象。"蜀儒文章冠天下。其学校之盛，汉称石室、礼殿，近世则石九经，今皆存焉。自孝景帝时，太守文翁始作石室。"② 石室，作为知识传播的重要符号，深深烙在了巴蜀文化之中。这个"符号"，也在道教传记文学中得以延续，成为道教知识传播的象征。

石室之外，与之相关联的意向就是"石函"，亦是收藏珍宝，传诸后代的重要器物。石函也被佛教借鉴去，收藏佛教的圣物"如来舍利"。"治北半里宝光寺后有柱础，围丈二尺，圆径二尺，高尺八寸。唐僖宗避黄巢至蜀，遣御史赍玺书召知玄国师，憩息其处。掘地得石函，中有如来舍利。寻建浮屠以瘗之，仍创精蓝曰宝光。"③

不同神话故事中具有相似情节，有学者将其总结为"器官交换律"。"所谓'器官'是指早期流传的一些神话传说中的某些构件、因素、情节等等。神话传说在其本身发展过程中，或在将历史加以乔装打扮的过

---

① 《道藏》第32册，文物出版社、上海书店、天津古籍出版社，1988年，第390页。
② （宋）袁说友等编，赵晓兰整理：《成都文类》，中华书局，2011年，第583页。
③ （明）曹学佺撰，杨世文点校：《蜀中广记》，上海古籍出版社，2020年，第53页。

程中，常常就自觉或不自觉地从前代神话传说的机体上'拆卸'下某些'构件'、'因素'、'情节'，安装在新的神话传说或历史事件机体上。当这种'安装'工作发生在历史人物或事件机体上时，我们就看到了历史的被神话化。"[1]这样的情况也是《集仙录》时常出现的情景。我们会在仙传中，找到诸多上古神话，甚至是过往仙话中出现的情节。神话的"器官交换律"使得诸多的神话元素能够不断且反复地被书写，让读者能够多频次接受相同的信息，中华文化要素借用这种方式代代相传下去。

第二节　"丝绸"仙话

丝绸业是中国古代的重要产业，丝绸的基础是养蚕。所以，无论是古蜀还是中原地区，与蚕有关的神话不断涌现。

一

古蜀国本就是充满神话色彩的国度。"蜀之为国，肇自人皇。其始蚕丛、柏濩、鱼凫，各数百岁，号蜀山氏，盖作于蜀。蚕丛纵目，王瞿上。鱼凫治导江。逮蒲泽、俾明时，人氓椎结左言，不知文字。上至蚕丛，年祚深眇。"[2] "蜀"字来说，《说文解字》将其解释为葵中蚕。[3]而传说中的古蜀帝王蚕丛，就是教古蜀人养蚕之人。虽然秦惠王时伐灭蜀国，但蜀人并未忘记这位教导蜀人蚕桑的古蜀帝王。《方舆胜览》在蚕丛祠条下注曰："蜀王蚕丛氏祠也，今呼为青衣神，在圣寿寺。蚕丛氏教

---

[1] 李诚：《巴蜀神话传说刍论——龙凤文化研究之二》，电子科技大学出版社，1996年，第237页。

[2] 周明：《路史笺注》，巴蜀书社，2022年，第40页。

[3] （汉）许慎撰，（宋）徐铉校定：《说文解字》卷十三上"虫"，中华书局，2013年，第280页。

人养蚕，作金蚕数十，家给一蚕。"①

杜光庭的另一部传记作品《仙传拾遗》里记载有蚕丛的神话。其文更加详细地描述了蚕丛与巴蜀蚕业的关系。"蚕丛氏自立王蜀，教人蚕桑，作金蚕数千头。每岁之首，出金头蚕以给民一蚕，民所养之蚕必繁孳，罢即归蚕于王。巡境内所止之处，民则成市。蜀人因其遗事，每年春置蚕市也。"②该故事也道出了蜀人蚕信仰的一个源头，即蚕丛氏。蜀人的蚕业精神印迹里，不只有蚕女，还有蚕丛。《仙传拾遗》的记载还为我们记录下成都蚕市的民俗，说明蚕业在成都已然十分发达。蜀人对于古蜀神仙传授蚕事的神话从未忘记，即使后来蜀地供奉马头娘，但蜀人依然没有忘怀巴蜀本地的青衣神。清代乾隆《四川通志》就载曰："青衣神祠，在青神县。昔蚕丛氏衣青，教民蚕事，敕封立祠。"③在蚕事发达的蜀地，供奉着来源不同的蚕神，并通过蚕市促进蚕事的发展。诗人们还留下了关于成都蚕市的诗歌，如宋祁的《圣寿寺前蚕市》《大慈寺前蚕市》等描写成都蚕市的盛况以及宋代成都人对蚕丛的怀念。"龙断争趋利，仁园敞邃深。经年储百货，有意享千金。器用先农事，人声混乐音。蚕丛故祠在，致祝顺民心。"④诗中描写蜀中蚕事已具有相当广泛的影响力，蜀中民俗与信仰相映成趣，反过来又助推神话的传播。而作为丝绸大国的中国，蚕神的崇拜早已有之，且呈现形式多样的特点。

二

晋代干宝的《搜神记》中就有两处与蚕有关的神话。第一处记曰："蚕神，吴县张成夜起，忽见一妇人立于宅南角，举手招成曰：'此是君家之蚕室，我即此地之神。明年正月十五，宜作白粥，泛膏于上。'以

---

① （宋）祝穆撰，祝洙增订：《方舆胜览》，中华书局，2003年，第913页。
② （唐）杜光庭撰，罗争鸣辑校：《杜光庭记传十种辑校》，中华书局，2013年，第869页。
③ （清）黄廷桂、宪德编撰：《乾隆四川通志·祠庙》卷二十八，第19页。
④ （明）杨慎编，刘琳、王晓波点校：《全蜀艺文志》，线装书局，2003年，第431页。

后年年大得蚕。今之作膏糜像此。"①中国有关蚕神的传说其实还有另一种表达，《搜神记》卷十四有关于"蚕"起源的神话，名曰：女化蚕。这也是《集仙录》中关于蚕神的源头之一，故事内容如下：

> 旧说太古之时，有大人远征，家无余人，唯有一女。牡马一匹，女亲养之。穷居幽处，思念其父，乃戏马曰："尔能为我迎得父还，吾将嫁汝。"

> 马既承此言，乃绝缰而去，径至父所。父见马惊喜，因取而乘之。马望所自来，悲鸣不已。父曰："此马无事如此，我家得无有故乎？"亟乘以归。为畜生有非常之情，故厚加刍养。马不肯食，每见女出入，辄喜怒奋击。如此非一。父怪之，密以问女。女具以告父，必为是故。父曰："勿言，恐辱家门。且莫出入。"于是伏弩射杀之，暴皮于庭。

> 父行。女与邻女于皮所戏，以足蹙之曰："汝是畜生，而欲取人为妇耶？招此屠剥，如何自苦？"言未及竟，马皮蹶然而起，卷女以行。邻女忙怕，不敢救之，走告其父。父还，求索，已出失之。

> 后经数日，得于大树枝间，女及马皮尽化为蚕，而绩于树上。其茧纶理厚大，异于常蚕。邻妇取而养之，其收数倍。因名其树曰"桑"。桑者，丧也。由斯百姓竞种之，今世所养是也。言桑蚕者，是古蚕之余类也。

> 案《天官》："辰为马星。"《蚕书》曰："月当大火，则浴其种。"是蚕与马同气也。《周礼》校人职掌"禁原蚕者"，注云："物莫能两大。禁原蚕者，为其伤马也。"汉礼，皇后亲采桑，祀蚕神，曰菀窳妇人、寓氏公主。公主者，女之尊称也；菀窳妇人，先蚕者也。故

---

① 上海古籍出版社编：《汉魏六朝笔记小说大观·搜神记》，上海古籍出版社，1999年，第309页。

今世或谓蚕为女儿者，是古之遗言也。[1]

《搜神记》中的女化蚕看似有些荒诞不经，不过细细读之，其中也反映出许多关于养蚕的细节。从"其茧纶理厚大，异于常蚕"一句可以看出，在"女化蚕"之前人们饲养有常蚕，只是没有"女化蚕"这般的"纶理厚大"。

故事还反映出古代饲养家蚕的艰辛。中国古人已对蚕早有深入的了解，成书于战国的《尔雅》就载曰："蟓，桑茧。雔由：樗茧、棘茧、栾茧。蚢，萧茧。"[2]郭璞注，蟓，食桑叶作茧者，即今蚕。雔由和蚢，邢昺注为野蚕。说明至少在战国时期，我国劳动人民已经对蚕的种类有了清楚的认识。而食桑作茧的家蚕则是劳动人民经过千辛万苦发现并驯养的。"女化蚕"故事应该就是对这一过程的神话反映。并为"桑树"的名称找到了一个神话的源头。查阅《说文解字》"桑"，"蚕所食叶木，从叒木。息郎切"[3]，可见《说文解字》并未道出桑树命名的由来，这给神话留下了想象的空间，故此才有了以"桑"为"丧"，以此纪念"女化蚕"中女主角忧伤而凄美的抒情叙事。

值得注意的是《搜神记》和《集仙录》两个版本的蚕女，在解释人与兽（马）的关系上都是以星辰之名来阐释，这或许是作者对人马结合的不伦之恋给予的浪漫解释罢了。不过必须承认，养蚕业与天气确实有着密不可分的关系。《史记·天官书》曰："正月上甲，风从东方，宜蚕；风从西方，若旦黄云，恶。"[4]气候是养蚕的基础条件，这容易理解，但是二者在解释蚕与星宿的关系上似乎有分歧，《搜神记》认为其

---

① 上海古籍出版社编：《汉魏六朝笔记小说大观·搜神记》，上海古籍出版社，1999年，第384—385页。
② 管锡华译注：《尔雅》，中华书局，2014年，第589页。
③ （汉）许慎撰，（宋）徐铉校定：《说文解字》，中华书局，2013年，第123页。
④ （汉）司马迁：《史记》，中华书局，2014年，第1598页。

与"辰星"有关，而《集仙录》里则将其与"房星"相连。《史记·天官书》的记载，房星确实与马有关。"东宫苍龙，房、心。……房为府，曰天驷。其阴，右骖。"①其实不仅房心与马有关，辰星亦与马相关。张守节的"正义"给出了明确的答案。"索引案:《尔雅》云:'大辰，房、心、尾也。'李巡曰:'大辰，苍龙宿，体最明也。'"②由此可知，房星是二十八宿之一，其中的房、心、尾三宿合称为"大辰"，亦即是"女化蚕"所谓的"《天官》'辰为马星'"。而在中国五行观念里，东方代表着春天，正是"风从东方，养蚕宜"。经过这一番转化之后，我们发现与"马"有关的星象，逐渐演化成"马"的形象来代指养蚕业，可能是这则神话的源头。不过即使作者对神话有这样和那样的解释，后来的读者已经不能理解"人与马"的不伦关系，故《七修类稿》有曰:"《乘异记》载蜀中寺观多塑女人披马皮，谓之马头娘，以祈蚕也。予意化蚕之说荒唐，而西陵氏养蚕者为是，但世远不可稽也。……此干宝、《乘异》皆因言以成讹耳。"③明代的朗瑛对于马头娘的传说已经觉得很是荒唐，而觉得嫘祖教人养蚕更为可信。朗瑛出生于江浙一带，恐未能闻及蜀地青衣神，如若听闻过蚕丛（青衣）神的传说，或许又会有另外的论述。

三

"女化蚕"的故事还是神话的重要主题，即人兽婚配。相似的故事还有如《人狗配婚》④，以及苗族《神母狗父》的神话故事等，都属于"人兽婚配"主题。"传说，神农时代，西方恩国有谷种，神农张榜布告天下:'谁能去恩国取得谷种回来，愿以亲生女儿伽价公主许配给他。'……恰好这时，有只黄狗含着榜文进宫来，神农一看，原来是宫

---

① （汉）司马迁:《史记》，中华书局，2014年，第1546页。
② （汉）司马迁:《史记》，中华书局，2014年，第1547页。
③ （明）朗瑛:《七修类稿》，上海书店出版社，2009年，第200—201页。
④ 陶阳、钟秀编:《中国神话》（中册），商务印书馆，2010年，第625页。

中的御狗翼洛。神农问道:'你能去恩国取谷种吗?'翼洛点头摇尾,表示能去。神农微笑说:'那很好,明天启程。'"①翼洛最终取回了恩国的谷种,娶上了公主。这个故事与女化蚕中内容颇有相似之处,主角都是人与兽,且都是女与兽的结构。

人与兽结合的神话,结局都不美好。"女化蚕"中的女主角最后化成了蚕。《神母狗父》中的狗父翼洛为自己的儿子所杀。但是,人与兽的结合又都为人们的美好生活增添了靓丽的色彩。"女化蚕"中女所化之蚕,比常蚕更为纶理厚大,改良了常蚕,提高了蚕的产量和质量。翼洛从恩国带回的谷种,使得苗乡从此有了稻米,改善了苗民的生活。

人与兽结合的另外故事形态是人与神兽。《云笈七签》中记载有这类故事,"《本行经》云:西方卫罗国王有女,字曰丑瑛,与凤共处。于是灵凤常以羽翼扇女。十二年中,女忽有胎。王意而怪之,因斩凤头,埋着长林丘中。女后生女,名曰皇妃,叹而歌曰:'杳杳灵凤,绵绵长归。悠悠我思,永与愿违。万劫无期,何时来飞?'于是王所杀之凤郁然而生,抱女俱飞,迳入云中去"②。凤凰是中国古代神话中的神鸟,乃百鸟之王。人与凤凰的结合成为一则凄美的故事,最后人与凤俱入云中而去,留下无尽之想象于人间。

人与兽结合的主题里,通常会出现一位阻扰结合的"干预者"。"干预者"角色大都是由女方的父母来扮演。"干预者"一般会采取杀戮的方式,去结束人与兽荒诞的结合。然而残暴的杀伐,往往都会取得与其想要结果相背离的结局。故事中的女主角要么被马皮包裹成了蚕,要么与凤凰一同飞去,升入云中。

蜀地的蚕丛(青衣)神祠后来亦有供奉马头娘的习俗。"按《唐乘异集》云:蜀中寺观多塑女人披马皮,谓之马头娘,以祈蚕事。今有蚕女

---

① 陶阳、钟秀编:《中国神话》(中册),商务印书馆,2010年,第553页。
② (宋)张君房编,李永晟点校:《云笈七签》,中华书局,2003年,第2107页。

冢，在什邡、绵竹、德阳三县界，而新繁蚕丛祠中旧亦塑女像，皆本此云。"①而将马头娘与道教搭上关系，使得诸多寺观都供奉有马头娘，或从《集仙录》"蚕女"仙传的描述中寻到蛛丝马迹："一旦，蚕女乘彩云，驾此马，侍卫数十人，自天而下，谓父母曰：'太上以我孝能致身，心不忘义，授以九宫仙嫔之任，长生矣！无复忆念也。'言讫，冲虚而去。"②由此，杜光庭将魏晋六朝以来流传的神话故事中的马头娘，成功地改造成道教神仙，使之进入道教神系，位列仙班。

四

《集仙录》修改了《搜神记》"女化蚕"的故事，将蚕女的身世与蜀地相关传说联系在一起，并为读者呈现了蜀地文明早期形态，保存了蜀地早期文明的印记。"蚕女者，乃是房星之精也。当高辛之时，蜀地未立君长，唯蜀山氏独王一方。其人聚族而居，不相统摄，往往侵噬，恃强暴寡。"③杜光庭将蚕女的生活年代置于文明之前，使之看起来更符合神话产生的背景。但又根据作者生活年代的家庭伦理，将蚕女的家庭结构完整化，使得故事内容与时代背景之间产生一种扭曲。原始部落的时空背景下，配以中古时期的婚姻家庭观。"蚕女所居，在今广汉之部，亡其姓氏。其父为邻部所掠，已逾年，唯所乘马犹在。女念父隔绝，废饮忘食。其母慰抚之，因告誓于其部之人曰：'有能得父还者，以此女嫁之。'部人虽闻其誓，无能致父还者。马闻其言，惊跃振迅，绝绊而去。数月其父乘马而归。"④此后的内容与《搜神记》中颇为相同，但杜光庭强调了"蚕自此始也"，这就与《搜神记》的记载不同，强调了蚕的源头在蚕女。此外，杜光庭的"蚕女"传记，不仅强调了其发生地在

---

① （明）曹学佺撰，杨世文点校：《蜀中广记》，上海古籍出版社，2020年，第758页。
② （唐）杜光庭撰，罗争鸣辑校：《杜光庭记传十种辑校》，中华书局，2013年，第655页。
③ （唐）杜光庭撰，罗争鸣辑校：《杜光庭记传十种辑校》，中华书局，2013年，第654页。
④ （唐）杜光庭撰，罗争鸣辑校：《杜光庭记传十种辑校》，中华书局，2013年，第655页。

蜀地，还记载了蜀地祭祀蚕神的风俗。"今其冢在什邡、绵竹、德阳三县界，每岁祈蚕者，四方云集，皆获灵应。蜀之风俗，诸观画塑玉女之像，披以马皮，谓之马头娘，以祈蚕桑焉。"[①]杜光庭记载的风俗，《方舆胜览》亦有之。"蚕女冢"条亦有曰："在什邡、绵竹、德阳三县界。每岁祈蚕者云集。蜀之风俗，塑女像披马皮，谓之马头娘，以祈蚕焉。"[②]此处的记载与杜光庭的文字基本相同。我们虽无法考证"蚕女冢"的民间传说是从何时始，但《集仙录》版本的"蚕女"却明确地给读者传达出了如下信息：杜光庭在《搜神记》"女化蚕"版本的基础上，加入了蜀地元素，以蚕女冢所在地为中心，记载了蜀地祭祀马头娘的风俗。可见唐宋之际，蚕女神话还在蜀地有旺盛的生命力。古代神话故事与地域、时代的交互关系，是看其故事主体在社会上是否还有影响。蚕化女的故事中的"蚕事"，是中国古代社会中重要农事，受到生产蚕桑产品的地区的民众所重视。故此，这类神话会随着后来的创作，不断地生长，更新它的故事内容，形成新的故事形态。

五

中国作为丝绸出口国，古代的丝绸业的发达程度可想而知，桑蚕业对于国民经济的重要性也就不言而喻。各地对桑蚕业的重视则随之转化成了对蚕神的信仰。中国古代对蚕神的信仰并不只是上文提到的"女化蚕"的马头娘一位蚕神。

正如上文所言，中国蚕神信仰颇为复杂，各地多有不同，就蜀地而言，已有青衣神蚕丛和马头娘等。除此之外，在中国其他地方还有奉嫘祖为蚕神的，如《皇图要览》："伏戏氏化蚕为丝，黄帝元妃西陵氏始养

① （唐）杜光庭撰，罗争鸣辑校：《杜光庭记传十种辑校》，中华书局，2013年，第655页。
② （宋）祝穆撰，祝洙增订：《方舆胜览》，中华书局，2003年，第968页。

蚕。"①黄帝元妃，就是嫘祖，亦称雷祖。"黄帝妻雷祖，生昌意。"②因传说养蚕始于黄帝之妻，故而后人又奉嫘祖为蚕神。有的地方则以"女化蚕"故事后的"菀窳妇人、寓氏公主"二公主为蚕神。

《集仙录》中还收有另外一则与蚕有关的神话"园客妻"，这又是一则驯化不同蚕种的神话。"园客妻者，神女也。园客者，济阴人也，美姿貌而良，邑人多欲以女妻之，客终不娶。常种五色香草，积数十年，服食其实，忽有五色蛾集于香草上。客收而荐之以布，生华蚕焉。至蚕时，有一女自来助客养蚕，亦以香草饲之。蚕女养蚕，既壮得茧百二十枚，茧大如瓮。每一茧缲六七日乃尽。缲讫，此女与园客俱去。济阴今有华蚕祠宇焉。"③园客妻故事，描述了"华蚕"的来历，这应该是与"女化蚕"不同的家蚕源头。"园客妻"《太平广记》中亦有记载，并记其出处为《女仙传》。《女仙传》今已不存。查《道藏》中收录的《列仙传》亦有此文，题作"园客"，文字与《集仙录》略有不同。《列仙传》的行文体例，文末有四字赞词。"美哉园客，颜晔朝华。仰吸玄精，府捋五葩。馥馥芳卉，采采文蛾。淑女宵降，配德升退。"④今本《列仙传》的作者或是东汉之际文人伪托⑤，可见对蚕驯养过程的神话早已有之。桑蚕业发达的地区，会于每年正月十五占卜一年的蚕事。如《荆楚岁时记》有云："其夕（正月十五），迎紫姑，以卜将来蚕桑，并占众事。"⑥荆楚一带，也是中国桑蚕养殖的重要区域，对于蚕事的重视程度不下于蜀中。

中国古代相当重视"蚕事"的祭祀仪式。《宋史·礼志》从礼制的角

---

① （清）姚东升辑，周明校注：《释神校注》，巴蜀书社，2015年，第43页。

② 袁珂：《山海经校注》，巴蜀书社，1996年，第503页。

③ （唐）杜光庭撰，罗争鸣辑校：《杜光庭记传十种辑校》，中华书局，2013年，第657页。

④ （汉）刘向撰：《列仙传》，载《道藏》第5册，文物出版社、上海书店、天津古籍出版社，1988年，第72页。

⑤ 任继愈主编，钟肇鹏副主编：《道藏提要》，中国社会科学出版社，1991年，第219页。

⑥ 上海古籍出版社编：《汉魏六朝笔记小说大观·荆楚岁时记》，上海古籍出版社，1999年，第1054页。

度，梳理了古代官方祭祀蚕事的简史。"先蚕之礼久废，真宗从王钦若请，诏有司检讨故事以闻。按《开宝通礼》：'季春吉巳，享先蚕于公桑。前享五日，诸与享官散斋三日，致斋二日。享日未明五刻，设先蚕氏神坐于坛上北方，南向。尚宫初献，尚仪亚献，尚食终献。女相引三献之礼，女祝读文，饮福、受胙如常仪。'又按《唐会要》：'皇帝遣有司享先蚕如先农可也。'乃诏：'自今依先农例，遣官摄事。'礼院又言：'《周礼》，'蚕于北郊'，以纯阴也。汉蚕于东郊，以春桑生也。请约附故事，筑坛东郊，从桑生之义。坛高五尺，方二丈，四陛，陛各五尺；一壝，二十五步。祀礼如中祠。'"[①]可见我国官方祭祀蚕事的历史源远流长，这与我国桑蚕业的发达密不可分。而且引文中还透露，蚕神的性别是女性。这与"女化蚕""嫘祖""园客妻"等一系列女性蚕神的形象相当吻合。我国传统就有"谷父蚕母"的说法，这与古代社会从事桑蚕业者多为女性有关。然而，蜀地却依然祭拜极具地方特色的蚕丛（男性）为蚕神，或许是不得不顺应当时的社会习惯，而将之改为青衣神，恐是对来自中原的"谷父蚕母"信奉原则的妥协。

虽然《宋史》记载了祭祀的礼仪步骤等，却没有明确祭祀的"蚕神"为谁。侧面反映出中国古代恐并未形成统一的"蚕神"。最有可能的是，不同的地区信仰不同的蚕神；或者是，既有获得大部分地区信仰的蚕神，如嫘祖。也有地方蚕神的信仰，如青衣神。毕竟不是全国各地都盛产蚕丝，不生产蚕丝的地区则少有蚕神信仰。这样就很难形成一个全国统一的蚕神。即便是道教，中国的本土宗教，也只形成了与桑蚕业有关的经典，而没有明确的蚕神记载。有的地区则可能出现多个蚕神。如蜀地，既有马头娘娘，也有青衣神等。蚕神只是桑蚕业发达地区的区域性信仰，区域性信仰的神灵通常与地方文化关系密切。

---

① （元）脱脱等撰:《宋史》第8册，中华书局，1977年，第2493—2494页。

第三节　蜀地的其他女仙

《集仙录》里有一些生于蜀地，最后也白日飞升的女仙，虽然她们的声名不像谢自然那样显赫，但有关她们的诸多传说还是值得一考（谢自然传留待第五章第三节专论）。

一

遂宁是东晋时从德阳县东南划出而设立的行政区划，后又几经更名。"后周置遂州，又改名曰石山郡。唐改为遂州，改遂宁郡，复为遂州，升东川防御使，又升武信军节度。"[①] 遂州乃古蜀腹地，东接巴地，涪水之上游，可谓人杰地灵。人杰地灵的遂宁，亦出白日飞升的女仙。

《蜀中广记》有一段关于董上仙的记载，"《舆地纪胜》云：'遂宁有上清观，祀董上仙像。上仙，唐小溪县民女也，神姿雅异。一日，紫云垂布于庭，天乐青童引之上升，父母号泣呼之，复下。开元中，诏迎入关，乞还，未久，竟仙去。诏置像于上清观。'《志》云：'又于此地建唐兴馆。'今唐兴观是也。入蓬溪界。"[②] 考清康熙《遂宁县志》有，"鹤鸣山，县东十里。《通志》上有古观，松顶常有皓鹤鸣唳。相传张道陵尝隐此。又有董真人洞"[③]。或当是董上仙居所。不过明清之际，遂宁的道教必不发达，方志之中"寺观"一栏，寺多观少，唯有寥寥几座。清光绪《遂宁县志》曰："鹤鸣山，上有观。有董真人祠，又多松。松顶常有鹤鸣，鹤鸣月夜十二景之一，张文端有诗。"[④] 张文端即清代著名的"遂宁相国"张鹏翮。《县志》提到的诗歌，应该是张鹏翮描写遂宁十二景中的《题鹤鸣山二首》和《鹤鸣夜月》等诗歌。诗文与董大仙传无甚关

---

① （宋）祝穆撰，祝洙增订：《方舆胜览》，中华书局，2003年，第1099页。
② （明）曹学佺撰，杨世文点校：《蜀中广记》，上海古籍出版社，2020年，第308页。
③ （清）田朝鼎撰：《遂宁县志》卷一"山川"，清乾隆刻本，第21页。
④ （清）孙海撰：《遂宁县志》卷一"山川"附"寺观"，清光绪五年刻本，第19页。

联，此不赘录①。

《集仙录》有："董上仙，遂州方义女也。"②遂州，"原《志》，北周闵文帝元年正月，遂宁郡置遂州，遂州之名始此"③。方义为县名，乃遂州所辖。"《通志》梁改县，曰小溪。《元和志》小溪，晋永和十一年置。方义县，《通志》西魏改县曰方义。《元和志》方义，本晋小溪县，后魏恭帝改名。按《旧唐书》永淳二年，分方义县置唐兴县。景龙二年，分唐兴置唐安县。天宝元年，改唐兴为蓬溪县，是蓬溪为方义分县。《广舆记》为，蓬溪即方义，讹。"④由此，我们基本清楚，遂州方义县的董上仙，应该就是在鹤鸣山修炼。《舆地纪胜》的记载较为详细，"董真人洞，在小溪县鹤鸣山，福胜寺，旧名头陀寺。成平年间，降到御书，又有董真人石室"⑤。从《舆地纪胜》的记载来看，似乎南宋之际，鹤鸣山上的道观已经改名为福胜寺。所以唐代诏中所建的无论是《集仙录》所谓的"诏置上仙、唐兴两观于其居处"⑥，还是《舆地纪胜》中的"未久，竟仙去，因诏置上清观"⑦，到南宋王象之撰《舆地纪胜》时，或都已不存，取而代之的或是福胜寺矣。或许正是因为其道观后改为佛寺，神仙事迹少有人述，故而董上仙的传说也就未能广泛流传。查民国《遂宁县志》卷二寺观，仅有"福胜寺，在鹤鸣山下"⑧寥寥数字，恐福胜寺在遂宁亦非大寺，远不如广德寺、大佛寺等名人题留甚丰的远近闻名的寺庙，所以董上仙的故事也就没人再提及。

与鹤鸣山相关的内容，遂宁地方志中的记载也是越来越少，并逐渐从宗教内容，转变成了遂宁十二景，董上仙的传说也逐渐隐没。唯一值

① 参见胡传淮主编：《张鹏翮诗集校注》，团结出版社，2020年，第141、147页。
② （唐）杜光庭撰，罗争鸣辑校：《杜光庭记传十种辑校》，中华书局，2013年，第725页。
③ （清）田朝鼎撰：《遂宁县志》卷一"县表"，清乾隆刻本，第4页。
④ （清）田朝鼎撰：《遂宁县志》卷一"县表"，清乾隆刻本，第4页。
⑤ （宋）王象之：《舆地纪胜》，中华书局，1992年，第4208—4209页。
⑥ （唐）杜光庭撰，罗争鸣辑校：《杜光庭记传十种辑校》，中华书局，2013年，第725页。
⑦ （宋）王象之：《舆地纪胜》，中华书局，1992年，第4214页。
⑧ 甘焘撰：《遂宁县志》卷二，民国十八年刻本，第60页。

得欣慰的是董大仙的事迹，收入南宋道士陈葆光撰的《三洞群仙录》卷二十，题名"上仙蜕皮"①。文字基本与《集仙录》相同，作者陈葆光在撰写《三洞群仙录》的时候，或许是借鉴了《集仙录》的文字。

二

黄观福，乃传说中雅州百丈县之女仙者，多本神仙传中都记载有她的事迹。《蜀中广记》卷七十四②，清光绪《名山县志》皆引有来自《集仙录》的文字③，然与罗氏本文字稍有差异，可资校勘。黄观福仙传是一则发生在唐代百丈县的故事。"百丈县，本秦严道县地，贞观八年于此置百丈县。今按镇城东有百丈穴，故以为名。"④而黄观福传中提及了唐代麟德（664—665）年间是瘟疫，推测该文应当作于唐代麟德之后。黄冠福应是唐代流行于百丈一带的仙话，而被杜光庭收入《集仙录》。文中的内容大概也反映出，民众不能很好地分清道教和佛教，将他们混为一谈。"今俗呼为黄冠佛，盖以不识天尊像，仍是相传语讹。以黄观福为'黄冠佛'也。"⑤由此可见，民间信仰对于宗教派别的区分并不能做到了然于胸，只是根据自己的理解来阐释看到的事物。另一方面也说明，当时的百丈县佛教信仰或已经较为普遍且深入人心，所以当地民众才会将方言同音字"黄观福"当作了"黄冠佛"。

三

广陵茶姥，《云笈七签》亦有记载，文字大同小异。《蜀中广记》卷七十三亦有之，称出自《先天传》，其正文内容与他本差异不大。但其

---

① 《道藏》第32册，文物出版社、上海书店、天津古籍出版社，1988年，第363页。
② （明）曹学佺撰，杨世文点校：《蜀中广记》，上海古籍出版社，2020年，第796页。
③ （清）赵怡、赵懿撰：《名山县志》卷十四，清光绪二十二年刻本，第8页。原文参见附录二。
④ （唐）李吉甫撰，贺次君点校：《元和郡县图志》，中华书局，1983年，第804页。
⑤ （唐）杜光庭撰，罗争鸣辑校：《杜光庭记传十种辑校》，中华书局，2013年，第691—692页。

中的"按文"则保留了一些值得细究的信息。"按：姥，蜀人也。傅咸为司隶，下教云：闻南市有蜀妪作茶粥卖，而廉事打破其器具。又云：卖饼于市，而禁粥茶于蜀姥，何哉？"①傅咸《晋书》有传，"咸字长虞，刚简有大节。风格峻整，识性明悟，疾恶如仇，推贤乐善，常慕季文子、仲山甫之志。好属文论，虽绮丽不足，而言成规鉴"②。从按文的内容来看，确实颇为符合傅咸"疾恶如仇"的性格。《蜀中广记》的作者或是从傅咸的评论中推断"广陵茶姥"是"蜀妪"，方才将其传收入是书。此据恐是误会，从"广陵茶姥"之名判断，"广陵"代表茶姥的地域。"汉为荆王国，又为吴王国，景帝更江都国，武帝更广陵国。东汉为广陵郡。三国初属魏，后属吴。西晋属广陵郡。宋改为南兖州。"③傅咸所谓之"蜀"或是广陵所谓之"蜀岗""蜀井"等地，恐非蜀中的"南充"县。就在《方舆胜览》广陵郡的文字中有如是记述："蜀岗，旧传地脉通蜀。故大明寺之侧有蜀井，或曰蜀岗产茶味如蒙顶，故以名岗。蜀井，扬州有蜀岗，岗上有井水，最宜茶。东坡诗云：蜀井出冰雪。又诗云：剩觅蜀岗新井水。"④广陵茶姥与茶有关，而"蜀岗"也因为与蜀中产茶名山蒙顶山有关而得名，或许傅咸所谓之"蜀"乃是"蜀岗"，而非实指巴蜀地区。

　　《集仙录》中的东陵圣母与广陵茶姥亦有相类似的情节，此二者或又都与"广陵"有关。"'圣母奸妖，不理家务'官收圣母伏狱。顷之，已从狱窗中飞去，众望见之，转高入云中，留所着履一緉在窗下，自此升天。"⑤这两位从监狱窗户飞出去的女仙，又都与"广陵"有关，一个

①　（明）曹学佺撰，杨世文点校：《蜀中广记》，上海古籍出版社，2020年，第773页。原文见附录四。
②　（唐）房玄龄等撰：《晋书》第5册，中华书局，1974年，第1323页。
③　（宋）祝穆撰，祝洙增订：《方舆胜览》，中华书局，2003年，第790页。
④　（宋）王象之：《舆地纪胜》，中华书局，1992年，第1566页。
⑤　（唐）杜光庭撰，罗争鸣辑校：《杜光庭记传十种辑校》，中华书局，2013年，第667页。

直接名"广陵茶姥",东陵圣母则曰:"广陵海陵人,适杜氏。"①同一地区出现两位故事情节相似的女仙传记,或是流传过程中混淆误传,才导致了民间在同一个故事的基础上产生出取向不同的故事情节。这也从侧面反映出,故事原型在广陵一代的影响颇大,所以才在后来的流传过程中,选择了不同的载体,再次创作出新的内容,又回到民间。

虽然,神话具有相同故事内容在不同故事间相互转化使用的传统,但在同一地区,使用同一个故事"原型",创造了"广陵茶姥"和"东陵圣母"两个形象,颇引人瞩目。这种创作方式是对同一神话资源的不同运用的探索,形成了既有相似情节,又有不同人物形象的两个故事。

四

麻姑是家喻户晓的神仙,尤其是"麻姑献寿"等传统民俗绘画,更增加了麻姑在民间的影响力。《集仙录》中的"麻姑"一文,大概可以看作是删减《神仙传》中"王远"传创作而成的。严格来说"麻姑"一文,并不是传文,而更像是记事文。麻姑传的主要内容是记录王远,邀请麻姑降临蔡经家的经过。或也是因为其故事性极强,宋代陈葆光编《三洞群仙录》时,麻姑的事迹分作两部分分别收入,"王生桑田麻姑陵陆"和"麻姑鸟爪羲皇蛇身"②之中,文字虽较《集仙录》有改动,然大抵内容并未超出《神仙传》和《集仙录》的范围,作者在引用时既已注明,文字源于二书。

《集仙录》中关于麻姑身份的信息其实并不多,仅在文章开头处有云:"麻姑者,乃上真元君之亚也。"③此外再无关于麻姑身份的详细信息。

---

① (唐)杜光庭撰,罗争鸣辑校:《杜光庭记传十种辑校》,中华书局,2013年,第667页。
② 《道藏》第32册,文物出版社、上海书店、天津古籍出版社,1988年,第305页、第331页。
③ (唐)杜光庭撰,罗争鸣辑校:《杜光庭记传十种辑校》,中华书局,2013年,第626页。

麻姑久远以来就已成仙，这个时间跨度很大。"见东海三为桑田。"①这次出现，是因为王方平的邀请。王方平虽生于东海，却成就于巴蜀，故在巴蜀多地留下遗迹。"后汉王远字方平，东海人。举孝廉，除郎中，明天文图谶学。桓帝问以灾祥，题宫门四百余字。帝令人削之，墨入板里。后弃官隐去。魏青龙初，飞升于平都山，见广成先生《神仙传》。按平都山，今之丰都县也。又《新都志》，方平常采药于县之真多山，有题名云：'王方平采药此山，童子歌玉炉三涧雪，信宿乃行。'"②此中所云广成先生《神仙传》当是《王氏神仙传》的简称，其中文字或也是由葛洪《神仙传》王远传删减修改而成③。

麻姑的传记虽由增删"王远"传而来，但她的事迹却广为流传，尤其是经过古代诸多诗人不断增饰以后，关于麻姑的传说就越传越广④。与麻姑产生联系的地域也越来越多，其中尤以建昌军南城县麻姑山为最。"麻姑山，在城西南十五里。高九里五十步，周回四百一十四里。"⑤相传麻姑曾在此栖息，于是留下美丽的传说，唐开元（721—741）年间，在此山修建仙坛。⑥唐代大书法家颜真卿撰有《麻姑仙坛记》，更使得此坛名声大振、千古流传。⑦《南城县志》中记载的麻姑传较《集仙录》中的要详细很多，诸多细节也很好地呈现出来，这可看作是历代传说和故事记录者不断增饰的结果。"麻姑，宣城人。少时与嫂之山中，嫂讶其迟。答云：'适遇女童戏水旁，其来其去莫知所之。'嫂教以绯线缀其衣，踪迹之，于大松树下掘得茯苓，若婴儿，烹之。嫂适有故他往，姑辄自尝就饮其汁殆尽。初与弟拾薪甚难，后姑得薪独多，弟怪而伺之，见姑宴

① （唐）杜光庭撰，罗争鸣辑校：《杜光庭记传十种辑校》，中华书局，2013年，第627页。
② （明）曹学佺撰，杨世文点校：《蜀中广记》，上海古籍出版社，2020年，第803—804页。
③ （唐）杜光庭撰，罗争鸣辑校：《杜光庭记传十种辑校》，中华书局，2013年，第885页。
④ 刘晓燕：《麻姑文化与道教文学奇观〈麻姑集〉》，《宗教学研究》，2014年第2期。
⑤ （宋）祝穆撰，祝洙增订：《方舆胜览》，中华书局，2003年，第380页。
⑥ （清）李人镜撰：《南城县志》卷一之三"名胜"，清同治十二年刻本，第6页。
⑦ （清）董诰等编：《全唐文》卷三三八，中华书局，1983年，第3433页。

坐林中，群鸟皆衔薪至，归以告母，母强诘其故。姑知神异已泄。明日遂弃家去，遇老君授以禳除灾厄之法。家人莫知其何之也。数年忽归，云：自青城来，人见其衣垢敝欲更之。姑一自拂拭，精洁文彩，非复世间所有。汉末姑南游吴栖息盱江，小有洞天，会王方平于蔡经家。年才如十八九时，顶中作髻余发垂之腰。其衣光彩耀目，不可名字。坐定各进行厨，金盘玉杯，擗麟脯行酒香气，达于内外，姑言接待以来，见东海三为桑田，向蓬莱水，又浅于曩者，会时略半也。姑欲见蔡经母及妇。经弟妇新产数十日，姑望见止勿前，求少许米掷之，堕地即成丹砂。方平笑曰：姑故年少，吾了不喜作此狡狯伎俩也。山中居者时闻钟磬步虚声。山顶又多螺蚌壳盖，沧海桑田。云唐开元中道士邓紫阳，请立麻姑庙仙坛侧，元宗从之。宋时，叠加封号赐额仙都观。明初令有司以七月七日致祭，即姑降蔡经家日也。"①《南城县志》题曰，其文引自《云笈七签》"仙坛麻姑记"，然搜索今本《云笈七签》未见此文。这篇较为完善的"麻姑"传，说出了麻姑的出生地"宣城"和她曾云游过的"青城"。这两个地方的地志类书中也都有了关于麻姑的记载。如宋代的《舆地纪胜》中就已经将麻姑与"宣城"联系起来。"麻姑山，在宣城县，三十五里。高衮与敬亭山等，麻姑修道于此，飚举有仙坛、丹灶存焉。《九域志》云：亦名花姑山。仙姑坛，在旌德县，西南三十里，栅山旁，别一峰。梅圣俞诗云：仙姑已作飞龙去，留得佳名在世间。"②至清代修撰的《宣城县志》有关麻姑的文字依然延续，且与宋代的记载基本保持一致："冲妙观，东三十里，麻姑山之西，相传麻姑修炼处。唐为洞仙观，初女冠居之，有会昌中断碑。宋重和戊戌赐额今名。明洪武中道士麻用中重建。"③两本相隔多年的地志类图书都没有将宣城作为麻姑的出生地，而独《南城县志》有此说，似乎并不可靠。

① （清）李人镜撰：《南城县志》卷八之八"仙释"，清同治十二年刻本，第1—2页。
② （宋）王象之：《舆地纪胜》，中华书局，1992年，第877页。
③ （清）李应泰撰：《宣城县志》卷十"寺观"（附），清光绪十四年刻本，第16页。

青城山古时属灌县，今名都江堰市。清代《灌县志》亦有些许与麻姑相关的记载。"青城山之案山曰成都山，前临麻姑洞，深不可测。"[①] "麻姑池，在上清宫侧，形如半月水色澄清。"[②]青城山亦流传着麻姑相关的故事，说明《南城县志》中记载的内容，或已在各地流传。然而传说的出现，似乎是晚于杜光庭写作《集仙录》之时。如若青城山早有麻姑相关的传说，那么五代时期隐于青城的杜光庭，则极有可能会将此事记入《集仙录》的。

更为值得注意的是，麻姑故事突破了地域限制，在宣城、南城、灌县等相隔千里的县都留下了"遗迹"，说明地方文化也在寻找合适的"故事"来塑造自己的神圣空间，当地方遇到合适的"神仙"时，便会创造出适合的故事，演绎出一段佳话，成为本地的著名"遗迹"，被记录在地方文献之中，成为地方文化的徽记，对地方文化产生影响。

---

① （清）孙天宁撰:《灌县志》卷一"山川"，清乾隆五十一年刻本，第3页。
② （清）孙天宁撰:《灌县志》卷二"古迹"，清乾隆五十一年刻本，第31页。

| 第四章 |

《墉城集仙录》与"二十四治"

　　二十四治，相传是张陵创立的二十四个政教合一的宗教区。道教众多道书，都记载有关于二十四治的内容，如《无上秘要》《云笈七签》等道书皆有记录。唐代为避唐高宗李治之讳，改称"二十四化"。杜光庭撰有《洞天福地岳渎名山记》，在序文中作者就表明了此书所涵盖的范围。"大天之内，有洞天三十六，别有日月星辰，灵仙宫阙，主御罪福，典录生死。有高真所居，仙王所理。又有海外五岳三岛十洲，三十六靖庐，七十二福地，二十四化，四镇诸山，今总一卷。"①二十四治具体位置，以及建安元年七月又立四治以配二十八宿等问题，在此就不赘述，可参见《无上秘要》"正一炁治品"②、今人王纯五著的《天师道二十四治考》等著作。③"二十四治"大都分布在巴蜀境内，唯有不多的，如"北邙治"等分布在其他省。"二十四治"是由道教信仰建构起来的道教神圣空间，在建构这个神圣空间的过程中，必然需要成仙、白日飞升等诸多故事去营造该空间的神圣性。越多的修炼者能在这个空间

---

① 《道藏》第11册，文物出版社、上海书店、天津古籍出版社，1988年，第55页。
② 周作明点校：《无上秘要》，中华书局，2016年，第293页。
③ 王纯五：《天师道二十四治考》，四川大学出版社，1996年。

内成就，该空间的神圣性就显得越为突出。于是，道教传记的作者们，就开始创作以"二十四治"为中心的仙话作品。《集仙录》中就有几位女仙，她们的成就与"二十四治"密不可分，而这些治所大都分布在巴蜀地区，所以这些女仙传记也可以看作是对早期蜀地神仙事迹的继承与发展。

第一节　阳平治之洞中仙

二十四治第一治阳平治，是"二十四治"中最为重要的一治。由道教创始人张陵"都功"，张陵羽化后则由其子张衡（此张衡并非天文学家张衡，乃张陵之子，正一道第二代天师）继承。故而阳平治在二十四治中尤其重要，"阳平化，五行金，节寒露，上应角宿。甲子、甲寅、甲戌人属。上化彭州九陇县界四十里，下化新都界四里。翟仙业、张衡白日上升"①。阳平治的成就者，不仅有引文中的两位。《集仙录》亦有关于阳平治及"二十四治"美丽的传说。

一

《集仙录》中涉及阳平治的文字尤其值得注意，其他传记大多以人名为题，写作手法也多采用个人传记的写作方式。而关于阳平治的文字则是直接题名为"阳平治"。而且，行文结构与个人传记多不类同，其内容亦不止于女仙描写。因此，该文更像是一则向凡人解释"二十四治"神圣空间、描述道教圣地的神话故事。《集仙录》文云：

> 少年曰："我阳平洞中仙人耳，因有小过，谪于人间，不久当去。"守珪曰："洞府大小，与人间城阙相类否？"答曰："二十四化

①《道藏》第11册，文物出版社、上海书店、天津古籍出版社，1988年，第59页。

各有一大洞，或方千里、五百、三百里。其中皆有日月飞精，谓之
伏神之根，下照洞中，与世间无异。其中皆有仙王、仙卿、仙官，
辅相佐之，如世之职司。有得道之人及积功迁神反生之者，皆居其
中，以为民庶。每年三元大节，诸天各有上真下游洞天，以观其所
理善恶，人世死生兴废，水旱风雨，预关于洞中焉。其龙神祠庙，
血食之司，皆为洞府所统也。二十四化之外，其青城、峨嵋、益登、
慈母、繁阳、嶓冢，皆亦有洞，不在十大洞天三十六小洞天之数。
洞之仙曹，如人间郡县聚落耳，不可一一详记之也。"①

二

超越空间的限制，无有大小之差别，洞中别有一番天地，在道教仙
传中并不新奇。《神仙传》中"壶公"亦是不受制于空间的得道高人。
他住在壶里，"既入之后，不复见壶，但见楼观五色重门阁道，见公左
右侍者数十人"②。模糊空间大小的概念是道教神话的经典意象。通过外
表看起来狭小的空间，进入神仙境界的广阔空间。狭小空间的"洞"或
"壶口"，成为连接世俗与神圣空间的关键。这样的意象，后来也被神
魔小说家时常采用。如清代无垢道人的《八仙得道传》里"田螺壳内做
道场"一节，就采用了"别有一番洞天"的主题。"一时到了那罗圆顽
壳所成的洞府，他那洞屋仍照螺壳原形建造。进口处是一座大圆门，入
内屈折蜿蜒，回旋到底，方是一座小小后门，门式亦是圆形。洞中宽豁
非常，定可容得数千人的起居。"③追溯道教对于空间无差别的观念，或
当回到《庄子》那则著名的寓言故事"蜗角之争"。虽然后来这则寓言
多用于为蝇头小利争斗不已，但其中透露出的模糊空间的观念，却启迪

① （唐）杜光庭撰，罗争鸣辑校：《杜光庭记传十种辑校》，中华书局，2013年，第693页。
② （晋）葛洪撰，胡守为校释：《神仙传校释》，中华书局，2014年，第307页。
③ 无垢道人：《八仙得道传》，黑龙江美术出版社，2016年，第82页。

了后来道教仙话。《庄子》原文曰："有国于蜗之左角者曰觸氏，有国于蜗之右角者曰蛮氏，时相与争地而战，伏尸数万，逐北旬有五日而后反。"①《庄子·则阳》的这则寓言，或是道教"空间无定"论的滥觞。以此为原型，道教诸多优美的空间无限变化的故事，或都源于此。此类故事形成了庞大的阵营，展示了道教对于空间结构的理解，是如此的无拘无束，变化多端，不受大小、外形的限制，随意切换融通。

三

回到"阳平治"这个故事，我们发现作者试图通过道教"空间无定"的方法，来神圣化"二十四治"尤其是阳平治。但其中又借鉴了"壶公"故事中的情节，如他们同是"谪仙"等。仙传正是借用"谪仙"这个身份，向人间透露出神仙的境界。也通过"谪仙"拉近了神圣和凡俗空间的距离，让读者获得阅读的亲近感，神仙不再是高高在上的神明，他可能就在身边的某个洞中，一个别有洞天的地方。这也从另一个角度扩充了道教仙山的内涵。

道教历来有山岳崇拜的传统，但却没有讲述清楚山岳崇拜的内在理论。如果神仙宫室都是在"大罗天中玉京山上"②，一直都是高高在上，那么源自上古的崇拜的山岳又有什么意义呢？《史记》的"封禅书"传达出来的也只是古制如此，必须封禅的理论。开篇即是"自古受命帝王，曷尝不封禅？"③但是其中的缘由却未能细细道来。

魏晋之际的道经《洞玄灵宝五岳古本真形图（并序）》将神化山岳的工作继续向前推进。"东岳泰山君，领群神五千九百人，主治死生，百鬼之主帅也。血食庙祀宗伯者也。俗世所奉鬼祠，邪精之神，而死者

① （清）郭庆藩撰，王孝鱼点校：《庄子集释》，中华书局，1961年，第891—892页。
② 周作明点校：《无上秘要》，中华书局，2016年，第237页。
③ （汉）司马迁：《史记》，中华书局，2014年，第1631页。

皆归泰山，受罪考焉。"①这部经典将山岳与主管山岳的神灵联系起来。然而人神共处的五岳，神圣与世俗共用同一空间，人神之间怎么做到互不干扰、互相区隔的，这成为道教神话必须去完成的工作。于是"空间无定"的描写方式成为解决这个问题的有效方法。

"二十四治"也经由道教"空间无定"的神话构建之后，成了能够通向神仙境界的入口。这或许是"二十四治"在失去创教天师声名庇护、天师一族迁离蜀中之后，"二十四治"神圣化的必经之路。有了"阳平治"等类似的神话，"二十四治"方能继续承担起其作为道教神圣空间的重任。

"阳平治"采用道教"空间无定"的方法，重新构建了道教神圣空间结构，使得道教原有的山河岳渎与二十四治等在没有更改其地理位置的情况下，能够自由地在凡俗与神圣之间切换。"阳平治"的这种写作努力应该是成功的，并得到道教内部人士的认可。成书于此之后的《云笈七签》卷二十八"二十八治"在阳平治之后和《云笈七签》收录的《集仙录》节选②中都将此故事收录其中。《云笈七签》是张君房"与诸道士依三洞、四辅，品详科格，商较异同，以诠次之，成《大宋天宫宝藏》凡四千五百六十五卷。至天禧三年（1019）春，写录成七藏以进之。君房摘其精要，掇云笈七部之英，总为百二十二卷，事约万条"③。从这个叙述来看《云笈七签》在道教类书中具有相当重要的地位。《云笈七签》篇幅有限，故而某些道书都是节录，其中《云笈七签》的《集仙录》就是节选本。在篇幅如此紧张的情况下，"阳平治"还两次收入《云笈七签》，说明"阳平治"此作在融通凡俗与神圣空间所做出的努力得到了相应的认可。

明代曹学佺撰《蜀中广记》"蜀中神仙记"第二，"川西道二"中亦

---

① 《道藏》第6册，文物出版社、上海书店、天津古籍出版社，1988年，第735页。

② （宋）张君房编，李永晟点校：《云笈七签》，中华书局，2003年，第634、2563页。

③ 任继愈主编，钟肇鹏副主编：《道藏提要》，中国社会科学出版社，1991年，第770页。

收有"阳平治"故事，只是作者称其文引自《先天传》，《先天传》究系何书待考。①文字与《集仙录》等基本相同。《蜀中广记》亦曾征引《集仙录》的文字，"阳平治"故事作者为何选择了流传并不广泛、名气并不算大的《先天传》而不是《集仙录》，或是《先天传》较早，而受到作者的青睐，如果这个推测成立，那么《集仙录》的文字，应该是继承了《先天传》。

另外，《道藏》本中的《集仙录》里没有保存下"阳平治"这则传记。今人罗争鸣从《云笈七签》里辑出，并沿用了《云笈七签》的题名"阳平治"。《云笈七签》为宋代张君房所集，已不避唐讳。然而杜光庭一生都严守唐讳，他的《洞天福地岳渎名山记》中用的就是"二十四化"，而非"二十四治"，从恢复《集仙录》原貌的角度说，这则故事题名恐改称"阳平化"或更符合杜光庭之本意。

第二节 李真多与真多治

真多治，"山在怀安郡金堂县，去成都一百五十里。山有芝草神药，得服之令人寿千岁。山高二百八十丈，前有池水，水中有神鱼五头。昔王方平于此与太上老君相见。治应斗宿，女人发之，治王七十年"②。《云笈七签》的文字已经神化了真多治。企图通过"芝草神药"和"神鱼"等非世间凡物，来提升真多治的神圣性，使之从一座普通的山岭，转变为一座道教的神山。真多治神化的一系列建构中，《集仙录》女仙传记"李真多"，应该是重要的一环。从其名字即可看出，李真多即有可能是为了神化真多治而创造出来的神仙，其传也是围绕真多治而展开。

---

① （明）曹学佺撰，杨世文点校：《蜀中广记》，上海古籍出版社，2020年，第768页。
② （宋）张君房编，李永晟点校：《云笈七签》，中华书局，2003年，第639页。

一

《集仙录》中的李真多，据传为蜀中神仙李八百之妹，李八百又是蜀八仙之一。然《集仙录》所记之事迹与《神仙传》中的李八百多有不同。另外《通鉴后集》中亦有"李真多"传记，然事迹亦与《集仙录》中的不同，其故事情节反而与"张玉兰"颇为相似，是为烘托《童子经》的出世而创作的一篇传记故事。无论是李八百还是李真多，都可看作是通过神仙故事，以不同的书写角度，去突出不同的主题。

《集仙录》中的"李真多"就是为了神化真多治创作的作品。"真多随兄修道，居绵竹中，今有真多古迹犹在。或来往浮山之侧，今号真多化，即古浮山化也，亦如地肺，得水而浮。……浮山亦名万安山，上有二师井，饮之愈疾。"①

杜光庭应该到过金堂县，《蜀中广记》载曰："《杜光庭功德记》在三学山。"②三学山是金堂县的又一座名山，也是李真多之兄李八百修炼处。"东三十里三学山，李八百三度学仙于此，故亦名楼贤。"③记载中虽然未直接道明，李八百三度学仙于此，是该山名称的来历。但从其文字上基本可以推测，三学山之名，来源于李八百三度学仙的故事，这也很有可能启发了杜光庭，将李真多的名字附会到真多治命名之上。

三学山是金堂之名山，早已跟神仙李八百紧密相连，且其故事深入民间，历代志书都不断重复抄录其事。"三学山，在治东四十里。《太平广记》，李八百，名脱。三于此山学道，故名。俗传眉山三苏尝游于此，人以为三学士因有是称。然远稽隋唐以来游三学山者，多有留题，则其名久著，断非始自苏氏一门也。"④引文中的记载可见，民间传说更容易以

① （唐）杜光庭撰，罗争鸣辑校：《杜光庭记传十种辑校》，中华书局，2013年，第719页。
② （明）曹学佺撰，杨世文点校：《蜀中广记》，上海古籍出版社，2020年，第87页。
③ （明）曹学佺撰，杨世文点校：《蜀中广记》，上海古籍出版社，2020年，第87页。
④ （清）谢惟杰：《金堂县志》卷三，清嘉庆刻本，第7页。

民众能够理解的形式传诵，本源自久远的"三学"是三度学习于此，最后竟演变成了"三学士"，这也说明民间传说的源头，亦需要仔细明辨。

《通鉴后集》中的李真多传记中，没有其修炼于金堂、浮山和真多治的说法。而曾到过金堂的杜光庭，则可能会根据当时神化二十四治的需要，加进了李真多与真多治关系的情节，一如民间将三学山与三苏联系起来一般。由此本无太多神话传说的真多治，多了一位有成就的神仙，让本来仅有神仙芝草的真多治，有了白日飞升的李真多，增加了真多治的神圣性，这应该是杜光庭努力追求的创作意义。

明清之际的金堂万安山已经没有了真多治的痕迹，也很难寻觅到李真多的故事。"万安山，在治东北十里，《华阳国志》新都县，汉时五仓名万安仓，其得名以此。或云：相传洪水时，栖其上者万人，俱得免，因名。恐难为典要也。山有三脊，雷霆所分，岩上旧刻有'老虎头'三字，今俗遂以此名之。"①或许是杜光庭生造的李真多与真多治的情节，并未流传开来，故而后世的地方志书中罕有记载，甚至有讹误。"李八百，女弟子或云其女也，邑东北十五里有仙人井，相传女于此取水炼丹，又峡口金船及仙女家，皆其遗迹，得道封妙应真人。"②从妹妹变成女弟子或是女儿，与其最初的传说已相去甚远。传说经历岁月的变迁，已经褪去最初的样貌，任由故事在口口相传中嬗变。

二

《集仙录》中的李真多传，从文义来说，以李八百（脱）的故事开始，又以其事迹结尾。"八百又于什邡仙居山，三月八日白日升天。"③李真多的事迹很像是在头尾本来完整的李八百故事中，插入的另一个故事。该传记既交代了李真多最终"先于八百白日升天"，也交代了李

---

① （清）谢惟杰：《金堂县志》卷三，清嘉庆刻本，第4页。
② （清）谢惟杰：《金堂县志》卷六，清嘉庆刻本，第60页。
③ （唐）杜光庭撰，罗争鸣辑校：《杜光庭记传十种辑校》，中华书局，2013年，第719页。

八百的去处。作者插入李真多故事的意义就在于，"今以真多之名，故为真多化也"①。

仙传擅用的"插入"手法，也用在了《通鉴后集》的真多传里。只是插入的内容变成了"产经"。"产经"的情节在张鲁女张玉兰传里亦有之。她们都是感孕经文，又不被世俗所理解，产下经文之后成仙而去。只是二者所产的经文不同，张玉兰产的是《本际经》，而李真多产的是《童子经》。《童子经》应是简称，查今本《道藏》有《太上洞玄灵宝护诸童子经》，此经仅一卷，文字不多。传记中所载为"保产难"之经，李真多所产经文，或并非今本的《太上洞玄灵宝护诸童子经》。

该传的结尾处，将李真多修行及成仙的地点交代得清清楚楚，并不是《集仙录》所谓的"真多治"。"是夕，真多见梦。云：吾祠宜在五龙岗。翌日，举像甚轻，乃祠于彼。至唐玄宗天宝十年，天师孙智凉，始奏改元阳观，以显圣迹。宪宗元和七年，高安县令谌贲，以县治观基两易。今瑞州城西二里，逍遥山妙真宫是也。其产经之地，今额仪天观，观中女真世传其经。郡人每备香信诣观看经，以保产难焉。真多今号明香元君。"②高安县属瑞州，"《禹贡》扬州之域。吴地，斗分野。……又以隐太子讳，改建城曰高安；……宝庆初，以州名犯御讳，改瑞州"③。因此，瑞州高安县并不在蜀中，而是远在吴地。考《舆地纪胜》确有逍遥山，"新《志》云：在州西。唐元和七年，以元阳观徙焉。今为妙阳宫，又新《志》载：逍遥山，在州城西北，旧日元阳观，天宝中赐额，在五龙岗。李明香故宅，元和移今所，南唐改紫极宫。本朝大观改妙真宫，新昌县亦有逍遥山，在县北，古二十里。……飞仙庙，新《志》云：在州治东南，即明香真人祠也"④。《舆地纪胜》所记的时间点上倒是多与《后集》中的相

---

① （唐）杜光庭撰，罗争鸣辑校：《杜光庭记传十种辑校》，中华书局，2013年，第719页。
② 《道藏》第5册，文物出版社、上海书店、天津古籍出版社，1988年，第460页。
③ （宋）祝穆撰，祝洙增订：《方舆胜览》，中华书局，2003年，第365页。
④ （宋）王象之：《舆地纪胜》，中华书局，1992年，第1219—1220页。

吻合，但字里行间并未提及"李真多"。再考地志书《方舆胜览》和《舆地纪胜》中还是能够发现一些蛛丝马迹的。"栖真堂，在郡圃。盖仙人李八百故居之址，中有遗像。"[1] "迷仙洞，在州后圃，即李八百洞也。闭塞不可入。绍兴壬申，太守罗荐建屋其傍。曰：迷仙洞。"[2]李真多神话的产生，紧紧围绕李八百行踪展开。《舆地纪胜》中有李八百和他妹妹的传记。需要特别注意的是，《舆地纪胜》一直以"李八百之妹"或"明香真人"称呼之，并未使用"李真多"之名。"李八百，《神仙传》云：蜀人。历夏商周世见之，时人计其年八百岁。然《华林实录》言：明香真人，乃李八百之妹。高安称蜀水，八百蜀人之说必有因焉。见《蜀江志》。新《志》云：有李八百洞在郡治后圃，五龙岗，苏栾城有诗。"[3]高安县蜀水之称，或可能是因为李八百在此修道得来的。紧接着该书就记载了"明香真人，《蜀江志》云：李八百之妹也。初修道于华林元秀峰，后于峰南六十里五龙岗设坛醮，道成冲举。唐天宝中，即其地为元阳观"[4]。这里虽然提到了"五龙岗"，但是没有产经的细节和内容，成仙的方式也是设坛醮，道成冲举。因此可以看出"产经"的故事当是南宋之后才附会上去的，故而出自南宋的这两部地志类图书并没有记载"产经"传说。

三

李八百及其妹的行踪保持一致，有李八百行迹的地方，就会有其妹的传说，但说法颇有出入。《集仙录》将李八百之妹，命名为"李真多"，使之与道教二十四治之"真多治"联系起来，"今以真多之名，故为真多化也"，成为神化二十四治的一种方法。《通鉴后集》中"李真多"则是与吴地的安高县多有关系，此地亦曾有过李八百兄妹的遗迹，

---

① （宋）祝穆撰，祝洙增订：《方舆胜览》中华书局，2003年，第368页。
② （宋）王象之撰《舆地纪胜》中华书局，1992年，第1214页。
③ （宋）王象之撰《舆地纪胜》中华书局，1992年，第1226页。
④ （宋）王象之撰《舆地纪胜》中华书局，1992年，第1226页。

但此文主要是为了神化《童子经》，故而又采用了感孕产经的方式，来抬高这部经书，且该传的出世时间应该不会早于南宋，那么《童子经》的出现亦不会早过此时。《通鉴后集》的"李真多"应该是《集仙录》李真多与高安县的明香真人加上"产经"神话的再创造的作品。

在四川因李真多而得名的"真多治"，其神话故事还在不断地发展，产生出新时期民众需要的神话故事，可作为真多神话的补充与发展。"《蜀志补罅》真多观在旧新都之栖贤山，山有巨松，常见一婴儿出没其旁，真多迹之，得茯苓饵服，既久身轻，登巨楠而仙去。足之所履，有七窍如斗状，号曰星楠。唐赐号妙应真人。"[①]此则神话，是李真多神话的继续生长，在《集仙录》记载之外，随着时代的变迁，重新产生的关于李真多成仙的故事。该故事内容又有些似曾相识，那是因为这则故事的内容与杨正见传有雷同之处。说明民间流传的仙话，经过漫长的时间发酵，会互相借鉴，融合生长出新的、似曾相识的，然而主角又不相同的新故事。

第三节　其他与二十四治相关的女仙

"二十四治"的其他治化，也有自己的神话故事。《集仙录》收录有杨正见、庞女、褒女等与"二十四治"相关的女仙传记，以此丰富"二十四治"的神仙故事。

一

蒲江主簿治亦有白日飞升的女仙杨正见。《道藏》中的《集仙录》其传已逸，《云笈七签》的《集仙录》节本亦未收录之。今人罗争鸣的《杜光庭记传十种辑校》中的"杨正见"是引自《太平广记》卷

---

① （明）曹学佺撰，杨世文点校：《蜀中广记》，上海古籍出版社，2020年，第759页。

六十四①。清乾隆《蒲江县志》女仙中亦收有杨正见传，题记曰，出自《集仙录》，其文与《太平广记》本大同小异。②《蜀中广记》之蜀中神仙记第四亦有杨正见的传记，作者称其文也是引自《集仙录》，前面的文字与罗争鸣本稍有差异。最后一段，则是罗本没有的内容。

《蜀中广记》中多出的文字曰："按《临邛图经》，杨正见，乡民杨宠之女，年三十无家，开元时入蒲江长秋山修炼。垦田艰水，忽见白牛语曰：'我伏地下，有神水，可穿丈余得水。'正见如其言，果有涌泉。后得道上升，羽士赵仙甫以事闻，进其衣履。井迹见存。"③从《临邛图经》传记的内容来看，其与《集仙录》所记载的完全不同，应是曹学佺整理《蜀中广记》时加进去的内容。

《集仙录》的故事主要是突出主簿治中有仙草，食之能够令人成仙的主题。《临邛图经》所表达的是其地有神水，杨正见乃至后来的赵仙甫等，皆得益于该仙水。两则仙话虽然描写的具体神物不同，但又都被附会在了杨正见身上。说明民间传说在流传过程中，会相互吸收需要的内容，故事脉络则会相互纠缠。在民间获得广泛声誉的故事主角，甚至会将某些本不属于他的故事情节吸收进，重构他的故事体系。

《集仙录》中杨正见得人形茯苓蒸而食之的故事，或是在流传过程中有了简化，抑或是地方志书一贯的记录风格，在清代《蒲江县志》中，杨正见得人形茯苓的故事线索简单明了，同时也将井的内容融入故事之中。故事也淡化了与二十四治的关系，名称改为仙女井。"县东二十里，在太清观侧。唐开元间，杨姓女汲水于此，得人形茯苓，蒸而食之，白日上升。按，此即主簿登仙处，前有洗墨池，盖主簿洗砚之所，今开成田亩。"④县志中的语言简练，乃志书惯用之笔法，即便是记

---

① （唐）杜光庭撰，罗争鸣辑校：《杜光庭记传十种辑校》，中华书局，2013年，第725页。
② （清）纪曾荫撰：《蒲江县志》卷二"方外"，清乾隆刻本，第56页。
③ （明）曹学佺撰，杨世文点校：《蜀中广记》，上海古籍出版社，2020年，第797页。
④ （清）孙清士、陆汝衔撰：《蒲江县志》卷一"地理"，清光绪刻本，第22页。

载一则白日成仙的事迹，也没有什么文学性。较之《集仙录》中曲折的情节，可读性并不强。且看《集仙录》中的描写，当即明白二者之差异："忽于汲泉之所，有一小儿，洁白可爱，才及年余，见人喜且笑。正见抱而抚怜之，以为常矣。由此汲水归迟有数四，女冠疑怪而问之，正见以事白。女冠曰：'若复见，必抱儿径来，吾欲一见耳。'自是月余，正见汲泉，此儿复出，因抱之而归。渐近家，儿已僵矣，视之尤如草树之根，重数斤。女冠见而识之，乃茯苓也，命洁甑以蒸之。会山中粮尽，女冠出山求粮，给正见一日食，柴三小束，谕之曰：'甑中之物但尽，此三束柴，止火可也，勿辄视之。'女冠出山，期一夕而回。此夕大风雨，山水溢，道阻，十日不归。正见食尽，饿甚，闻甑中物香，因窃食之，数日俱尽。女冠方归，闻之叹曰：'神仙固当有定分，向不遇雨水坏道，汝岂得尽食灵药乎？吾师常云：此山有人形茯苓，得食之者，白日升天。吾伺之二十年矣，汝今遇而食之，真得道者也。'自此，正见容状益异，光彩射人，常有众仙降其室，与之论真宫天府之事。岁余，白日升天，即开元二十一年壬申十一月三日也。"[1]该故事设置了主角与配角。从主角的角度说，误打误撞地就得道成仙了。从配角的角度说，故事则是一波三折，最后与茯苓失之交臂。从开始的耐心等候，然后见到茯苓，又外出找粮、大雨阻道，最终错过茯苓，她的内心应该是起伏跌宕、难以描述的。最后所有的情感都凝聚在了"神仙固当有定分"这句话中，显示了她的道家风范，所有的等待、希望、不甘与现实，都在这淡淡一句话语之中烟消云散了。

"杨正见"故事并非是专门为了构建"二十四治"之主簿治而设立的神仙故事。该治早有属于自己的神仙故事，"主簿治，上应井宿，昔王兴于此山学道得仙。一名秋长山。在犍为郡界"[2]。《无上秘要》已载有

---

① （唐）杜光庭撰，罗争鸣辑校：《杜光庭记传十种辑校》，中华书局，2013年，第724—725页。

② 周作明点校：《无上秘要》，中华书局，2016年，第299页。

王兴事，《无上秘要》乃北周武帝宇文邕（561—577）主纂，说明王兴故事的时间当早于北周。《蒲江县志》有王兴传，将其放在"宋"一栏，此宋指的应是南北朝时期的刘宋，时间为公元420—479年。县志中的记载颇为简略："宋，王兴，蒲江主簿也。性淡泊好道。一日，于长秋山遇白玉蝉，引载共驾祥云升仙。"①王兴恐非蒲江主簿，只是因其在此有所成就，故而讹传其为主簿。更不可能主簿治得名王主簿，王兴应该成就于主簿治建立之后。另一则传记似乎也从侧面印证了这一猜测。"明，齐敏，浦江县主簿。慕王兴之为人，恬淡寡欲，雅好元妙，常与牛心山道士游。道士授以丹，服之自此飘飘然有神仙气。一日，于仙女井边遇仙子，接引白日飞升。"②不太可能在蒲江主簿治附近有所成就的人，都曾担任过主簿一职。由此可见，于此成就者所谓的"主簿"一职，恐是后人附会之说。

同是杜光庭编撰的《洞天福地岳渎名山记》已经将杨正见的事情记入其中，"秋长化主簿王兴与女仙杨正见上升之所"③。杜光庭借着编撰新书的机会，增添主簿治的相关信息。这也与他编撰《集仙录》时不遗余力搜罗"二十四治"女仙传记如出一辙。然而，十分可惜，这条新的信息似乎并未引起后来编书人的注意。宋代的《云笈七签》并没有随之更新为杜光庭的内容，而是基本采用了唐代王悬河《三洞珠囊》的文字，只是将其中的"犍为僰道县"改为了"邛州蒲江县"，这应是随行政区划变动而出现的变化。"主簿山治，在邛州蒲江县界，去成都一百五十里。蜀郡人王兴于此学道得仙。一名秋长山，南有石室玉堂，松柏生其前。治应井宿，彻人发之，治王八十年。"④道教二十四治主簿治的影响恐并不大，清代的《蒲江县志》中已经不再记录二十四治相关信息，反

---

① （清）孙清士、陆汝衔撰：《蒲江县志》卷三"方外"，清光绪刻本，第55页。
② （清）孙清士、陆汝衔撰：《蒲江县志》卷三"方外"，清光绪刻本，第55页。
③ 《道藏》第11册，文物出版社、上海书店、天津古籍出版社，1988年，第60页。
④ （宋）张君房编，李永晟点校：《云笈七签》，中华书局，2003年，第645页。

到是王兴的故事还在流传。"长秋山，县东二十里。宋主簿王兴，明主簿齐敏，俱于此仙去。或谓即《寰宇记》所载，岢幕山也。"①虽然不再提及主簿治，但是又都给王兴和齐敏添上了主簿的职位，或也可以算作"主簿治"留下的蛛丝马迹。

另外需要说明的是，在道教内部典籍《无上秘要》《云笈七签》《洞天福地岳渎名山记》都将王兴成仙的山写作"秋长"，而地志类图书《蒲江县志》《蜀中广记》则称之为"长秋山"，二者当为同一座山。

<h2 style="text-align:center">二</h2>

二十四治之庚除治也是本就自带神话色彩的神山。"庚除治山，去平地三百九十丈，在广汉郡阳泉县西。去县五里，去成都二百八十里。上恒有仙人往来，可以度厄养性。昔张力得道之处。山有二石室，三龙头淮水绕之。治应尾宿。当道士发之，治王始终。"②围绕山上的二石室，后人又编撰出新的故事，附会其上，《方舆胜览》："庚除山，在绵竹县，二十四化之一。山有石室。三国初，有霁云子者入洞中，见楼台金碧。门者呵止之，曰：'子凡骨，可亟去。不然及祸。'霁云子回。后再入石洞，遂迷故道。"③据清代《直隶绵州志》记载，霁云子是宋人，④此宋应该指的是刘宋。这也折射出魏晋南北朝之际，是仙话蓬勃发展的时期，此时创作了不少的仙话。仅与"二十四治"有关的故仙话，就有王兴、霁云子等故事流传下来。

《集仙录》庞女传认为，"其所遇天真处东武山者，即今庚除化也"⑤。此说恐有失察。《直隶绵州志》记载东武山与庚除山是两座不同的山，

---

① （清）孙清士、陆汝衔撰：《蒲江县志》卷一"地理"，清光绪刻本，第3页。
② 《道藏》第25册，文物出版社、上海书店、天津古籍出版社，1988年，第332页。
③ （宋）祝穆撰，祝洙增订：《方舆胜览》，中华书局，2003年，第967页。
④ "宋初，有霁云子入洞中。"见（清）文棨、董贻清撰：《直隶绵州志》卷七"山川"，清同治刻本，第41页。
⑤ （唐）杜光庭撰，罗争鸣辑校：《杜光庭记传十种辑校》，中华书局，2013年，第717页。

东武山别有故事。"参《旧志》以山在治东四十五里，昔武侯凿池此山得名。李膺记，宋天禧，刺史陆岩采白尊以献，即此地。"①恐怕杜光庭混淆了二山，将发生在东武山的故事，移植到庚除山。如此一来，庚除山的内容就更为丰富了。

　　能够将两座山联系起来的是山顶有神仙这一标志性事件。庞女传曰："庞女者，幼而不食，常慕清虚，每云：'我当升天，不愿住世'，公母以为戏言耳。因行经东武山下，忽见神仙飞空而来，自南向北，将逾千里。女即端立，不敢前进。仙人亦至山顶不散，即便化出金城玉楼，琼宫朱殿。弥满山顶。"②或许是两山之上都有神仙往来，太过相似，又都在绵竹县境内，故此才使得杜光庭以为此二山同为一座。然庞女传的影响并不大，《云笈七签》节录的《集仙录》没有收录，《通鉴后集》中亦没有收入。庞女的故事要不是《集仙录》收入，恐怕就很难流传至今。而《集仙录》的残卷中，也没有"庞女"传，今天我们看到的"庞女"传，是《太平广记》辑录自古本《集仙录》的文字。查阅《直隶绵州志》和《绵竹县志》均有庚除治的记载，但多是抄自《方舆胜览》，文字并无太多新意，也没留下太多有价值的信息。方志中亦未收录庞女的传记，庞女的传说能够流传下来，皆赖杜光庭《集仙录》之力。

三

　　浕口治，"浕口治山，在汉中郡，江阳县。去成都二千九百二十里。陈安世于此山上学道得仙"③。王纯五先生认为"江阳县"乃沔阳县之误。由于朝代更迭，唐代时汉中称为兴元府，所以杜光庭的《洞天福地岳渎名山记》载曰，浕口治在兴元府。④《舆地纪胜》有曰："浕水，在西县。

---

①　（清）文棨、董贻清撰：《直隶绵州志》卷七"山川"，清同治刻本，第41页。

②　（唐）杜光庭撰，罗争鸣辑校：《杜光庭记传十种辑校》，中华书局，2013年，第717页。

③　《道藏》第25册，文物出版社、上海书店、天津古籍出版社，1988年，第333页。

④　王纯五：《天师道二十四治考》，四川大学出版社，1996年，第235页。

《舆地广记》云：沔水，北发武都氐中南迳城东，又南迳张鲁城，东南流入沔，谓之沔口。"①

沔口治的诸多记载中，都只提到陈世安，而唯有杜光庭提及"褒女"。按照《集仙录》中记述的褒女事迹，应该是早于陈世安的。"其后，陈世安亦于此山得道，白日升天。"②说明褒女在陈世安之前，已然成为神仙。但诸多有关"二十四治"的文字中都找不到关于"褒女"的文字，不得不让人产生疑惑。我们首先考察褒女的出生，"褒女者，汉中人也，褒君之后，因以为姓"③。褒君何许人，已不可考。然而，汉中所辖有"褒城县"，"在府北四十五里。《舆地广记》云，故褒国。周幽王后，褒姒生于此。张良归韩，汉王送至褒中。汉元凤六年，置褒中县，以居褒谷之中也"④。如果褒女传中的"褒君"，指的是褒国的国君，那么褒女的事迹应该是发生在褒城县，距离沔口治也不算远。而且"褒（姒）姁"的某些遗迹也应该在西县或西县与褒城县的边界，由于历史变迁而变得并不十分清晰。"姁墟，《东汉志》云：城固姁墟，在西北。《西汉志》：应劭注引《世本》云：姁墟，在西城县北，舜之居也。刘禹锡《驿路记》云：镇于姁墟。"⑤只是故事发生的时间在周朝，较之"二十四治"的成立，已经相去甚远。

杜光庭神化的"褒女"似乎是对"褒姒"故事的延续和变形。根据《列女传》中的故事内容。褒姒亦是褒国神龙与周厉王宫女感而化生之女。⑥褒女传中亦有感孕情节，"既笄，浣纱于沔水上，云雨晦冥，若有所感而孕"⑦。感孕情节是女仙神话里不断重复的主题。将"褒姒"出生

① （宋）王象之：《舆地纪胜》，中华书局，1992年，第4691页。
② （唐）杜光庭撰，罗争鸣辑校：《杜光庭记传十种辑校》，中华书局，2013年，第718页。
③ （唐）杜光庭撰，罗争鸣辑校：《杜光庭记传十种辑校》，中华书局，2013年，第718页。
④ （宋）王象之：《舆地纪胜》，中华书局，1992年，第4681页。
⑤ （宋）王象之：《舆地纪胜》，中华书局，1992年，第4692页。
⑥ （汉）刘向著，绿净译注：《古列女传译注》，北京联合出版公司，2015年，第311页。
⑦ （唐）杜光庭撰，罗争鸣辑校：《杜光庭记传十种辑校》，中华书局，2013年，第718页。

的情节，移置到"褒女"身上也未尝不可。最后，"褒女"感孕但没有生产，与通常感孕神话里的"产龙""产经"等神话又有不同，这或许是杜光庭在暗示，褒女就是"褒姒"。作者之所以不直接言明是在为褒姒立传，恐还是担心褒姒在人们心中印象不太好，怕读者难以接受，故而只能采用这种曲折影射的写作手法。

褒女传末有曰："邑人立祠祭之，水旱祈祷，俱验。今浐口山顶有双辙迹犹存。"①后世地志书中，鲜有记载褒女祠者，浐口山顶的双辙就更无从考证。杜光庭之所以要去记载一位这样虚无缥缈的人物，恐怕还是想为神化"二十四治"再添上一笔，然忌惮褒姒不太好的名声，只能将其转化为"褒女"的故事。杜光庭在神化"二十四治"的工作中可谓是环环相扣，在《代陶福太保修浐口化请额表》中他写下了如下文字："褒女仙乘车得道，辙迹犹存。"②我们虽已不可详考，究系《广成集》撰作在前，还是《集仙录》书写更早，但从二者都提到"褒女仙"的情况来看，杜光庭对二十四治的用心至深已然可见。在编辑不同文本时，都能得心应手地运用这些典故。

四

蜀中多仙山，古籍之中多有记载。然而"二十四治"则是伴随道教的产生而产生的仙山。如果说早期的仙山在上古神话中就已经获得了神圣性，那么东汉末年出现的二十四治，亟须建构属于自己的神圣性。虽然道经中有云："太上以汉安二年正月七日日中时下二十四治，上八、中八、下八。应天二十四炁，合二十八宿，付天师张道陵，奉行布化。"③通过太上老君赋予二十四治的神圣性，但在民众中要让二十四治的神圣性得到认可，则需要通过一系列的神仙故事不断强化。道教强调长生久

① （唐）杜光庭撰，罗争鸣辑校：《杜光庭记传十种辑校》，中华书局，2013年，第718页。
② （唐）杜光庭撰，董恩林点校：《广成集》，中华书局，2011年，第1页。
③ 周作明点校：《无上秘要》，中华书局，2016年，第293页。

视、白日飞升，必然需要一些白日飞升的神话来不断强化二十四治的神力，让这些产生于东汉末年的神山，在不断有人白日飞升的神话中，获得它们的神圣性。二十四治也可以看作是道教兴起之后，试图在人们心中构建属于道教的诸多神山体系之一。东汉末年，张天师一系离开蜀中之后，二十四治需要有新的白日飞升故事来巩固它们的神圣性。于是杜光庭在编撰《集仙录》时，或就会特别留心，甚至专门编撰与二十四治有关的女仙故事，将她们的故事收录其中，让二十四治的神圣性得以不断地强化。

第四节　张氏女仙与蜀中

我国土生土长的宗教道教，其思想源远流长。上古的神仙思想，先秦道家哲学等都是其重要的来源。流传至今的道教，学界通常认为是东汉末年沛国丰人张陵在蜀中创立的。为了以示尊敬，道教徒众尊称张道陵为道教的创教人。现存最早的地方志《华阳国志》中记载有这段历史，"汉末，沛国张陵，学道于蜀鹤鸣山，造作道书，自称太清玄元，以惑百姓。陵死，子衡传其业。衡死，子鲁传其业"[1]。张陵一族在蜀中创教传教，直至张鲁降曹之后，离开巴蜀。此间关于他本人及其夫人、子孙的神话颇多，尤其是围绕张道陵形成了内容丰富、形态不同的各种故事，值得我们去研究。《集仙录》中还保存有与张氏一族有关的孙夫人和张玉兰的仙传故事。

一

现存孙夫人传记有三个版本，《集仙录》《太平广记》《通鉴后集》。《太平广记》引自《女仙传》，《女仙传》是晚于《集仙录》的另一部女

---

① 任乃强：《华阳国志校补图注》，上海古籍出版社，1987年，第72页。

仙传记作品，今已不存。且《太平广记》现存孙夫人传与《集仙录》的传记文字大同小异，可以将《太平广记》的文字看作《集仙录》稍加删改后的作品。《集仙录》之前是否已有如此完善的孙夫人传记，由于资料缺乏，已不可考矣。但从现有文本内容判断其文不会早于初唐，详论见下文。

《通鉴后集》中孙夫人的传记就简略多了，只是梗概而已。《集仙录》中孙夫人传记的写作手法在《集仙录》中还算较为常见。采用的是传记中套着传记的写作方式，就如"圣母元君"传中套入了"老君"传记，孙夫人的传记中，则套入了张氏一脉祖孙三代修道的事迹，加上孙夫人自己的故事，这一则短短的传记文里面，容纳了四个人的修道行迹，可谓小传记、大内容。

《通鉴后集》的文字，就是将张陵祖孙三代的故事，从孙夫人的传记中剥离出去，以简练的笔法，从结构上重新排布了孙夫人的故事。

《集仙录》仅在开篇处，简要介绍了孙夫人的身份。"孙夫人者，三天法师张道陵之妻也。同隐于龙虎山，修三元默朝之道积年，累有感降。"①之后随即转入天师修行的介绍。介绍天师修行的文字，与现存《神仙传》"张道陵"传的部分文字类似。试将两段文字列表对比之。

《集仙录》②	《神仙传》③
天师得黄帝龙虎中丹之术，丹成服之，能分形散景，坐在立亡。天师自鄱阳入嵩高山，得隐书制命之术，能策召鬼神。	得《黄帝九鼎丹经》，修炼于繁阳山，丹成服之，能坐在立亡，渐渐复少。后于万山石室中，得隐书秘文及制命山岳众神之术，行之有验。

————————

① （唐）杜光庭撰，罗争鸣辑校：《杜光庭记传十种辑校》，中华书局，2013年，第653页。
② （唐）杜光庭撰，罗争鸣辑校：《杜光庭记传十种辑校》，中华书局，2013年，第653页。
③ （晋）葛洪撰，胡守为校释：《神仙传校释》，中华书局，2014年，第190页。

虽然二者文字不完全相同，但讲述的内容基本相似。现存《神仙传》虽非葛洪原本，但早于《集仙录》基本还是可以断定的。《集仙录》中的孙夫人传，讲述张道陵这一节，恐是承袭了《神仙传》的文字。

二

张陵的儿子张衡继承其业，道教徒称其为第二代天师。但是，张衡的事迹一直不是很丰满，大都一笔带过。即使在孙夫人传里，张衡的内容亦很简略。"子衡，字灵真，继志修炼，世号嗣师。以灵帝光和二年，岁在己未正月二十三日，于阳平化白日升天。"①即便如此简短的文字，也比史书里的记载丰富了许多。到了元代赵宜真的《通鉴》卷十九，文字又略有增加，其中也是通常道教人物传记中常出现的情节，如"博学隐居""征召不就"等具有程式性的内容，但故事主干仍是以孙夫人传中张衡故事为主线来展开描写的。直到明代洪武年间第四十二代天师张正常撰《汉天师世家》，张衡的事迹才变得相对丰富起来，然而距离主人公生活的时代已有一千多年，其中细节有多少真实，又有多少是附会，已不可考辨。反倒是出自《集仙录》"孙夫人"传得那不多的文字，更为朴实，后来的张衡传记，不过都是在这个构架下，不断增添无可考证的细节而已。

三

张氏祖孙三代，史书中的内容只有张鲁记载相对详细一些。孙夫人传秉承其一贯简洁的行文风格，张鲁的故事也笔墨简略。张鲁事迹之后，作者引用了据说是王子安《阳平化碑》中的文句。王子安，即"初唐四杰"之一的王勃，他曾在蜀中游历，留下诸多碑文。孙夫人传中提及的《阳平化碑》虽未收入《王子安集》，但极有可能是王勃散佚的作

---

① （唐）杜光庭撰，罗争鸣辑校：《杜光庭记传十种辑校》，中华书局，2013年，第653页。

品。王勃曾作有《彭州九陇县龙怀寺碑》等，据此推测，王勃或可能到过阳平治所在地九陇县。他到过九陇县，并为阳平化作一篇碑文也是合情合理之举。孙夫人传引用了此作，则说明此传的创作时代是在唐代。王子安的《阳平化碑》鲜有人注意，在此将其录出。"嗣师归真有会，证道兹山，反雾移烟，玄霄亘地，驰鸿驿凤，白日升天。灵卫肃而上腾，神仪杳而长骛。西川耆旧，攀凤翼而无阶；南国英灵，仰龙髯而无逮。即以上升之日，遂为斋祭之辰是也。"①嗣师在道教里指的是张衡，从碑文来看，唐代的阳平治民间还会有纪念张衡的活动。

孙夫人传最后一部分，再次强调了"阳平治"在道教中的地位，这篇传记反复描写阳平治对张氏一脉获得神力的作用。最后还通过描写山的外形、与四方仙山联通的情况，强化阳平治道教神山的地位。"山有三重，以象三境，其前有伯阳池，即天上老君游宴之所，后有登真洞，与青城、峨嵋、青衣、西玄、罗浮、洞庭诸仙山洞室，径邃潜通，故为二十四化之首也。"②这里的文字与"阳平治"中的最后部分十分相似，"二十四化之外，其青城、峨嵋、益登、慈母、繁阳、嶓冢，皆亦有洞，不在十大洞天三十六小洞天之数"③。如果说"阳平治"故事主要阐明了"阳平治"与其他仙山相连的事实，那么"孙夫人传"则是确立了"阳平治"作为二十四治之首的地位。

汉末张氏一脉在蜀的重要事迹都围绕阳平治展开。从中可窥，阳平治之于早期道教的重要性，故而在《集仙录》中杜光庭在不厌其烦地讲述与阳平治有关的种种神仙故事。一来是阳平治在道教中本就具有相对高的地位，二则是在神化"二十四治"的过程中，将之与早期神话中的仙山联系起来，为构建属于道教神话的故事的仙山体系，打下基础。孙夫人传，就意图将地理位置大部分都在巴蜀的"二十四治"通过"潜

---

① （唐）杜光庭撰，罗争鸣辑校：《杜光庭记传十种辑校》，中华书局，2013年，第654页。
② （唐）杜光庭撰，罗争鸣辑校：《杜光庭记传十种辑校》，中华书局，2013年，第654页。
③ （唐）杜光庭撰，罗争鸣辑校：《杜光庭记传十种辑校》，中华书局，2013年，第693页。

通"的方式，使之突破地域的局限，获得全国意义的神山地位。所以才在文章结尾处，将阳平化与巴蜀内外的名山洞天"潜通"，使之获得与这些早就获得神仙洞府声誉的名山，具有同等的地位，并获得具有全国意义的神仙洞府的效果，而不因其地处巴蜀，就声名仅限于此。

四

道教经典的出世神话，前文已经提及。张陵之孙女即张衡之女张玉兰，也被书写为"产经"神话的主角。张玉兰成仙于祖传世袭之地，本无可厚非。然而，关于张玉兰的感孕而生的神话太过于宗教化，旨趣狭小，失去了神话展现人类集体无意识、体现人类命运共同性的宗旨，且看其传：

> 张玉兰者，天师之孙，灵真之女也，幼而洁素，不茹荤血。年十七，岁梦赤光自天而下，光中金字篆文，缭绕数十尺，随光入其口中，觉不自安，因遂有孕。母氏责之，终不言所梦，唯侍婢知之。一旦谓侍婢曰："吾不能忍耻而生，死而剖腹，以明我心。"其夕无疾而终，侍婢以白其事，母不欲违，冀雪其疑。忽有一物，如莲花，自�其腹而出。开其中，得素金书《本际经》十卷，素长二丈许，幅六七寸，文明甚妙，将非人功。玉兰死旬月，常有异香，乃传写其经而葬玉兰。百余日，大风雷雨，天地晦暝，失经。其玉兰坐在坟圹自开，棺盖飞在巨木之上。视之，空棺而已。[1]

张天师一系历史文献记载有限，天师是否有孙女，历史文献中已无可考。《三国志》载，建安（196—219）中张鲁降曹。"鲁尽将家出，太

---

[1] （唐）杜光庭撰，罗争鸣辑校：《杜光庭记传十种辑校》，中华书局，2013年，第710—711页。

祖逆拜鲁镇南将军，待以客礼，封阆中侯，邑万户。封鲁五子及阎圃等皆为列侯。为子彭祖取鲁女。"[1]通常历史所称之"三国"是从曹丕称帝算起，即公元220年。张鲁一家在三国时期已经离开蜀地。如果真有张玉兰此人，她应是没有随张鲁一同离开蜀地。故才有了文末"今墓在益州，温江县女郎观是也。三月九日是玉兰飞升之日，至今乡里常设斋祭之。……玉兰产经得道，当在灵真上升之后，三国纷竟之时也"[2]的说法。

从张玉兰传行文来看，其文主旨是宣传《太玄真一本际妙经》（简称《本际经》）。《本际经》前五卷由隋朝道士刘进喜所作，随后又由李仲卿扩充了后五卷。[3]那么《本际经》出世的传说当不会早于隋代，亦即是张玉兰传的出现不会早于隋代。今本《道藏》中《本际经》仅存"咐嘱品"一卷。敦煌道教文书中保存有该经某些卷的唐代写本，唐代所作的诸多道教类书及经典，《道教义枢》《三洞珠囊》《要修科仪戒律钞》等，都曾征引过《本际经》。由此看来，《本际经》在唐代颇受重视，其出世仙话，或也是出自唐代，《集仙录》中张玉兰传或当产生于此时。

道经乃历代道士不断丰富之作，为了神化其来历，很多经典的开头部分都会交代道经产生的一些经过。不过这些经过大都被看作神话。如《道藏》第一部经书《灵宝无量度人上品妙经》，开篇就将原始天尊说经的境界作了铺陈，其气势恢宏、境界绮丽，非人间景象。"道言：昔于始青天中，碧落空歌，大浮黎土，受元始度人无量上品。元始天尊当说是经，周回十过，以召十方，始当诣座，天真大神，上圣高尊，妙行真人，无殃数众，乘空而来。飞云丹霄，绿舆琼轮，羽盖垂荫，流精玉光，五色郁勃，洞焕太空，七日七夜。诸天日月星宿，璇玑玉衡，一时

---

① （晋）陈寿撰，（宋）裴松之注：《三国志》，中华书局，1959年，第265页。
② （唐）杜光庭撰，罗争鸣辑校：《杜光庭记传十种辑校》，中华书局，2013年，第711页。
③　Kristofer Schipper and Francisus Verellen: *The Taoist Canon*（《道藏通考》），The University of Chicago Press Chicago & London, 2004, p. 521.

停轮，神风静默，山海藏云，天无浮翳，四气朗清。一国地土山川林木，缅平一等，无复高下，土皆作碧玉无有异色，众真侍座、元始天尊悬坐空浮，五色狮子之上，说经一遍。"①用极有神话色彩的文字，为《度人经》的出现营造出足够的神圣性。

道经的第二类产生方式为降授，这类道经也会在经文中讲到，神仙下降凡界，将重要的经典传授给人间的祖师。如《太上玄灵北斗本命延生真经》，经文开头："尔时，太上老君以永寿元年正月七日，在泰清境上，太极宫中，观见众生，亿劫漂沉，周回生死。……于是老君升玉局坐，授与天师北斗本命经诀，广宣要法，普济众生。"②神仙下凡是道教话语系统下构建起来的道教经文现世的神话。该经文词虽然雅淡，但有道教尊神老子作为说经之神，其来历已然尊贵，其神圣性不言而喻，或亦因为如此，该经在道教中具有较高的地位。

第三类就是"产经"，即通过女性神仙感孕所得。如此产生的经典一般没有华丽的说经场景，也没有神仙降授过程。产经传说在道教中也不多见，张玉兰产经故事算是其中一个，另外还有《通鉴后集》中李真多传（《集仙录》中的李真多传，没有"产经"情节）。"产经"神话是为了让某部经典获得神圣性而编撰的故事。这类故事亦可算作传统"感孕"故事的变形，只是将感孕生出的圣人、龙等，改成了"道经"，然而这样的改变并未获得普遍性。故此，采用感孕产经神话形式现世的道经并不算多。

《集仙录》中收录孙夫人及张玉兰的传记，可以看作作者对道教正一派的回应，虽然张陵创教于蜀中早已发生，但张陵作为道教创教者或道祖的身份，却是在历史中慢慢被确认的。从史书的用词，就可以看出这种倾向。"汉末，沛国张陵，学道于蜀鹤鸣山，造作道书，自称太清

---

① 《道藏》第1册，文物出版社、上海书店、天津古籍出版社，1988年，第1页。
② 《道藏》第11册，文物出版社、上海书店、天津古籍出版社，1988年，第346页。

玄元，以惑百姓。陵死，子衡传其业。衡死，子鲁传其业。"①从《华阳国志》的记录即可看出，常璩并没将张陵视为创教者。即使是《太平广记》所收的《神仙传》张道陵传，虽然已经颇具神话色彩，但仍未言明其作为创教祖师的身份。至刘宋时期，张天师的身份才较为明确。《三天内解经》题为刘宋道士徐氏撰，其中就有，"太上谓世人，不畏真正，而畏邪鬼，因自号为新出老君，即拜张为太玄都正一平气三天之师，付张正一明威之道，新出老君之制，罢废六天三道时事，平正三天涤除浮华，纳朴还真。……张遂白日升天，亲受天师之任也"②。然作为道教的创教祖师，其代表的正一派，必然要在《集仙录》中有所体现，故而就有了"孙夫人"和"张玉兰"的传记。从这个角度来说，此二者算是正一派在《集仙录》中的代表。从现存《集仙录》传记的道教派别比例来说，正一派的传记不算多，占比较多的是"上清派"的传记。魏晋直至唐宋，是上清派的黄金时期，就连编撰者杜光庭本人亦是该派弟子，故而上清传记比例略高亦在情理之中。

---

① （晋）常璩撰，任乃强校注：《华阳国志校补图注》，上海古籍出版社，1987年，第72页。
② 《道藏》第28册，文物出版社、上海书店、天津古籍出版社，1988年，第414页。

第五章

《墉城集仙录》的上清诸仙真

从道教史的角度说，道教的历史是由诸多不同的道派历史组成。在道教的发展史上，新道派不断兴起，不仅有正一派，还有上清派、灵宝派等诸多派别。他们与张陵创立的天师道关系究竟如何，学者们多有讨论。[①]新成立的道派，必然会有新造的仙话，以此去神圣化他们的道派。因此，诸多新的教派仙话被创作出来，其中上清女仙仙话就是比较突出的一类。

第一节　上清魏夫人及其他

上清派是魏晋时期兴起的以传习上清经为主的道教派别，其重要的特点是存思存神。上清派虽由杨羲、许谧、许翙创立，但该派尊南岳魏华存夫人为祖师。据传说，早期上清经文是魏华存夫人下降人间，由杨

---

① "有人认为东晋出现的上清派和灵宝派是从天师道分化发展出来的新道派，从本质上说属于天师道。但相关仪式资料显示，天师道和这两个新道派属于不同的传统。一个有力的证据是，天师道自成立以来就强烈反对祭祀，而承袭南方方士传统的上清派和灵宝派均从事醮祭活动。"见吕鹏志：《唐前道教仪式史纲·自序》，中华书局，2008年，第3页。

羲、许谧、许翙等记录而成的。魏晋及唐代，上清派在士族大家、社会名士之间流传甚广。上清经典经过陶弘景等著名道教学者整理，流传后世。杨莉博士论文《道教女仙传记〈墉城集仙录〉》从多角度、多方面讨论了《集仙录》与上清派的关系，论述甚详，本文多有参考。①

一

上清祖师魏夫人因其祖师身份，而有多个文本记载了她的事迹。《道藏》及《云笈七签》残存的《集仙录》没有将其传记保存下来。《太平广记》魏夫人传出自《集仙录》及《本传》。②所谓《本传》即范邈的《南岳夫人内传》，此作收入蔡伟（玮）编撰的《后仙传》，③只是该书今已不存。有学者考证认为，《内传》的作者当是杨羲，而非范邈。今天流传的《南岳夫人内传》已非《后仙传》本。原本的《南岳夫人内传》是一部魏华存生平事迹完整，且包含有部分上清经典的作品。④今人罗争鸣《杜光庭记传十种辑校》中的魏夫人传即来自《太平广记》，也即是说，我们今天看到的魏夫人传已不是《集仙录》中的原本。

在《王建之妻刘媚子墓志》出土之前，学界对于魏华存夫人是否是历史人物还有疑问。此墓志一出，基本从侧面证明了魏华存并非虚构。⑤当然证明魏夫人为历史人物，并非说其传记中所记载的事件就是真实的历史事实，这二者应该严格区别开来。

历史上关于魏夫人的传记散见于多种文献之中，散佚的也不少。现在可供研究的主要文献是《真灵位业图》《真诰》《太平广记》和《太平御览》。前两部文献提供的内容相对简略，后两部传记，书写各有特色。

---

① 杨莉：《道教女仙传记〈墉城集仙录〉研究》，香港中文大学博士论文，2000年。
② （宋）李昉等编：《太平广记》，中华书局，1961年，第356页。
③ 李剑国：《唐五代志怪传奇叙录》，中华书局，2017年，第1475页。
④ 武丽霞、罗宁：《〈南岳夫人内传〉考》，《宗教学研究》，2004年第1期。
⑤ 周冶：《南岳夫人魏华存新考》，《世界宗教研究》，2006年第3期。

《真灵位业图》是梁朝道士陶弘景为道教构建的神仙谱系文献，此中记录者，皆是神仙。《真灵位业图》中的魏夫人，已然是道教信仰的对象，但记录文字很简略。该书中女真位的第二位，载曰："紫虚元君领上真司命南岳魏夫人，讳华存，字贤安，小有王君弟子，杨君师。"①女真位的第一位是西王母，第二位就是魏夫人，说明她在陶弘景构建的女真体系中，地位很高。只是文字简略，仅记录了她的姓名字号，以及师承和弟子。另一部上清派的重要文献《真诰》，记录了上清真仙降授道法的过程。其中的魏夫人是"玄师"，也即是不存在于人间的师父。《真诰》中的魏夫人，从天而降，言语不多，即使说话，也多是传授经文、师父训诫弟子等语言，并非传记作品研究所关心的问题。

二

回到魏夫人传本身，该传的写作风格具有显著的上清派特色。即现在魏夫人传虽是传记类作品，但也是撮合早期上清传说文字而成，行文之间亦难以抹去其上清独有的降授场景中诗文及歌舞音乐等内容的描写。如"于是四真吟唱，各命玉女弹琴、击钟、吹箫，合节而发歌。……是时，太极真人命北寒玉女宋联娟弹九气之璈，青童命东华玉女烟景珠击西盈之钟，旸谷神王命神林玉女贾屈廷吹凤喉之箫，青虚真人命飞玄玉女鲜于虚拊九合玉节。太极真人发排空之歌，青童吟太霞之曲，神王讽晨启之章，青虚咏驾飙之词"②。这具有浓郁的上清神仙传记的写作特点，下降来到人间的神仙一般都是几位同时而来。神仙下降的场面犹如古人的雅集，有的弹奏乐器，有的歌咏诗文，作者也都会戴着头衔一一介绍清楚。因此，虽是魏夫人为主，传法于杨羲等人，但其实

---

① （梁）陶弘景纂，（唐）闾丘方远校定，王家葵校理：《真灵位业图校理》，中华书局，2013年，第65页。
② （唐）杜光庭撰，罗争鸣辑校：《杜光庭记传十种辑校》，中华书局，2013年，第701—702页。

每次下降杨家的神仙都不止一位。神仙们在一派欢乐祥和的气氛中，在音乐的伴奏下，吟诗唱和、传授道法，完成下降上清法脉之事。

　　魏夫人传还隐含传达出魏夫人是天师道过渡到上清派的重要人物。魏晋之际，道教内部对于张陵时期流传下来的某些具体法术是有疑惑的。"黄赤之道，混气之法，是张陵受教施化，为种子之一术耳，非真人之事也。"[①]时代需要一位既精通张陵之法，又能开创新局面的人来推广新的道法。于是，在魏夫人传中，这种承上启下的描写就显得尤为突出。"道陵天师又授《明威章奏》、《存祝吏兵符箓之诀》。众真各摽至训，三日而去。道陵所以遍教委曲者，以夫人在世，当为女官祭酒，领职理民故也。夫人诵经万遍，积六十年，颜如少女。"[②]张天师授给魏夫人的道法中，有章奏，有兵符，就是没有上文提到的"黄赤之术"，说明魏夫人继承了天师道中道教内部认可的法术，而被质疑的部分便舍去了。最后又用一句"夫人诵经万遍，积六十年，颜如少女"。强调夫人的修行路径是上清一派的，这样就将魏夫人法脉源自张陵，而又有创新，紧密地结合在她的传记里了，既有继承，又有开拓。这也为魏夫人成为上清一派祖师埋下了伏笔。

三

　　在魏夫人的传记里，加入已经"成仙"者的诸多故事，通过"榜样"的力量来教育后来的学道者，要精进修行不可懈怠。这与"圣母元君"传直接讲授修行方法的"授课"方式又有不同。"得道去世，或显或隐，托体遗迹者，道之隐也。昔有再醋琼液而叩棺，一服刀圭而尸烂。鹿皮公吞玉华而流虫出户，贾季子咽金液而臭闻百里。黄帝火九鼎于荆山，尚有乔岭之墓；李玉服云散以潜升，犹头足异处。墨狄饮虹丹

---

① （梁）陶弘景撰，赵益点校：《真诰》，中华书局，2011年，第20页。
② （唐）杜光庭撰，罗争鸣辑校：《杜光庭记传十种辑校》，中华书局，2013年，第702页。

以没水，甯生服石脑而赴火，务光剪薤以入清泠之泉，柏成纳气而肠胃三腐，如此之比，不可胜纪。微乎得道趣舍之迹，固无常矣。"①列举具体"事例"，讲述成仙之道并无定法，成仙的结果亦各不相同。得道者可以通过不同的路径进入，收获不同的结果。魏夫人传中这一段示例，体现了因材施教的重要性。更以举例的形式，展示了大道无形、法无定法的深刻道理，是道教理论的鲜活示例的展示。故事也体现了道教传授的开放性，魏夫人虽为上清派祖师，但她传记中所列举的成就之法并不囿于上清一法，而是兼蓄并包，无所不举，唯正法是从，不以派别为限。

魏夫人作为魏晋间著名的道教大师，其声名很大，地志类书籍中多有记载其事迹者。某些地志书作者称其资料源自《神仙内传》，然有抄写错漏，不过其中记载的魏夫人形象，则给我们展现出另外一番景象。"魏夫人坛，在临川县西北六里。按《神仙内传》，夫人姓魏，名华，年八十有三，不饮不食以成道。咸和九年，岁在甲子，用臧景文法，托形神剑，化成死孩。既而群仙来迎，乘飙轮之车，言会于洛阳之宫也。所修行坛上有天然石龟，其首不见。故老相传，昔乌龟源有石龟，每犯田苗，被人击之首折，即其处也。刺史颜真卿撰《仙坛碑》。"②文中魏夫人采用的是"臧景文法"，与《太平广记》中的不同。虽然我们并不知道"臧景文法"具体如何行持，但从其传所记载的内容来看，与上清的存思存神法还是有很大的差异。其成就方法是"托形神剑，化成死孩"。这与《太平广记》中魏夫人以上清法门成就的描写笔法相去甚远"讬（托）剑化形"，不过是魏夫人修行之开始。最终则是"夫人诵经万遍，积十六年，颜如少女。于是龟山九虚太真金母、金阙圣君、南极元君共迎夫人，白日升天，比诣上清宫玉阙之下。"③两个文本相比之下，《方

---

① （唐）杜光庭撰，罗争鸣辑校：《杜光庭记传十种辑校》，中华书局，2013年，第704页。
② （宋）祝穆撰，祝洙增订：《方舆胜览》，中华书局，2003年，第377页。
③ （唐）杜光庭撰，罗争鸣辑校：《杜光庭记传十种辑校》，中华书局，2013年，第702页。

舆胜览》中的文字就显得民间色彩浓厚，而且将龟山九虚太真金母的龟山，也敷演出一段民间传说来，并堂而皇之记录在地志类文献之中。《太平广记》中的文字相对文雅，其中的神仙称呼更为完整和符合道教语言体系，更能使读者产生敬畏之感，这或许就是《太平广记》作者想要达到的效果。地志类图书以保留地方风俗为责任，故而言辞就更近民间，记载的大都是民众耳熟能详、流传广泛的故事。所以，魏夫人的故事有了不同的内容和书写形式。

魏夫人传末提到了"花姑"将在下文专论。另外唐代书法家"大历三年戊申，鲁国公颜真卿重加修葺，立碑以纪其事焉"。①此碑题名曰《晋紫虚元君领上真司命南岳夫人魏夫人仙坛记碑铭》，原碑已不存，其文收入董浩编的《全唐文》卷三四〇。其文内容与《太平广记》卫夫人传大同而小异，并缺少文末颜真卿撰写碑文一事，可见《太平广记》收入的魏夫人传，最终定稿当在颜真卿之前。

四

魏夫人文末最后一段说到颜真卿曾修葺抚州并山静室，颜氏不仅为魏夫人立碑，同时也为"花姑"树碑立传，碑文亦收入《全唐文》卷三四〇。《集仙录》中亦有"花姑"传记。根据"花姑"传记来看，花姑并非魏夫人道法的直接继承者，二者之所以产生关联，则是因为花姑是恢复魏夫人临汝静坛的唐代女道士。上文所引魏夫人坛处石龟的故事，亦在"花姑"传中出现。"南郭六里许有乌龟原，古有石龟，每犯田苗，被人击其首折，则其处也。"②地志之中的传说，成为花姑传记的内容，说明这个民间传说，早在花姑传写成之际就已在魏夫人坛附近流传。

---

① （唐）杜光庭撰，罗争鸣辑校：《杜光庭记传十种辑校》，中华书局，2013年，第706页。
② （唐）杜光庭撰，罗争鸣辑校：《杜光庭记传十种辑校》，中华书局，2013年，第679页。

花姑传是以花姑恢复"魏夫人"坛为中心的写作方式展开的，时间主要集中在唐代初年至颜真卿来任抚州刺史之际。花姑传中描写了"魏夫人坛"几兴几废，有过皇家的宠遇，后来又凋敝没落的经历。时光流转，皆在短短的字里行间表露无遗。"姑访之，见龟之左右，坛迹宛然，立处当坛中矣。于其下得尊像、油瓮、锥刀、灯盏之类，因葺而兴之。复梦夫人指九曲池，于坛南访而获之，砖砌尚在。云景中，睿宗皇帝使道士叶善信将绣像幡花来修法事，仍于坛西建洞灵观。度女道士七人住持。洎明皇，醮祭祈祷不绝。……开元二十八年庚辰三月乙酉，敕道士赍龙璧来醮。……鲁郡开国公颜真卿为抚州刺史，旧迹荒毁，阙人住持，召仙台观道士谭仙岩、道士黄道进二七人住洞灵观，又以高行女道士黎琼仙七人居仙坛院。"①引文中亦可看出唐王朝对"魏夫人坛"的特别关注，在此还举行过几次女道士的传度仪式。

花姑本名黄灵微，亦写作黄令微。她的故事持续在抚州地方产生影响，直至清代编撰的《抚州府志》，还收录有她的传记。该传甚为简略，但依然以修葺"魏夫人坛"事切入，着力描写其奇幻的际遇。"黄令微，临川人。少好道，风神卓异，天然绝粒，年十二度为女道士。年八十发白变红，其行奔马不及。得西山天师胡超指示魏夫人为坛处，又梦有人谓曰：井山道场何不修葺？迟明诣山，果有自然石井，深三尺，广丈余。天欲雨云雾起，其中既建精舍。时闻仙乐之音，环坛数里，莫敢樵采。有野鹿为猎人所射，姑为之拔箭。每至斋时，即衔莲藕以献。开元九年，姑欲上升。谓弟子曰：吾棺不用钉，可以绛纱幕之。数夕雷电震绕，视纱顶孔如鸡卵，屋穿容人，棺中惟有被覆木简而已。弟子奠瓜寻生蔓数尺，结实如桃。姑之弟子黎琼仙亲睹其事，琼仙郡人，后亦仙去。"②文中内容基本都可见于《集仙录》花姑传，只有某些细节不同。《集仙

---

① （唐）杜光庭撰，罗争鸣辑校：《杜光庭记传十种辑校》，中华书局，2013年，第679—680页。
② （清）刘玉瓒撰：《抚州府志》卷二十六，清康熙四年刻本，第10—11页。

录》中花姑拔箭救助的动物是大象，而此处是鹿。文末的黎琼仙在《集仙录》里是与颜真卿同时的人，乃魏夫人坛后继者。在方志里被改写成为了"花姑"的徒弟。可见地志作者在剪裁编辑文献之时，亦有不尊重原著之处。有时甚至可能改变史实，以就其故事的内容。如果以《集仙录》记载为真，那么黄令微于开元九年（721）离世，黎琼仙于大历三年（768）来居仙坛院，二人虽同居于仙坛院，但相隔四十多年，恐难见面矣。

<h2 style="text-align:center">五</h2>

《集仙录》中还有"缑仙姑"也与"魏夫人"有关。"缑仙姑"传记的书写是沿着两条线索在演绎，一条与"魏夫人"相关；另一条则与"西王母"相连。之所以与魏夫人相连，是因为其修行地在衡山，即南岳。而魏夫人又被称为"南岳夫人"，故此将二者联系起来。从现存的文献我们已不可考，魏夫人是否到过南岳，但是从她被封为"紫虚元君领上真司命南岳夫人魏夫人"之后，在人们的心目中已经将她与南岳联系起来。唐代诗人杜甫的《望岳》亦表达了"魏夫人"与南岳关的关系，"恭闻魏夫人，群仙夹翱翔"。[1]

缑仙姑与西王母产生关系，则是因为，"河南缑山，王母修道之处，故乡之山也"[2]。有传说西王母姓缑。其实，缑氏山与太多的神仙有关。"缑氏山，在县东南二十九里。王子晋得仙处。"[3]该县也因有此山得名"缑氏县"。而缑仙姑故事的内容也有来自西王母故事的因素，尤其是具有标志性的"青鸟"。缑仙姑的故事中，青鸟成为信使，为缑仙姑带来消息。缑仙姑故事汇聚了西王母与魏夫人两位仙人的事迹，要么是借用了西王母的象征性青鸟，要么就是扩大了其中的神迹，而且内容中充满

---

① （宋）祝穆撰，祝洙增订：《方舆胜览》，中华书局，2003年，第412页。
② （唐）杜光庭撰，罗争鸣辑校：《杜光庭记传十种辑校》，中华书局，2013年，第683页。
③ （唐）李吉甫撰，贺次君点校：《元和郡县图志》，中华书局，1983年，第133页。

佛道相争的气息。青鸟飞来曰："'今夕有暴客，无害，勿以为怖也。'其夕，果十余僧来。魏夫人仙坛乃是一片巨石，方可丈余，其下宛然浮寄他石之上，或一人以手推之则摇动，人多则屹然而住。是夜，群僧持火杖刀，将害仙姑。入其室，姑在床上而僧不见。既出门，即推坏仙坛，轰然有声，山震谷裂。谓已颠坠矣，而终不能动。僧相率本去。及明，有至远村者分散，九僧为虎噬杀，一僧推坛之时，不同其恶，免为虎害。"①

缑仙姑传记的故事虽然遵循并借用了西王母与魏夫人仙传中的某些意象。但架构却很独到，用一位姓缑的仙姑，将西王母与魏夫人都联系到南岳这个空间下，并借助二位女仙的神力，重构南岳在道教话语系统中的神圣性。在重构的过程中，借用"暴客"形象隐喻南岳较为激烈的佛道冲突，②而且这种冲突可能不仅仅是义理之上的，亦有可能带有一定的暴力。③故而在缑仙姑传中才有如此一节，以回应那些可能被掩盖的激烈争斗的史实。④

花姑与缑仙姑，是否是上清一派的弟子，传记文字中并未体现出来。然而二者传记中，都提到了魏夫人，于此论述起来更为方便。而下面将要分析的都是上清一派的祖师们。她们中的几位，就是曾与魏夫人一起下降到杨羲家中的神仙。

第二节　上清派的女仙

上清派的经典由魏夫人带领诸多女仙下降而来，因此，上清一派尤

---

① （唐）杜光庭撰，罗争鸣辑校：《杜光庭记传十种辑校》，中华书局，2013年，第683页。
② 杨莉：《道教女仙传记〈墉城集仙录〉研究》，香港中文大学博士论文，2000年，第25页。
③ 李思：《魏晋南北朝南岳佛道教研究》，山东大学硕士论文，2014，第37页。
④ 王志军：《南岳道教文学思想概论》，湘潭大学出版社，2016年，第18页。

其重视女仙，上清一派的许多女仙又都是西王母的"女儿"，所以她们的身份与事迹尤其值得研究。

一

云林右英王夫人，名媚兰，字申林，王母第十三女也。魏晋时期，出现了五位西王母女儿的神仙①，云林右英王夫人便是其中一位。她的事迹早在《真诰》中就有，"先昨神女来降，意本疑是王母女，昨又来，定是也。南真说云：'是阿母第十三女王媚兰，字申林，治沧浪山，受书为云林夫人。'"②云林夫人下降杨羲家的事迹，分录于《真诰》的各部分中。《集仙录》的云林夫人传则是撮合《真诰》中的内容而成。

云林夫人传除了她的事迹之外，还可以看成一个小小的诗会集，或者诗歌唱和集，"此夕二十三真人、十五夫人降于金坛杨君家也"③。下降杨君家的诸真仙大都留下了诗文，而这些诗文又都收入"云林夫人"传中，这成为该传的一个写作特点。其他日子作的诗歌并未收入传中。如"七月十八日夕，云林右英夫人授诗。此诗与许长史，兼及掾事。辔景落沧浪，腾跃清海津。绛烟乱太阳，羽盖倾九天。云舆浮空洞，倏忽风波间。来寻冥中友，相携侍帝晨。王子协明德，齐首招玉贤。下眄八阿宫，上寝希林颠。漱此紫琼腴，方知秽涂辛。佳人将安在，勤心乃得亲。"④从诗文的内容来看，与选入《集仙录》"云林夫人"传中的诗文并无太多的区别，杜光庭的选择标准是什么呢？不得而知。

诗文传达给读者的主要信息与道教上清派修行有关。她们的诗歌虽不似后来内丹诗那样隐喻连连，但是不进入上清派的话语体系，还是很难从这些诗歌中获得愉悦的阅读体验。或许杜光庭大段引用诗文作为传

---

① 李丰楙：《仙境与游历：神仙世界的想象》，中华书局，2010年，第85页。
② （梁）陶弘景撰，赵益点校：《真诰》，中华书局，2011年，第30页。
③ （唐）杜光庭撰，罗争鸣辑校：《杜光庭记传十种辑校》，中华书局，2013年，第640页。
④ （梁）陶弘景撰，赵益点校：《真诰》，中华书局，2011年，第36页。

记的写作方式太令人费解，所以《太平广记》中并未收录"云林夫人"传记。《通鉴后集》也大大压缩了诗文部分，仅节录了《集仙录》前介绍云林夫人的简短文字。"右英王夫人，西王母第十三女，名媚兰，字申林。《总仙奇纪》云：中林。治沧浪山，受书为云林夫人。晋哀帝兴宁三年七月，降句曲山。《真诰》云：沧浪云林右英夫人。"[1]另一部以故事线索为记事主体的作品《三洞群仙录》中的"右英五芝凤纲百草"更将其故事简化为："《真诰》右英夫人，吟曰：有心许斧子，言当采五芝，芝草必不得，汝亦不能来。"[2]不需更多举例，从这些文章节略的程度来看，后来编撰仙传的作者，也都未能明白杜光庭编撰云林右英夫人传记的思想理路。因此，在他们需要编撰仙传时，就只是采撷其中的某些部分，以符合他们的编撰要求。《集仙录》中收录的诗歌《真诰》里都有。因此，《云笈七签》则径直将其改名为《云林右英夫人哎许长史诗二十六首并序》，此文对《集仙录》中的文字有所删减，但基本保持原貌。然而，诗歌其实是众真所作，并非仅由云林夫人一人撰写，题名颇有误导读者之嫌。《云笈七签》未将此作放入传记类，而收入"诗赞词"一类，[3]足以说明编撰者对于杜光庭将此文作为传记的做法并不赞同。

采用"云林夫人传"相同手法撰写的女仙传记还有"紫微王夫人"。"夫人名清娥，字愈音，王母第二十女也。"[4]紫微王夫人亦是王母之女，也是晋兴宁（363—365）之际，下降杨羲家中，传授上清道法的女仙之一。《集仙录》中"紫微王夫人"传记的内容也是来自《真诰》，在此就不多引。《通鉴后集》将王夫人传记收入卷三之中，也是经过删减诗句，仅留主要事迹，整理文辞之后收录之。传记反而显得主题清晰，文理紧凑。

---

[1] 《道藏》第5册，文物出版社、上海书店、天津古籍出版社，1988年，第464页。
[2] 《道藏》第32册，文物出版社、上海书店、天津古籍出版社，1988年，第254页。
[3] （宋）张君房编，李永晟点校：《云笈七签》，中华书局，2003年，第2128页。
[4] （唐）杜光庭撰，罗争鸣辑校：《杜光庭记传十种辑校》，中华书局，2013年，第609页。

二

与魏夫人同时降临杨羲家的女仙还有东华上房灵妃、太微玄清左夫人等，虽然她们传记也是取自《真诰》，但是，并没有像"云林夫人"和"紫微左夫人"一样，引用大量诗文，故而她们的传记更具有传记文体的特点，生平简单明了，事迹清晰可辨，阅读者亦能很快获取有效信息。

东晋兴宁年间，下降杨羲家的上清派祖师，除了魏夫人为历史上存在的人物之外，其他真仙大都是传说中的神仙，她们之所以有可述的事迹，都是因为下降传授上清道教法术。当然所谓"下降"也可能本身就是个神仙故事，现存文献《真诰》是记载这次"下降"的最主要文本。除《真诰》之外，关于这些女仙的事迹的相关记载并不是很多，都是通过传说中她们下降人间的点点滴滴拼凑起来的。或许正是因为如此，杜光庭才不惜打破传统传记的写作手法，大量引用她们下降时的诗作，以扩充这些真仙传记的文字，然而这样的做法适得其反，被后代仙传作者摒弃。而没有引用诗歌的几位，则可能因为事迹平凡，未能收入后来的传记作品中。毕竟杜光庭对这些传记的创作并不多，大都是因袭了《真诰》内容，并无新意，不收录此类作品，也在情理之中。

上清派应该是女仙气质最为浓重的道派，该派的祖师是女性，下降杨羲家的神仙也多是女性，所以上清一派给读者的印象，就是女性神仙较多。但这些女性神仙都是从天而降的，或是已经修行有成，或本就是神仙之女，等等，还缺少从人修成仙的例证。于是《集仙录》就收录了几位，通过自身修行和持诵上清派重要经典《黄庭经》成就的例子。

第三节 蜀地女仙谢自然

蜀中多仙山，蜀中也多仙人。蜀中历代不乏升仙而去的得道之人，从传说中的蜀王蚕丛，到汉初的犍为太守，他们都是在蜀地升仙而去的。"涂山，有禹王祠及涂后祠。北水有铭书，词云：'汉初，犍为张君为太守，忽得仙道，从此升度。'"①魏晋间亦不乏升仙之人。

一

唐代留下的记载则十分丰富，首先是举国上下皆知的女仙谢自然，她于蜀地果州，白日飞升。果州是唐代割隆州南充、相如二县组建成立的新县。县城西边有金泉山。金泉山本就是一座不缺故事的仙山。"灵泉，即金泉也。唐李淳风于此藏金，化为泉。"②谢自然于果州金泉山白日飞升轰动一时。现存的《敕果州女道士谢自然白日飞升书》保存于事件发生一千多年之后的《南充县志》里，原碑不存，《全唐文》亦未收录该文。③根据白照杰的研究认为，此文为伪作的可能性并不大。④

于是发生在唐代贞元十年（794）的谢自然白日飞升事件，成为历史上众多白日飞升事件中，最受世人关注的。无论是在地方史地文献，还是在道教文献中，有关白日飞升的记载，屡见不鲜。《华阳国志》中寥寥数语恐太过简略，道教文献则与之不同，内容充实，细节清晰，白日飞升故事比比皆是。诸如张道陵、魏伯阳、许逊等，都是白日飞升得道成仙的。以上列举的这几位在道教史上都具有声名的道教宗师，他们的白日飞升似乎是顺理成章的结果，并没有引起太大的反响。反倒是并未成为一代宗师，且没有留下什么著作的谢自然，她的白日飞升获得了从唐代开始，延续后世的热烈讨论。《蜀中广记》引《唐书》是这样记载这件事情的："贞元十年，谢真人名自然，于县界金泉紫极宫白日上升。郡郭是夕有虹霓云气，万目所共睹焉。有青霞观及真人祠。"⑤《蜀中广

---

① 任乃强：《华阳国志校补图注》，上海古籍出版社，1987年，第30页。
② （明）曹学佺撰，杨世文点校：《蜀中广记》，上海古籍出版社，2020年，第281页。
③ 龙显昭、黄海德主编：《巴蜀道教碑文集成》，巴蜀书社，1997年，第35页。
④ 白照杰：《唐代女仙谢自然史实及传说阐幽》，《史林》，2019年第6期。
⑤ （明）曹学佺撰，杨世文点校：《蜀中广记》，上海古籍出版社，2020年，第280—281页。

记》的文字没有特别恢宏的描写，只有较为朴实的文字和冷静而客观的事件描述。以这一事件为中心，历代文人展开了他们的想象，开始建构谢自然的故事。谢自然白日飞升虽是万目共睹，但其传播范围能够如此之广，影响力能够如此之大，当时的太守李坚功不可没。[1]也是在《集仙录》中，还有一位董上仙，对她的上升情景《集仙录》有这样的描写："忽一旦，紫云垂布，并天乐下于其庭。青童子二人，引之升天。"[2]这一事件也发生在唐代的蜀地，然而，无论是当时，还是之后，董上仙的事迹都没有引起如谢自然一般的轩然大波，这不得不让人想到，为谢自然上书之人，以及此后不断为其作传的作者们，是如何将谢自然白日飞升事件，从众多"白日飞升事件中"选出，成功塑造为平凡女性通过道教修炼，成功飞升的典型例子，并使之在历史长河中留下重要的印迹，成为女仙白日飞升的象征性代表。

今人将谢自然的传记分为正传和别传来梳理，试图给我们还原一个真实的谢自然。或许传记作者们在创作她的传记之初，就没有以历史真实为宗旨的考量，尤其是杜光庭。他很可能着眼于谢自然的故事如何能够打动读者，使他们能够信奉道教。学者去考证传记中具体年月真伪，以及师承关系的可能，似乎就距离杜光庭撰写谢自然传的初衷有些远了。他就是要以谢自然为中心，重构唐代道教文化资源，以此塑造一位崇信道教的唐代道教女道士形象。

二

谢自然传是《集仙录》中文字颇多的传记，然而，其文字内容与《续仙传》中的谢自然传不同，《集仙录》的文字很可能来自《东极真人

---

① 杨莉：《谢自然传与谢自然诗：女仙成道于神圣与凡俗两界的意义建构》，载李丰楙、廖肇亨主编：《圣传与诗禅——中国文学与宗教论集》，台北"中央研究院"中国文哲研究所，2007年，第449页。
② （唐）杜光庭撰，罗争鸣辑校：《杜光庭记传十种辑校》，中华书局，2013年，第725页。

传》。①杜光庭《广成集》卷九中有《果州宗寿司空因斋修醮词》。②醮词中虽未有明确的文字说明杜光庭曾亲身造访果州，然作为佐证，杜光庭或许见过李坚所撰《东极真人传》，乃至李坚为谢自然所立的《金泉道场碑》，但毕竟李坚的文字已佚，所以我们仍称之为杜光庭文字，以便叙述。

赵宜真《通鉴后集》中的"谢自然"传未采用《集仙录》的传文，而是径录了《续仙传》文字。《集仙录》与《续仙传》的谢自然传，正好构成了唐五代谢自然传写作结构对比的绝佳材料。《道藏提要》认为《续仙传》的作者沈汾，"自署'官朝请郎前行溧水县令'。《四库提要》考定为五代南唐人"③。从时间上来说沈汾去杜光庭不远，而相去不远的两人，同时为谢自然作传，内容却大相径庭，其中情节值得细细推敲。

两部传记中有关谢自然的身世已经不同，再加上韩愈的《谢自然诗》的文学性书写，谢自然身世的真实情况就变得更加扑朔迷离了。诗歌作为文学作品，为了文学性可能会牺牲史实的真实性。比如唐代诗人施肩吾的《谢自然升仙》诗，就是采用诗歌手法创作的文学作品。"分明得道谢自然，古来漫说尸解仙。如花年少一女子，身骑白鹤游青天。"④在道教术语里"尸解仙"与"白日飞升"有着严格的区别。《抱朴子·内篇》对此有详细论述。"上士举形升虚，谓之天仙。中士游于名山，谓之地仙。下士先死后蜕，谓之尸解仙。"⑤为了诗歌的表述需要，诗人混淆了白日飞升与尸解成仙的界线，那么韩愈诗中所谓的"寒女"其可信度，也是值得推敲的。当然杜光庭的谢自然传中的"谢自然者，其先兖州人。父寰，居果州南充，举孝廉，乡里器重"，⑥也可能不是史

① 白照杰：《唐代女仙谢自然史实及传说阐幽》，《史林》，2019年第6期。
② 《道藏》第11册，文物出版社、上海书店、天津古籍出版社，1988年，第271页。
③ 任继愈主编、钟肇鹏副主编：《道藏提要》，中国社会科学出版社，1991年，第220页。
④ （明）曹学佺撰，杨世文点校：《蜀中广记》上海古籍出版社，2020年，第281页。
⑤ 王明：《抱朴子内篇校释》，中华书局，1980年，第20页。
⑥ （唐）杜光庭撰，罗争鸣辑校：《杜光庭记传十种辑校》，中华书局，2013年，第726页。

实，现存的材料中，并未找到其他旁证。《集仙录》这样的写作方式，似乎有抬高谢自然身份之嫌。《碑目》关于谢自然身世的文字平实多了。"谢真人，父讳寰，所居名谢寰山。山有院，名灵泉。一唐碑，字多讹缺。"①学者李光辉根据《四川通志》的记载认为，"灵泉院"即谢自然飞升的"金泉院"。②从现有的材料来看，谢父的身份较为可疑，地志书中所谓的谢寰居，也没有太多的其他证据支撑。故有学者推测，"谢寰是一个为增加传说内在张力而虚构人物"③。

<h2 style="text-align:center">三</h2>

杜光庭的谢自然传充满了道教上清派的叙述手法，但作者并未直接点名谢自然与上清派的关系。《续仙传》则将谢自然与上清派的联系，直接通过师承的关系表现出来。"后闻天台山道士司马承祯，居玉霄峰，有道孤高，遂诣焉。师事司马承祯三年。别居山野，但日采樵为承祯执爨。"④司马承祯是唐代著名的道教上清派宗师。给谢自然寻找这位大名鼎鼎的老师，恐怕也只是为了抬高谢自然的身份，用举国上下皆知的老师名声，来张扬谢自然的名气。然而，作者却没有仔细考证"师徒"二人的生卒年。二者在有生之年，应该未曾谋面。"按子微以开元十五年死于王屋山，自然生于大历五年，至贞元十年仙去，是子微死四十三年自然始生。"⑤然而即使是杜撰的历史相会，也会被不加详考的作者收录到地志书中，如南宋王象之撰《舆地纪胜》卷一百五十六就载曰："谢真人，《唐书》正元十年，有女道士谢自然，于南充县，金泉山白日上升。郡郭是夕有虹霓，云气之状，万目之所睹焉。自然尝问道于司马子微。

① （明）曹学佺撰，杨世文点校：《蜀中广记》，上海古籍出版社，2020年，第281页。
② 李光辉：《谢自然"白日飞升"及其影响》，《宗教学研究》，2003年第3期。
③ 白照杰：《唐代女仙谢自然史实及传说阐幽》，《史林》，2019年第6期。
④ 《道藏》第5册，文物出版社、上海书店、天津古籍出版社，1988年，第83页。
⑤ （宋）邵博：《邵氏闻见后录》卷一六，中华书局，1983年，第128页。

又太和五年，韦公肃有《金泉洞仙居述》。"①可见谢自然师出名门的成见，已传播开来，混淆了历史的真实。

《续仙录》中谢自然离开司马承祯，海上漂流一段的内容就更不着边际了。海上经历的描写，与佛教法师渡海传法和求法的传记有诸多相似之处。古代中国去往印度取经的僧人一般有两种方式，陆路和水路。陆路也分有不同的路线，此处不表。水路通过泛海达到印度，很多去往西方取经的僧人，回国之后都留下了传记，记载他们渡海的经历。另外，唐代东渡日本传法的和尚和日本来华的僧人，也都有一些泛海经历的文字留下来，其文的夸张和瑰丽程度，犹如小说一般，也与《续仙录》中谢自然传的描写有异曲同工之妙。

唐义净所著《大唐西域求法高僧传》卷下，描写船舶在南海中航行的险境。"于时广莫初飙，向朱方而百丈双挂；离箕创节，弃玄朔而五两单飞。长截洪溟，似山之涛横海；斜通巨壑，如云之浪滔天。"②日本和尚圆仁的《入唐求法巡礼行记》则记载了我国东边海域航行的景象。"拟发，风逾不顺。晚头，西北两方电光耀耀，云色骚暗。入夜，舶忽然振漂，惊怪无极。戌时，泊西北岸上。狐鸣，其声远响，久而不息，不久之会，雷电斗鸣，闻之耳塞。电光之耀，不堪瞻视，大雨似流，惊怕牵难，舶上诸人不能出入。……又于舶上祭当处神，其被折之梡子，或云，既是折弱……潮逆暂停，俄尔之顷，又行。渐入山南，云聚忽迎来，逆风急吹，张帆顿变，下帆之会，黑鸟飞来，绕舶三回。还居岛上，众人惊怪，皆谓是神灵不交入泊。回舶却出，去山稍远，系居海中，北方有雷声，掣云鸣来，舶上官人惊怕殊甚。"③佛教文献中关于泛海经历的记载远不止于此，这里仅选取部分以作对比。这些记载虽然与《续仙传》中的描写并不完全相同，但作为想象的材料，佛教信徒们的

---

① （宋）王象之：《舆地纪胜》，中华书局，1992年，第4239页。
② （唐）义净著，王邦维校注：《大唐西域求法高僧传校注》，中华书局，1988年，第152页。
③ ［日］圆仁：《入唐求法巡礼行记》，广西师范大学出版社，2007年，第50—51页。

泛海经验记录，已经足以支撑"谢自然"传的作者去完成那本不存在的渡海经历。更加细腻的描写和超乎常理的想象，构成了《续仙传》谢自然传中海上漂流历险之旅。"即见沧海蓬莱，亦应非远人间，恐无可师者。于是，告别承祯。言去游蓬莱，整舍资装，布衣绝粒。挈一席以投于海，泛于波上。适新罗船见之就载，及登船数日。但见海水碧色，日落则远浪相蹙，阴火连天。船在火焰中行。逾年，船为风飘入一色水如墨，又一色水如粉，又一色水如朱，又一色水黄若硫磺气。忽风转船乃投易澳中，有山日照，如金色，亦有草树香雾，走兽与禽皆黄色。船人俱上山，见石无大小，悉是硫磺，贾客遽弃别货，尽载其石。凡经四色水每过一水皆三虔敬，终五昼夜，风帆所适，莫知远近，复行月余，又横风所飘海人惶戚，舟人恐惧。遥见水上涌出大山，上列红旗千余面，海师言是鲸鱼扬鬐……"[1]文词想象超过了实际，神话色彩太过浓厚，与史实却是大相径庭。

亦有研究认为，谢自然出海这一情节来自同为唐代女道士焦静真神游海外仙山方丈的情节，以及最后焦静真回来后拜师司马承祯等，都一并承袭过来[2]。考《王屋山贞一司马先生》，"静真虽禀女质，灵识自然，因精思闲，有人导至方丈山，遇二仙女，谓曰：'子欲为真官，可谒东华青童道君，受《三皇法》。'请名氏，则贞一也。乃归而诣，先生亦欣然授之"[3]。仅从游海上仙山，回来拜师这两点来说，其二者确实有相似之处。但渡海遇难等瑰丽奇幻情节的描写，不得不说或受当时佛教航海求法（传法）文字的深刻影响。

四

杜光庭的谢自然传，并不像《续仙传》那样的离奇诡谲，很多内容

---

① 《道藏》第5册，文物出版社、上海书店、天津古籍出版社，1988年，第83页。
② 白照杰：《被遗忘的唐代高道（三）：焦静真》，《上海道教》，2017年2期。
③ （宋）张君房编，李永晟点校：《云笈七签》，中华书局，2003年，第83页。

都具有强烈的道教色彩。如，"七年九月，韩佾舆于大方山，置坛，请程太虚具三洞箓"①。短短这二十几字，却包含着丰富的信息，值得细细分析。文中记录"置坛"的韩佾，未留下相关文字。然其女韩自明却有一通墓志铭保留下来，从文中我们得知，韩自明与谢自然同为程太虚的弟子，也都受过"三洞箓"。《舆地纪胜》中还保留有谢自然的另一位同门的传记，"何洪范，蓬溪县道士也。初与谢自然同师果州程太虚于太阳山。一日，太虚出二玉印，自然收其下者。太虚笑谓曰：洪范不过得地仙耳"②。唐代果州留名的道士并不多，而其中就有三位出自程太虚的门下。《仙传拾遗》和《通鉴》之中皆有传。《宝刻类编》和《舆地碑记目·顺庆府碑记》等书中亦有程太虚相关信息的记载。③

授箓是道教中的重要仪式，箓是道士借以行法的凭证。"箓的内容主要是道门内甚或仙界互禀师资，结盟受授，以从俗登真，得授者还应知晓，须依科次第，明晓阶秩，即明白箓有不同的阶级，必须按照科范，渐次授受。"④"三洞"指的是洞神、洞玄、洞真，而以此为名的"三洞箓"是道教级别较高的法箓。⑤

或许正是韩佾为果州刺史，韩自明才到了果州，得与谢自然相熟。至于韩佾考验过谢自然否，却无从得知。⑥倒是墓志铭中透露出的一些信息，颇与现有的材料相吻合，尤其是程太虚的岁数问题。检索清代《顺庆府志》有："程太虚，西充人。自幼学道，隐居南岷山，绝粒。有二虎侍左右。九井十三峰，皆其修炼处也。一夕，大风雨砌下，得碧玉印。每乞符祈年，印以授之，即获丰稔。元和中解体后，迁神于元宫，

---

① （唐）杜光庭撰，罗争鸣辑校：《杜光庭记传十种辑校》，中华书局，2013年，第726—727页。
② （宋）王象之：《舆地纪胜》，中华书局，1992年，第4214页。
③ 白照杰：《道济真人程太虚》，《上海道教》，2018年第2期。
④ 刘仲宇：《道教授箓制度研究》，中国社会科学出版社，2014年，第13页。
⑤ 刘仲宇：《道教授箓制度研究》，中国社会科学出版社，2014年，第72页。
⑥ 白照杰：《唐代女仙谢自然史实及传说阐幽》，《史林》，2019年第6期。

容貌不变。宣宗命人求之，过商山宿，逆旅蹑险，有公馆青童引见一道士，自称程太虚，祖居西充，且嘱曰：君明岁自蜀来南岷，无忘我。及至蜀，视画像，与前见者无异。宋赐号通济大师。"①此间所谓之南岷山，乃西充城南边的山丘，"何岷，隐居城南山中，故名其山曰：南岷"②，后来又称之为隐居山，"治东十里，上有清泉宫，传为隋程太虚生处。双图山，治东十里，太虚浴处。石池在焉"③。文中的"元和中解体后"《西充县志》径直书写为"唐元和中尸解"。④时间上与《通鉴》卷四十二"程太虚"传的记录相吻合，只是《通鉴》记载了程太虚尸解的具体时间，唐元和四年（809）。⑤《西充县志》在传记部分将程太虚记为隋代人，《蜀中广记》中亦称，"南岷山……隋程太虚尝修炼于此"⑥。而《西充县志》艺文志收录诗歌时，又将其归入唐代人。从诗歌内容来看，诗歌部分的程太虚与传记部分的程太虚当是一人无误。说明《蜀中广记》和《西充县志》将程太虚传抄误入"隋代"。《舆地纪胜》记载了程太虚的出生年月，也与其他文献基本一致。"程仙师，名太虚，唐开元中生。能言即诵道德、黄庭经。年十八，往西充之仙林观修炼，迁南岷。至元和间趺坐而化。"⑦开元中生（713—740），到元和四年（809）尸解。《韩自明墓志铭》中有如是语，"时梁有上士程太虚者，神明而久寿"⑧。从开元中出生，至贞元七年（791）给韩自明等人授"三洞箓"时，称之为"久寿"推测，程太虚贞元七年时，已接近八十岁，可谓久寿矣。关于程太虚的遗迹《舆地纪胜》还有记载："《唐程仙师蝉蜕偈皂荚碑》在西

①　（清）李成林撰：《顺庆府志》卷六，清嘉庆十二年刻本，第14页。
②　（清）高培穀撰：《西充县志》卷九，清光绪二年刻本，第26页。
③　（清）高培穀撰：《西充县志》卷一，清光绪二年刻本，第7页。
④　（清）高培穀撰：《西充县志》卷九，清光绪二年刻本，第27页。
⑤　《道藏》第5册，文物出版社、上海书店、天津古籍出版社，1988年，第340页。
⑥　（明）曹学佺撰，杨世文点校：《蜀中广记》，上海古籍出版社，2020年，第282页。
⑦　（宋）王象之：《舆地纪胜》，中华书局，1992年，第4239页。
⑧　吴钢主编：《全唐文补遗》第6辑，三秦出版社，1999年，第29页。

充，降真观。"①只可惜未能保存至今。

杜光庭的《仙传拾遗》收有"程太虚"传，只是行文过于简单，没有言及程太虚与谢自然的关系。元代赵宜真《通鉴》卷四十二的程太虚传，内容十分充实，全文录于此，以供参考。

程太虚者，果州西充人。幼好道，节操不类于常人。年十五登所居之东山，飘然有凌虚意。寻有五色云霞拥其身。俄而，天乐羽盖，合沓而至。太虚默念未辞亲友，忽雷震一声，竟无所睹。退而刻志修诵愈勤。年十八恃怙俱失，弃资产，居南岷山，绝粒坐忘，动逾岁月，有二虎侍左右，若备呼使，因名为善言、善行。乃抚皆授以三归之戒，遂跪伏而听，自是呼名则至。忽一夕，大风拔木，雷电而雨，砌下坎陷，中水如沸涌，因以杖搅之，得碧玉印两钮，每岁农人乞符箓祈年，以印印之，则授者愈丰阜。凡有得以惠施之，外皆以构祠设像，无所私己。有女道士谢自然，授法箓、印记，则密收之。一日，失所在。唐德宗贞元十年，自然白日升天。宪宗元和四年，太虚解化。五年二月，迁神子玄宫。貌不变，而轻若空衣。所化之地，忽生皂荚一本，柯叶下垂。俗谓之披头皂荚。宣宗大中十年，有命使自峡入蜀道，由南岷访太虚之祠，谓其门人曰：去年冬，过商山，宿逆旅出门，见岭上花木稍繁，忽忽跻石蹑险，几五六十步，至其下，异花夹道，约一里余。有居第，如公馆，青童引入，见一道士，自云姓程，名太虚，祖居西充。今憩此已而留连，极勤厚。嘱曰：明年君自蜀入岷，无忘访我。今熟视其像，果与见者无异。②

① （宋）王象之：《舆地纪胜》，中华书局，1992年，第4241页。
② 《道藏》第5册，文物出版社、上海书店、天津古籍出版社，1988年，第340页。

程太虚的事迹其中的某些情节已然被《集仙录》吸收过来充实谢自然传的内容。如二虎相从等情节，"又有两虎，出入必从。人至，则隐伏不见。家犬吠虎凡八年"①。美国学者伯夷认为，程太虚实体的两方印，最后转化成谢自然腿上的两方印文，暗示着权威性与神圣性的转移。②那么"程传"与"谢传"中的"二虎"情节，亦复有如是功能。

程太虚的传记既有道门内部的资料，亦有来自地方志的材料。虽然地方材料都是清代作品，但有两个来源，即《顺庆府志》和《西充县志》，且两传文字略有不同，故而其可信度相对较高，或许是考察程太虚生平的又一文献材料。此外，程太虚不仅有传，还留有诗文。清代高培毂撰的《西充县志》卷十三，艺文志中收有程太虚诗十二首，多是描写其居住的南岷山，诗意以神仙志趣为旨，然与本文所考内容关系不大，故收入附录，以便查考。

五

西充与果州相距并不远，程太虚后来被神化为本地名人似乎也是情理之中的事情。杜光庭"谢自然传"中，不仅有程太虚这位本地道教名人，更有撰写《三国志》的"同乡"陈寿，亦是西充本地名士。谢自然传文将陈寿神化成山神，并塑造成为授谢自然东极真人的神明。"又云：某山神姓陈名寿，魏晋时人。并说真人位高，仙人位卑，言已将授东极真人之任。"③作为南充地区的名人，直到清代修撰的地方志中依然记录有陈寿的小传，虽然陈寿已是中国历史上著名的历史文化名人，但仍有必要将其小传录于此，由此可以看到，道教神化的某些地方名人，其出身或与道教本身并无太多关联，然而在建构谢自然传记之际，却将其一同神化。

---

① （唐）杜光庭撰，罗争鸣辑校：《杜光庭记传十种辑校》，中华书局，2013年，第727页。
② 白照杰：《唐代女仙谢自然史实及传说阐幽》，《史林》，2019年第6期。
③ （唐）杜光庭撰，罗争鸣辑校：《杜光庭记传十种辑校》，中华书局，2013年，第727页。

"陈寿字承祚。少好学，师事同郡谯周。仕蜀为观阁令。蜀平，司空张华，荐寿撰蜀相《诸葛亮集》奏除著作郎。领本部中正，撰《三国志》凡六十五篇。时人称其善序事，有良史之才。今金泉山侧，有万卷楼故址。"① 或许正是陈寿亦曾在金泉山万卷楼学习，"万卷楼，在金泉山侧，晋陈寿读书于此。《旧唐志》在南充县西八里，果山上"②，所以后人才将他附会为山神，以授谢自然"东极真人"的神明身份出现。道教传记神化历史人物，通常是社会上有一定的影响的名人。虽然，从地方志中的陈寿传看不出他与道教有何关联，但却在一个与之关系不大的谢自然传中被描写为山神，这种历史文化现象甚是奇特，而此二者的联系，仅仅是因为都曾与金泉山有关。同一空间让二者有了交集，也就一同神化了同属于此的两位名人。

回到谢自然传本身，明代《蜀中广记》引《三洞珠囊》有一段关于谢自然的文字："谢自然，女道士也，果州人。词气高异，其家在大方山下，顶有古像老君，其形自然，因拜礼，不愿下山。母从之，乃迁居山顶。自此常诵《道德经》《黄庭内篇》，于开元观受《紫虚宝经》，下金泉山居之。山有石坛，烟萝修竹。一十三年昼夜不寝，两膝上忽有印，稍小于人间官印，四堧若朱，有古篆六字，粲如白玉。忽日，金泉道场有云气遮匝一川，散漫弥久，仙去。其《金泉碑》略曰：'天上有白玉壁，上列真仙之名；有人间壁，亦仙名。朱书注其字下，曰降世为某官职。又于所居堂东壁上书数字，皆道德之意。'真迹存焉。"③《三洞珠囊》乃唐代道士王悬河所作道教类书。王悬河"生活于高宗、武则天时期"④，公元650—704年，与谢自然可算是同时代之人，他撰集的《三洞珠囊》所选择的书籍以道教教内书籍为主，推测该引文，恐是李坚撰

① （清）袁凤孙撰：《南充县志》卷三"行谊"，清咸丰七年刻本，第50页。
② （清）袁凤孙撰：《南充县志》卷一"古迹"，清咸丰七年刻本，第10页。
③ （明）曹学佺撰，杨世文点校：《蜀中广记》，上海古籍出版社，2020年，第818页。
④ 吉宏忠主编：《道教大辞典》，上海辞书出版社，2020年，第42页。

写的《东极真人传》中文字。韦肃于太和五年（831）撰《唐金泉山仙居述》及沈汾的《续仙传》都应成文于王悬河编《三洞珠囊》之后。从《三洞珠囊》留下简短文字来看，其中只言其母，不言其父谢寰，亦没有言及授箓师程太虚，反倒是腿上两膝的印文，花了不少的笔墨，为后来传记中程太虚双印"权威与神性"的转移提供了可能。

杜光庭撰的谢自然传充满了浓郁的神仙降授的书写方式，从《汉武帝内传》就开始采用这种描写方式，只是该传的书写方式更具有了道教的色彩。《汉武帝内传》中的降授虽被阻于汉武帝的荒淫无道，但神仙降授道法的故事叙述方式却成为这类故事的写作奠定了基础，道教上清一派最擅长使用降授故事。从魏晋之际的杨羲就不断书写此类作品，后来大都收入陶弘景编撰的《真诰》之中。谢自然乃唐代人，她的传记吸收魏晋间写作方式亦很自然。故此，降授成为杜光庭谢自然传颇具特色的一部分。"十五日五更，有青衣七人，内一人称中华，云：'食时上真至。'良久，卢使至，云：'金母来。'须臾，金母降于庭，自然拜礼，母曰：'别汝两劫矣。'自将几案陈设，珍奇溢目，命自然坐。"①无须多引，相似的写作手法，乃至内容，都深深地烙上了上清派神仙降授的印迹。试看《真诰》中采用相似手法创作的文字。"六月二十四日夜，紫微王夫人来降。因下地请问：'真灵既身降于尘浊之人，而手足犹未尝自有所书，故当是卑高迹邈，未可见乎？敢谘于此，愿诲蒙昧。'夫人因令复坐，即见授，令书此以答曰：……"②白照杰研究认为，谢自然的诸多修道经历与《真诰》《周氏冥通记》等上清文献里记载的人物事迹相似。③说明上清修炼的诸多情节被借鉴过来，成为撰写谢自然传的材料，当然，谢自然本就属上清一派，她的传记采用上清写作传统，也很自然。

---

① （唐）杜光庭撰，罗争鸣辑校：《杜光庭记传十种辑校》，中华书局，2013年，第728页。
② （梁）陶弘景撰，赵益点校：《真诰》，中华书局，2011年，第10页。
③ 白照杰：《唐代女仙谢自然史实及传说阐幽》，《史林》，2019年第6期。

六

解构《集仙录》谢自然传的写作手法，我们基本可以发现，这是一篇围绕谢自然展开的个人传记，而且其建构的人神交际圈，都很本地化。传记中考验谢自然的是当时的果州刺史韩佾。韩佾的女儿韩自明又与谢自然有同门情谊。他们的师父是生活在距离果州不远的西充县的程太虚。而就连授予她"东极真人"的山神，也是曾在金泉山读书的陈寿，后来为她上书请旨的，应是韩佾的继任者李坚。构成"人神交际圈"的诸位，有很大的时间跨度。陈寿是魏晋时人，程太虚是唐初人，其余人等又都是唐贞元间人。时间的差异在这个传记里并未成为阻隔"交际圈"人物的物理障碍。从中我们可以从中发现一个相对的地理内在逻辑，即传中提到的重要人物都是果州及其周围的名士，在地理上形成了地理闭环。

另一方面，谢自然传攫取了道教仙传具有代表性的内容，比如类似上清派降授的神仙下降过程。可以说《集仙录》中的谢自然传，是一篇充满挖掘巴蜀地方文化资源，又兼具道教风格的神仙传记，是一篇道教女仙传记与地方文化融合的典范之作。

最后，需要指出的是，无论谢自然白日飞升事件如何不符合常理，但作为唐代最受关注的白日飞升事件，其文化影响力却不容小觑。有唐一代就有施肩吾、韩愈、刘商、范传正等著名诗人就此事撰写诗歌，韦肃、《续仙传》和《集仙录》等为其作传。其后各代亦不乏文人墨客游览金泉山时留下诗文。而在金泉山上留下的各种碑文，更成为一道靓丽的风景。《碑目》云："唐《金泉山仙居述》，太和五年，果州刺史韦公肃文。唐郑余庆刻诗、唐诰刻、伪蜀刺史徐光溥诗刻，俱在金泉山。"[①]可见谢自然所产生的文化影响力，已经超出了事件本身的真伪问题，成为该地区重要的文化现象，千百年来为文人们歌颂和传唱。

---

① （明）曹学佺撰，杨世文点校：《蜀中广记》，上海古籍出版社，2020年，第281页。

第四节 《黄庭经》与上清女仙

上清派所指的《黄庭经》，又名《黄庭内景经》或《洞真黄庭内景经》，是敷衍正一道《黄庭经》而成，此经大约产生于东晋中叶。[①]上清派十分注重该经，且经文中有"读之万遍必仙"的说法，故而道教修行者亦很看重此经。《真诰》记载说，信徒们如能晚上睡觉之前，诵念《黄庭内景经》，能够使人魂魄自行修炼，坚持行持便能成仙。就算不能成仙，诵读此经也能使人无痛无病。[②]

《集仙录》中薛玄同就是通过持念《黄庭经》，才有了后面的仙话故事。"薛氏者，河中少尹冯徽之妻也，道号玄同。……誓焚香念道，持《黄庭经》，日三两遍。又十三年，……玄同善功，为地司累奏，简在紫虚之府。"[③]薛玄同的故事是发生在唐代咸通（860—873）年间，距离上清派真仙们下降杨羲家的4世纪中叶，已经过去四百多年。在过去的几百年间，道教衍生出诸多修行方法，也产生出许许多多的仙话。即便如此，在四百多年之后还有人采用持诵《黄庭经》的方式修行，说明该道派和《黄庭经》在民众中有着极强的生命力。

上清仙话传统写作模式"下降"，在薛玄同传中亦有采用。"咸通十五年甲午七月十四日，元君与侍女群真二十七人降于其室，玄同拜迎于门。"[④]只是行文之间没有了诗文唱和，仅用简单的语言记录神仙降授的过程。

薛玄同传中记录有仙传中少见的现实内容，也在薛玄同传中有了另一种表述方式。唐末藩镇割据争，人民四处逃离战火，颠沛流离的艰辛历程，在文中都有描写。但是作者写作这些场面，不是要控诉战争的残

---

① 丁培仁：《道教文献学》，四川大学出版社，2019年，第110页
② （梁）陶弘景撰，赵益点校：《真诰》，中华书局，2011年，第163页。
③ （唐）杜光庭撰，罗争鸣辑校：《杜光庭记传十种辑校》，中华书局，2013年，第697页。
④ （唐）杜光庭撰，罗争鸣辑校：《杜光庭记传十种辑校》，中华书局，2013年，第697页。

酷，而是要表达持续进行道教修行，就有神仙相迎的仙话主题。如此行文则与现实主义写作所要达到的目的大相径庭，这或许是仙传作者所特有的创作意图。"洎广明庚子之岁，大寇犯阙，衣缨奔窜，所在偷安，冯与玄同寓迹于常州晋陵，存注不辍，益用虔恭。中和元年十月，舟行至直渎口，欲抵别墅，亲邻女伴数人乘流之际，忽见河滨有朱紫官吏及戈甲武士，立而序列，若候玄同舟楫之至也。四境多虞，所在寇盗，舟人见之，惊骇不进。"①薛玄同故事的发生时间，正是杜光庭随唐僖宗避乱蜀中之际，而薛玄同的事迹也由浙西节度使周宝上奏给当时还在成都的唐僖宗。僖宗的敕文末有曰："同魏氏之登仙，比花姑之降世。"②文中提到的两位女仙《集仙录》中均有传记，而对《集仙录》如此熟悉的人非杜光庭莫属。由此推测，僖宗的这篇敕文以及薛玄同传或并出自杜光庭之手。

---

① （唐）杜光庭撰，罗争鸣辑校：《杜光庭记传十种辑校》，中华书局，2013年，第698页。
② （唐）杜光庭撰，罗争鸣辑校：《杜光庭记传十种辑校》，中华书局，2013年，第699页。

第六章

灵宝、净明及其他诸仙真

魏晋直至唐宋，道教新兴道派的兴起从未停歇，这些道派各有特点，有大有小。除了上一章提到的上清派之外，还有注重斋法的灵宝派、以忠孝闻名的净明派等，都是这一时期兴起的道教派别，它们也创作了属于自己道派的仙话，有些仙话也被收入《集仙录》。

第一节　《墉城集仙录》的灵宝女仙

道教灵宝一派最显著的特点就是斋法。"中古道教斋法主流的灵宝斋醮科仪，基本是对天师道斋醮科仪及其思想的直接继承和创造性的发展。"[①]灵宝派还吸收了大乘佛教普度众生的思想。产生于唐末五代的《集仙录》中亦收有灵宝派女冠的事迹，其中的王法进等，也是蜀中女道士。

---

① 王承文：《敦煌古灵宝经与晋唐道教》，中华书局，2002年，第27页。

一

巴蜀剑州的王法进就是行持灵宝斋法的女道士。[①] "梁置南梁州,又分立安州。西魏改为始州,兼置普安郡。隋废州,置普安郡。唐初为始州,置剑门县,改为剑州。"[②]剑州的地志类书籍,几乎找不到与王法进相关的记载,就连与之相关的胡尊师,亦未寻到丝毫线索。但《云笈七签》卷一二一收有《胡尊师修清斋验》一文,至少从道教内部文献,印证了胡尊师与王法进确实有师徒关系。

将《胡尊师修清斋验》与王法进传两处资料比照阅读,基本可以判断,在唐代的剑州一代,道教灵宝一派确有传承,且在民间有一定影响。文曰:"自是三川梁、汉之人,岁皆崇事,虽愚朴之士,狂暴之夫,罔不战栗竞戒,肃恭擎跽,知奉其法焉。或螟蝗旱潦,害稼伤农之处,众诚有率勉,于修奉之处,炷香告玄,旦夕响应,必臻其祐。"[③]从文中描写的情况来看,王法进在其居住地已经是度化一方的道教法师,这样的形象也符合道教灵宝派大乘普度众生的宗教主旨。而剑州灵宝斋法的重点是蜀人颇为重视的农桑之事,具有鲜明的地方特色。在王法进传与胡尊师修清斋验中都集中提到了修斋之事,以及年春秋两季祈求与醮谢神灵,对于农业和桑蚕业的好处。

---

① "王法进以一名女道的身份创立天功斋(清斋),在唐代女道事迹中可谓别具一格,引人注目。据《太上洞神天公消魔护国经》载,天功斋是灵宝斋法中最低一级的仪式,相应来说也是最基本的斋法。"见杨莉:《道教女仙传记〈墉城集仙录〉研究》,香港中文大学博士论文,2000年,第94页。
② (宋)祝穆撰,祝洙增订:《方舆胜览》,中华书局,2003年,第1164页。
③ (唐)杜光庭撰,罗争鸣辑校:《杜光庭记传十种辑校》,中华书局,2013年,第677页。

《胡尊师修清斋验》①	《集仙录》②
梓益襄阆间，自王法进受清斋之诀，俗以农蚕所务，每岁祈谷，必相率而修焉！	出《灵宝清斋告谢天地法》一卷付之，传行于世，曰："世人可相率幽山高静之处，置斋悔谢。一年之内，春秋两为。春则祈于年丰，秋则谢于道力。如此，则宿罪可除，谷父蚕母之神为置丰衍也。"

二

《灵宝清斋告谢天地法》今已不存。传中列举了另外一篇与之相类的经文，曰："所受之书，即今《灵宝清斋告谢天地之法》是也。其法简易，与《灵宝自然斋》大率相类，但人间行之，立成征效。"③今本《道藏》中亦未收有该经。

日本学者大渊忍尔认为，敦煌保存有此经之残卷，即P3282、S6841、P2455。王卡先生认为该经出自唐代。④P3282残卷有曰："《自然斋仪》为国及百姓悉用，谨录如左。夫此斋法，太上大道君悯念众生之荼□，哀地狱之苦□，故请元始天尊下教□世敷演宣化，济度一切。"⑤从经文的内容看，此斋法适用范围广泛，从国家到个人均可通过施行此斋祈福避祸，且"若能清斋持戒，修行其事，积功累德，随行厚薄，或白日升天，或尸解得仙。若横事疾病，怨家盗贼，所见冲惚，修斋祈请，咸蒙度脱。若阴阳不和，水旱为灾，日月昏蚀，星宿错综，兵病流行，国主不安及欲拔赎亡者，极济幽魂，除殃去□，诸所求愿，并弘此

---

① （宋）张君房编，李永晟点校：《云笈七签》，中华书局，2003年，第2662页。
② （唐）杜光庭撰，罗争鸣辑校：《杜光庭记传十种辑校》，中华书局，2013年，第676—677页。
③ （唐）杜光庭撰，罗争鸣辑校：《杜光庭记传十种辑校》，中华书局，2013年，第677页。
④ 胡孚琛主编：《中华道教大辞典》，中国社会科学出版社，1995年，第306页。
⑤ 李德范辑：《敦煌道藏》，全国图书馆文献微缩复制中心，1999年，第719页。

经。此经靡所不宜矣。"①经中文字声称，不仅能够解除各种灾难，修斋之人还能白日飞升或尸解成仙。这与王法进传中所说的"法进以天宝十一年壬辰岁，云鹤迎之而升天"②的描写颇有相似之处。我们虽然无法看到《灵宝清斋告谢天地法》的具体内容，但从残存的《灵宝自然斋仪》中大概还是看出灵宝斋法的旨趣，即通过修斋去除人间疾苦，并成就修斋之人。

王法进传的出现，就是要向世人宣传，通过行持灵宝斋法，不仅能够帮助周围的百姓解除苦难，修行人也能白日飞升。王法进传应当是伴随着灵宝斋法的兴起和传播，而产生和发展起来的女仙传记。

第二节　《墉城集仙录》与净明道

净明道作为道教重要派别，学术界已有较为深入的研究。然而对于其成立的时间，却有诸多争论。就连净明派的祖师许逊的详细情况，学界依然还有诸多疑团未能解开，其中的某些事迹难以确定其真伪。③虽然如此，并不影响许逊及其故事的流传，以及与之相关的女仙故事被记录下来。《集仙录》中就有那么两位女仙的故事与净明派祖师许逊有关，即"婴母"和"盱母"。婴母的传记在《通鉴》与《太平广记》中亦有，文字略有不同，而文义基本相似。

一

净明道尊许逊为祖师，他的传记在诸多道教文献中都有收录。④我

---

① 李德范辑：《敦煌道藏》，全国图书馆文献微缩复制中心，1999年，第719页。
② （唐）杜光庭撰，罗争鸣辑校：《杜光庭记传十种辑校》，中华书局，2013年，第677页。
③ 郭武：《〈净明忠孝全书〉研究》，中国社会科学出版社，2005年，第23页。
④ ［日］秋月观暎著，丁培仁译：《中国近世道教的形成：净明道的基础研究》，中国社会科学出版社，2005年，第2页。

们的研究以《云笈七签》卷一〇六许逊的传记的内容为依据，许逊的师父是吴猛。无论此说是否是史实，至少在唐宋之际的民间传说中，已获得民众的广泛接受。传说里的吴猛还不是传扬"孝道"的第一人，他的师父是婴母。"吴猛、许逊自嵩阳南游，诣母，请传所得之道。因盟授之，孝道之法遂行江表。"①吴、许二人之前斩蛟除魔、为民除害，道法已经精纯，但"孝道"一法则是源自婴母。故而也有学者认为，净明道虽兴起于宋元之际，但其孝道渊源可远追魏晋。②

婴母这则仙话大概就是净明道"孝道"思想来源的文学表达。而婴母的"孝道"法则是来自她所收养的"孝道明王"。"明王"之称早在魏晋间就有，《魏书》卷一〇六，海州东彭城郡的渤海原称之为清河县，县有神曰：东海明王神。③《魏书》的记载本是实指某一位神，至清代姚东升辑《释神》一书时，则将单列有"明王"条，并认为清代的社神都称之为"明王"，追溯源头，大概就是始于《魏书》。④此说或值得推敲，明王与东海明王神或并不相同。

明王一词应是来自佛教，"称教令轮身，受大日觉王教令现忿怒身降伏诸恶魔之诸尊称为明王"⑤。大日觉王即大日如来之别称，大日如来乃密教之本尊。婴母收养的小孩"孝道明王"，或即隐喻，婴母所授之法其实有佛教密宗的因素。而婴母这个故事极有可能是唐代开元之后才流传开来的。有关婴母的文本，我们现在能够追溯到的最早记录就是《集仙录》⑥，而婴母一文约撰于唐宣宗（847—860）之后。

唐开元八年（720），金刚智与不空在唐朝都城长安（今西安）慈恩寺，传龙树之密教，此二者与善无畏，时人合称之为"开元三大士"。

① （唐）杜光庭，罗争鸣辑校：《杜光庭记传十种辑校》，中华书局，2013年，第643页。
② 徐蔚校注：《净明忠孝全书·前言》，中华书局，2018年，第1页。
③ （北齐）魏收：《魏书》，中华书局，1974年，第2557页。
④ （清）姚东升辑、周明校注：《释神校注》，巴蜀书社，2015年，第188页。
⑤ 丁福保编：《佛学大辞典》，上海书店出版社，2015年，第1491页。
⑥ 李剑国：《唐五代志怪传奇叙录》，中华书局，2017年，第1461页。

而婴母于路边拾得"孝道明王"的情节，似乎也在暗示，传承来源的非传统性。"因入吴市，见一童子，年可十四五，近前拜于母云：'合为母儿。'母曰：'年少自何而来，拜吾为子。'未测其旨，亦莫敢许之，岂可相依耶？乃惨叹而去。月余，又于吴市逢一孩子，三岁以来，若无所归，悲号浃夕。母因视之，执母衣裾，不肯捨去。人或见者劝母，收而育之，逾于所生矣。既长，明颖孝敬，异于常人。冠岁以来，风神挺迈，所居常有异云氛，光景仿佛，而见侍母左右，时说蓬壶阆风之事。母异之，谓曰：'吾与汝暂此相因，汝以何为号也？'子曰：'昔蒙天真，明授灵章，锡以名品，约为孝道明王，今宜称而呼之矣！'遂告母修真之诀……"[1]"孝道明王"传法于婴母的情节，除了隐喻着"孝道"来自密教之外，似乎并无其他合理的解释。而自佛教传入中国始，孝道是佛教与儒道二教论争的核心。[2]佛教产生于印度，该教所持之伦理观念，必然与中土不同。而特立一位"孝道明王"，恐即是其在适应中国伦理的过程中，特别创造出来以适应中国社会之举，但杜光庭为什么要收录这样一个故事，使得在中国以"忠孝"为名的道教教派具有了佛教的因素呢？这篇传记并未给出答案。

婴母的故事里还透露出另外一个信息：虽然吴猛是许逊之师，但后来的传承中许逊反为祖师，这个变化过程在婴母故事中透露出一定的玄机。"世云昔为逊师，今玉皇玄谱之中，猛为御史，而逊为高明大使，总领仙籍，位品已迁。又所主十二辰，配十二国之分。逊领玄枵之野，于辰为子；猛统星纪之邦，于辰为丑。许当居吴之上，以从仙阶之等降也。"[3]传中后面有一句，"后避大唐宣宗庙讳"，大概可以推断"婴母"一文作于唐宣宗（847—860）之后。说明信奉"忠孝"的许逊一脉，在

---

① （唐）杜光庭撰，罗争鸣辑校：《杜光庭记传十种辑校》，中华书局，2013年，第642页。
② 关建英、徐雪野：《魏晋南北朝时期儒佛孝道之争及其意义》，《烟台大学学报》（哲学社会科学版），2020年，第四期。
③ （唐）杜光庭撰，罗争鸣辑校：《杜光庭记传十种辑校》，中华书局，2013年，第643页。

唐宣宗之后开始超过吴猛，成为本派的主流，因此才会在这段文字中以
"婴母"的口表述出来。

　　早期的仙话亦会成为民众的集体记忆代代相传，即使远隔千里，人
们也会编撰故事以归附于历史上曾经有过的真仙。南城县的这则故事
就说明了这点。"五十二都谌母潭，仙岩下，旱祷者，初投纸疏必深没。
随复浮，屡有念谌母之名，未知所据。余氏《许真君传》真君与吴真君
同师谌母，母授以正一斩蛇之术。岂谌母亦至此地乎？"[①]历史故事不会
随着空间和时间的变化而消失，民众会在合适的时候创造出新的故事，
以继续古代仙话的内容，这或可以看作是仙话的另一种成长。

二

　　盱母，《通鉴后集》中亦有传记，开篇即题曰："盱母者，真君许逊
之姊，真君盱烈之母。"[②]在《通鉴》中有盱母之子"盱烈"的传。《通鉴》
的文字表明"盱母"是许逊的姐姐，但《集仙录》一系的文字，却只言
他们"盱氏母子"与许逊是同郡。"盱母《太平广记》云：豫章人，其子
名烈。闻同郡吴猛、许逊有道化宣行，居洪崖山，筑坛。烈与母结茅于
许逊宅旁，母尝采花□以□许君，从许君升天。今坛井存焉。世号盱母
井焉。"[③]《集仙传》文中提到的"洪崖山"确有其地，"洪崖，去郡三十
里。杨杰记：'西山洪崖在翠岩、应圣宫之间，石壁峭绝，飞泉北来。其
下井洞，深不可测。每岁六七月时，水高一二丈，湍激可畏。其傍人语
不相闻，及过井洞，即声势斗杀，铄流出山。前代有异人居之，世以为
洪崖先生云。先生三皇时人，盖得道之士也。'"[④]从这段文字来看，"洪
崖"虽是早有盛名，但似乎与许逊关系不大。反倒是同郡的"玉隆万寿

①　（清）李人镜：《南城县志》卷一之三"山川"，清同治十二年刻本，第33—34页。
②　《道藏》第5册，文物出版社、上海书店、天津古籍出版社，1988年，第462页。
③　（宋）王象之：《舆地纪胜》，中华书局，1992年，第1187页。
④　（宋）祝穆撰，祝洙增订：《方舆胜览》，中华书局，2003年，第335页。

观"才是许逊的修行之所。因此,盱氏母子的故事,是一个信息错置之后的结果,将地处洪州(今南昌)的名胜"洪崖"与洪州的著名道士,融合在同一个故事里,然而这个空间(洪崖)发生的洪崖先生的故事,与许旌阳没有关系,许氏的故事是发生在"玉隆万寿宫"。

即便故事的作者错置了空间与主角,但盱氏母子之所以能够与许逊联系起来的还是"孝行",而且故事产生之初,盱氏母子与许逊实际关系是师徒。"其子名烈,字道微,少丧其父,事母以孝闻。烝烝翼翼,勤于色养。家贫,而营侍甘旨,未尝有阙,乡里推之。"①后来到了元代赵宜真创作《通鉴》,盱母演变成了许逊的姐姐,情节随着时代的变化发生变化。

道教派别的发展史一直是道教研究中的重点,以往治道教历史者更倚重正史、笔记小说、碑记墓志铭等材料,往往以仙传作品记录不实,而谨慎采用之。然而从仙传的视角去审视道教及道教派别发展史,或能收获另一番风景。通过仔细研读《集仙录》中的道教派别类作品,帮助研究者获得了一些与以往不同的认识,或者说开辟了认识道教史的发展历史的又一途径。虽然某些沿袭早期仙传的作品,还在探索仙传作品的写作方式,比如以诗入传等,但这并不妨碍这些传记留下的史料内容。

《集仙录》中的与正一道有关的内容,反映出天师一脉的地位是在历史发展过程中逐渐建立起来的。而尊崇许逊的"净明忠孝"道,其中"孝道"的部分很可能与密教有关,且在唐代之际,此派就已经尊许逊为尊,其师吴猛反而退居其后。仙传中的道教事件,可能会以隐喻、歪曲、时空错置的形式表现出来,这就需要认真辨析,参合其他材料,去厘清其中隐藏着的有用信息。仙传在看似不经的叙述下面掩藏着事实的真相,仔细品读文中的每一个细节、每一处字句,能够帮助我们还原事情本来面目。

---

① (唐)杜光庭撰,罗争鸣辑校:《杜光庭记传十种辑校》,中华书局,2013年,第650页。

第三节　"阴德"及其他

道教劝人向善的思想产生很早，东汉末年的《太平经》就提出了"承负说"。《解承负诀》就有云："凡人之行，或有力行善，反常得恶，或有力行恶，反得善，因自言为贤者非也。力行善反得恶者，是承负先人之过，流灾前后积来害此人也。其行恶反得善者，是先人深有积畜大功，来流及此人也。能行大功万万倍之，先人虽有余殃，不能及此人也。"[①]这里阐述了普通人祸福行善与祖先积福积恶之间的关系，简而言之就是《易经》"积善之家必有余庆，积不善之家必有余殃"的宗教伦理化。

对于志在修仙的道士来说，行善是有其修行意义的。"人欲地仙，当立三百善；欲天仙，立千二百善。若有千一百九十九善，而忽复中行一恶，则尽失前善，乃当复更起善数耳。故善不在大，恶不在小也。"[②]力劝世人行善道，是道教一贯秉持的观念。

宋代出现了一部影响巨大的劝善书——《太上感应篇》。至此，劝人行善的风气在社会上日趋浓烈。劝善运动不仅道教有，佛教也参与其中。中国社会之所以会有劝善运动的产生，是因为原有的伦理秩序遭遇危机。于是宗教开始回应社会道德失序的问题。[③]唐代是道教劝善思想重要时期。《集仙录》中还保存有几位女仙，之所以成仙，乃是因为其有"阴德"，虽然一直晚到宋元，道教才出现了《文昌帝君阴骘文》[④]等，将"百福骈臻千祥云集，岂不从阴骘中得来者哉！"[⑤]明确提炼出来，但

---

① 王明：《太平经合校》，中华书局，1960年，第22—23页。
② 王明：《抱朴子内篇校释》，中华书局，1980年，第53页。
③ 黄豪：《明代佛教劝善运动研究》，花木兰文化事业有限公司，2017年，第1页。
④ 《文昌帝君阴骘文注》本文出明代以后，或认为作于宋代，或认为成书不会晚于元代。见丁培仁：《增注新修道藏目录》，巴蜀书社，2008年，第222页。
⑤ 胡道静、陈耀庭、段文桂、林万清主编：《藏外道书》第12册，巴蜀书社，1994年，第427页。

其实道教早就认为累积"阴德"是成仙的途径之一。在神仙传记中，就记录有因为累积阴德而成仙的事例。《集仙录》里有几位女仙，都是由此途径成仙的。

一

"阴德"成就的女仙故事相对都比较简单，没有曲折的求道经历，没有石室发现经典的离奇情节，也没有经历苦难最终成仙的事迹。所以这类故事的书写风格都很相似，在今本《集仙录》有六位是以"阴德"成就的女仙，兹举一位的传记，就基本可以了解其他几位故事的内容。

> 李奚子者，晋东平太守李忠祖母也，不知姓氏。忠祖父贞节丘园，性多慈悯，以阴德为事。奚子每与一志，务于救人。大雪寒冻，露积稻及谷于园庭，恐禽鸟饿死，其用心如此。今得道，而居华阳洞宫中也。[①]

"李奚子"虽是一则传记，但其内容及写作方式与后来兴起的劝善书，多有相类之处。以行善积功累德，来获得好的报应，这是宗教伦理的基本理论。

在《集仙录》记载的"阴德"成就者中，"鲍姑"的事迹与其他几位稍有不同。首先，鲍姑乃是道教名人葛洪之妻。葛洪是道教重要著作《抱朴子内篇》《神仙传》的作者，葛洪亦曾修炼外丹，在道教史上具有重要地位。其次，鲍姑之所以能成仙，得益于她的父亲鲍靓。所以，鲍姑的传记，其实主要是在讲述鲍靓的事迹。道教另一部典籍《真诰》有关于鲍靓事迹的记载。"鲍靓，靓及妹，并是其七世祖李湛、张虑，本杜陵北乡人也，在渭桥为客舍，积行阴德，好道希生，故今福逮于靓

---

① （唐）杜光庭撰，罗争鸣辑校：《杜光庭记传十种辑校》，中华书局，2013年，第671页。

等。"①《真诰》的记载中鲍靓之所以有成就，也是七世祖的阴德护佑。《集仙录》在写鲍姑传时，亦继承了这个说法。"鲍姑者，南海太守鲍靓之女，晋散骑常侍葛洪之妻也。靓，字太玄，陈留人也。少有密鉴，洞于幽元，沉心冥肆，人莫知之。靓及妹并先世累积阴德，福逮于靓，故皆得道，姑及小妹并登仙品。"②引文中的内容与《真诰》的中心思想都是围绕"阴德"，而且思想内核还是道教独有的"承负"说。七世祖之所以能德荫后代，是因为其"有赈死之仁，拯饥之德，故令云荫流后，阴功垂泽"③。由此可见，阴功之于自身，之于家族意义十分重大，故事所彰显的劝善作用亦十分明显。

　　早期这种"积功累德"的善行故事，可以看作是后期劝善书，或劝善书注的雏形。后世的劝善书，就是将一个个的劝善故事连缀而成。试举《文昌帝君阴骘文》中的"近报则在自己"句下裴度的故事，比较之。"裴度贫时，遇一相者，谓曰：公形神少异，不贵则饿死。一日游香山拾遗物，追之不及，待之不至。明晨复往候之。见一妇人，恸而至曰：父以罪系，昨购得玉带一，犀带二。欲求津渡不幸祈禳匆忙，亡失于此，父无生理矣，公亟还之。后相者复见公大惊曰：公阴骘文起，前程万里矣。后出入将相，封晋国公。"④《集仙录》中以"阴德"成就的仙传，与后来劝善书中的例证故事，有异曲同工之妙。故事的重点，是围绕主人翁的善行，展开故事。故事线索清楚而单一，不节外生枝，也没有曲折的情节。《集仙录》"阴德"故事写作方式，应是后来善书，单线索展开故事早期形态。

---

① （梁）陶弘景撰，赵益点校：《真诰》，中华书局，2011年，第211页。
② （唐）杜光庭撰，罗争鸣辑校：《杜光庭记传十种辑校》，中华书局，2013年，第670页。
③ （梁）陶弘景撰，赵益点校：《真诰》，中华书局，2011年，第212页。
④ 胡道静、陈耀庭、段文桂、林万清主编：《藏外道书》第12册，巴蜀书社，1994年，第426页。

二

鲍靓作为晋代名人，其事迹被收入《晋书》，《集仙录》中虽是其女之传，但多是鲍靓事迹，今将鲍靓事迹部分摘出与《晋书》鲍靓传对比，可一窥仙传写作手法与"正史"关注重点的不同。

《集仙录》[①]	《晋书》[②]
靓，字太玄，陈留人也。少有密鉴，洞于幽元，沉心冥肆，人莫知之。靓及妹并先世累积阴德，福逮于靓，故皆得道，姑及小妹并登仙品。靓学通经纬，后师左元放，受《中部法》及《三皇五岳劾召之要》，行之神验，能役使鬼神，封山制魔。东晋元帝大兴元年戊寅，靓于蒋山遇真人阴长生，授刀解之术。累征至黄门侍郎，求出为南海太守，……太玄在南海，小女及笄，无病暴卒。太玄时对宾客，略无悲悼，葬于罗浮山，容色若生，人皆谓为尸解。靓还丹阳卒，葬于石子岗，后遇苏峻乱，发棺无尸，但有大刀而已。贼欲取刀，闻冢左右兵马之声，顾之惊骇中间，其刀訇然有声，若雷震之音，众贼奔走。贼平之后，收刀别复葬之。	鲍靓字太玄，东海人也。年五岁，语父母云："本是曲阳李家儿，九岁坠井死。"其父母寻访得李氏，推问皆符验。靓学兼内外，明天文河洛书，稍迁南阳中部都尉，为南海太守。尝行部入海，遇风，饥甚，取白石煮食之以自济。王机时为广州刺史，入厕，忽见二人著乌衣，与机相捍，良久擒之，得二物似乌鸭。靓曰："此物不祥。"机焚之，径飞上天，机寻诛死。靓尝见仙人阴君，授道诀，百余岁卒。

《晋书》鲍靓传的文字，并非通常认为的以儒家传统思想为指导，少言鬼神不经之事的正统形象。其中描写的鲍靓，亦有诸多神神怪怪之事。笔法与魏晋志怪小说有相通之处。《晋书》鲍靓传，虽不如仙传详细描写其学道、修道、遇仙、学法的经历，但"轮回再生"、遇"乌鸭"等情节亦是荒诞不经。只是文字简单，未及展开，如若铺陈开去，又

---

① （唐）杜光庭撰，罗争鸣辑校：《杜光庭记传十种辑校》，中华书局，2013年，第670页。
② （唐）房玄龄等撰：《晋书》，中华书局，1974年，第2482页。

如后世的"轮回醒世"①小说一般，故事曲折，情节复杂。《集仙录》与《晋书》鲍靓传，二者的区别只是作者取舍材料的不同、情节排布有别而已。至于文字所表达出来的崇奉神仙鬼怪的思想，却别无二致。

三

佛教理论对道教的影响，不仅存在于佛教理论的侵入，也存在于民众在面对佛道教时，无法分清是佛是道的问题，甚至包括佛道之争，亦都可看作是佛教文化进入中国之后，本土文化形成的对抗性反应，这都是广义上的佛道之争。而这些争论，在道教传记文学中也留下了些许可循的痕迹。

王奉仙传就是具有佛教及误认为有佛教因素的道教仙传。按照王奉仙传的记载，她应该是生活于唐代。文中提到了两位唐代人物：杜审权②和令狐绹③，《新唐书》有传，且也都曾在"江左"一代任职。说明该文撰作于咸通（860—873）之后。此时的"江左"地区佛教发达，在民众中已有广泛影响。"奉仙曰：'某所遇者道也，所得者仙也。嗤俗之徒，加我以观音之号耳。'"④观音形象开始是男性，之后慢慢变成为女性形象，唐以前大多数观音形象是男性。⑤江左民众将王奉仙称为"观音"，说明在唐咸通年间，观音的女性形象已经深入人心。这也透露出，佛教在当涂等地的发达程度，致使民众在提到女性神仙的时候，自然就想到了佛教的观音。

王奉仙传中，还以相当简练的语言总结了儒佛道教之间的区别："夫天尊行化天上，教人以道，延人以生，主宰万物，覆育周遍，如世上之

① （明）无名氏撰，程毅中点校：《轮回醒世》，中华书局，2008年。
② （宋）欧阳修、宋祁：《新唐书》，中华书局，1975年，第3863页。
③ （宋）欧阳修、宋祁：《新唐书》，中华书局，1975年，第5101页。
④ （唐）杜光庭撰，罗争鸣辑校：《杜光庭记传十种辑校》，中华书局，2013年，第695页。
⑤ ［美］郑僧一著，郑振煌译：《观音——半个亚洲的信仰》，贵州大学出版社，2013年，第188页。

父也。释迦行化世上，劝人止恶，诱人求福，如世人之母也。仲尼儒典行于人间，示以五常，训以百行，如世人之兄也。"①抛开儒家不表，单说佛道两家，引文中作者使用的语言比较温和，没有出现激烈的佛道斗争情形。说明文章写作时佛道关系比较缓和，没出现大的冲突。距离会昌年一二十年之后的咸通，江左一代的民众就已将王奉仙称为"观音"，说明佛教所称的"会昌（841—846）法难"并未对江左一带的佛教造成实质性影响。

王奉仙区别了儒释道之后，还用文字表述了唐代道教崇拜偶像的基本形象。"所见天上之人，男子则云冠羽服，或卯髻青襟；女子则金翘翠宝，或三鬟双角。手执玉笏，项负圆光，飞行乘空，变化莫测。亦有龙鳞鸾鹤之骑，羽幢虹节之仗，如人间帝王耳。"②这段文字虽然简单，但大致勾勒出了道教神像的基本样貌、服饰以及手持器物，这对研究唐代道教绘画以及造像的基本形制，具有一定的参考价值。

王奉仙光启（885—887）初，归隐的千顷山确有其山，"千顷山，在新城县西北六十里。又有许由洗耳滩。巢父饮牛滩，并在千顷山。父老相传以为许由故居"③。千顷山作为上古"贞固"之士，许由与巢父传为美谈故事的发生地。作者以千顷山作为王奉仙最后的归宿，恐是隐喻她的高洁，一如许由与巢父一般，希望她的故事亦能由此流传，然而甚为遗憾的是，王奉仙的故事在后来的地志类图书中，鲜有相关记载。

四

杜光庭撰的另一部神仙传——《王氏神仙传》，全称《缑岭会真王氏神仙传》。同一作者几乎同时编纂两部主题不同的神仙传记，其中的内容必然会有交叉。故此《集仙录》中的南极王夫人、紫微王夫人、云

① （唐）杜光庭撰，罗争鸣辑校：《杜光庭记传十种辑校》，中华书局，2013年，第696页。
② （唐）杜光庭撰，罗争鸣辑校：《杜光庭记传十种辑校》，中华书局，2013年，第696页。
③ （宋）王象之：《舆地纪胜》，中华书局，1992年，第105页。

华夫人、太真夫人、云林右英夫人等，皆是王姓女仙，她们的传记也同时出现在两部仙传中。[①]其中大部分王姓女仙的传记已在上清派部分做过分析，这里要分析的是另两位与王姓有关的女仙。她们都与东晋著名书法家王羲之关系紧密。王氏是中书省舍人谢良弼的妻子，王羲之的后人。[②]

谢良弼确有其人，东海郡公鲍防的好友，当时二人被称为"鲍谢"[③]。唐德宗建中四年（783）十月，时任商州刺史的谢良弼被乱军所杀。[④]在《中元日鲍端公宅遇吴天师联句》中，谢良弼有"养形奔二景，练骨度千年"[⑤]一句。该诗的最后一联，是著名道士吴筠所作。吴筠即题目中所云"吴天师"。《集仙录》王氏传亦曾提到，"时吴筠天师游四明、天台、兰亭、禹穴，驻策山阴。王氏之族谒而求救"[⑥]。从谢良弼曾与吴筠联句写诗来看，王氏一族谒见过吴天师恐也不诬。然而关于王氏修行的故事则显得十分离奇。王氏通过生前和死后两部分的修行最终达到成就的方法，来获得道教所谓的成仙。而分段成就的场面书写，却未能摆脱以往的写作窠臼。"忽谓其女曰：'吾昔之所疾，将仅十年，赖天师救之而续已尽之命。悟道既晚，修奉未精，宿考过往，忏之未尽。吾平生以俗态之疾，颇怀妒嫉。今犹心闭藏黑，未通于道。当须阴景练形，洗心易藏，二十年后，方得蝉蜕耳。吾死勿用棺器，可作柏木帐，致尸于野中，时委人检校也。'是夕而卒，家人所殡如其言，凡事俭约，置其园林间，偃然如寐，亦无变改。二十年，有盗发殡，弃其形于地。隆冬之月，帐侧忽闻雷震之声，举家惊异，驰行看之。及举其尸，则身轻如

---

① 李剑国：《唐五代志怪传奇叙录》，中华书局，2017年，第1450页。
② （唐）杜光庭撰，罗争鸣辑校：《杜光庭记传十种辑校》，中华书局，2013年，第678页。
③ （宋）欧阳修、宋祁：《新唐书》，中华书局，1975年，第4950页。
④ （宋）欧阳修、宋祁：《新唐书》，中华书局，1975年，第189页。
⑤ （宋）蒲积中编，徐敏霞点校：《古今岁时杂咏》，三秦出版社，2009年，第302页。
⑥ （唐）杜光庭撰，罗争鸣辑校：《杜光庭记传十种辑校》，中华书局，2013年，第678页。

空壳，肌肤爪发，无不具备，右胁上有折痕，长尺余，即再收瘗焉。"①
道教有所谓尸解一说，②但通常都是死后解脱，少有修炼者死后二十年，
才又得道尸解者。此又是对道教尸解成仙神话内容的丰富，让人们对去
世的亲人继续抱有美好的幻想。

　　王氏女是王羲之后人，徽之侄也。王徽之，书圣王羲之之子，《晋
书》有传。王氏女与母亲及嫡母居住在常州义兴县。③若王氏传记未经
后人特别修饰过，从义兴县称呼的使用似乎可以判断故事的写作时间。
义兴乃晋惠帝时（290—307）为纪念周玘讨伐石冰之乱而创立，其时称
义兴郡。隋开皇九年（589），废郡置县称义兴县。④唐代以义兴县之址
置鹅州，七年改鹅州为南兴州，直至宋代太平兴国元年改称宜兴县。⑤
义兴县之名仅短暂地在隋代使用过三十年左右，故由此推测，王氏女的
故事或流行于隋代，最后成文于唐代。文末有曰："今以桂岩所居为道
室，即乾符元年也。"⑥乾符乃唐僖宗年号，乾符元年即874年。

　　王徽之生活在4世纪中后叶，其侄王氏生活年月约在不远的5世纪。
而关于她的神仙故事，则流行于六七世纪。最终将该文写定则是在四百
年之后的9世纪。时移世易，其中的诸多细节已然不可详考。就连文中
提到的"桂岩"等地，后来的地志书《舆地纪胜》已不见载，唯洞灵观
还有记录，然而此洞灵观，是在张公山下。相传道教创始人张陵曾在此
张公山修行而得名。或许张公山上的洞灵观，已经不是王氏传中提及的
洞灵观。因为，张公山上的洞灵观，作为历代文人题咏的之地，多有诗
文流传。然皆未有关于王氏的记录，或此山并非王氏所在之山。抑或是

① （唐）杜光庭撰，罗争鸣辑校：《杜光庭记传十种辑校》，中华书局，2013年，第678页。
② 李丰楙认为，尸解并非道教创发的意念，也是起源于中国古人的咒术信仰。参见李丰楙：
　《仙境与游历：神仙世界的想象》，中华书局，2010年，第35页。
③ （唐）杜光庭撰，罗争鸣辑校：《杜光庭记传十种辑校》，中华书局，2013年，第678页。
④ （唐）李吉甫撰，贺次君点校：《元和郡县图志》，中华书局，1983年，第600页。
⑤ （宋）王象之：《舆地纪胜》，中华书局，1992年，第353页。
⑥ （唐）杜光庭撰，罗争鸣辑校：《杜光庭记传十种辑校》，中华书局，2013年，第733—
　734页。

王氏的故事南宋年间已经湮灭在诸多传说之中，鲜有文人墨客的歌咏之作。

　　归入本节的女仙主要分为两类，即以"阴德"成就者和几位王姓或与王姓有关的女仙，她们虽然成就方法不同、形式有别，且没有显赫的地位，也没有人人知晓的美名，但是她们以自己的故事，向世人传达了成仙路径的多样性。

| 第七章 |

女仙与传统仙山重构

道教继承了中国早期的山岳崇拜思想，并建立了属于自己的仙山体系。这是一个漫长的过程，从最早附会东方朔撰《五岳真形图》，到唐末五代杜光庭撰写《洞天福地岳渎名山记》，道教一直在努力将上古仙山融入道教的教义。具有道教信仰的作者们，也通过撰写仙传的方式，来重构道教语境中的上古仙山。

第一节　云华夫人与大禹

水与人类生活息息相关，没有水人类就无法生活，洪水泛滥则生灵涂炭。于是治水神话一直是人类神话表现的重要母题。"大禹治水"是家喻户晓的故事，他与蜀中的渊源亦很深厚。相传大禹生长于西羌。"初，鲧纳有莘氏曰志，是为修己。年壮不字，获若石于石纽，服媚之而遂孕。岁有二月，以六月六日，屠疈而生禹于僰道之石纽乡，所谓剜儿坪者。长于西羌，西夷之人也。"[①]生长于西羌的大禹，也被巴蜀人奉

———————

① 周明:《路史笺注》，巴蜀书社，2022年，第420页。

若神明。西羌即今天的汶川一带，注文曰："秦宓云：'禹生石纽，今之汶山郡。'乃今茂之汶川县石纽山也，在西蕃界龙冢山之原。"[①]直至唐五代，巴蜀一带还有大禹庙，祭祀大禹。杜光庭的《广成集》就收有《忠州谒禹庙词》。[②]巴蜀信奉的大禹，后来也被整合进道教神系，成为"紫庭真人"。不独巴蜀有这样的情况，九嶷山、洞庭等上古仙山湖泊也以传记的形式，重塑它们在道教体系中地位。

一

《集仙录》中亦有与洪水及治水等母题有关的仙话故事，云华夫人即是其一。《集仙录》中的云华夫人的故事是改造楚地的上古传说，宣传道教思想的女仙作品。云华夫人故事的源头，在传记里也已交代。"其后楚大夫宋玉以其事言于襄王，王不能访以道要，以求长生，筑台于高唐之馆，作阳台之宫以祀之。宋玉作《神女赋》以寓情荒淫，托词秽芜。高真上仙，岂可诬而降之也。"[③]这段文字与历代学者诟病宋玉《神女赋》的主流评论相一致。然而我们可以发现，其实古代描写神仙下降人间的作品并不少，《神女赋》即是其中之一。《神女赋》中的诸多描写文辞优美，想象丰富。

仙传中云华夫人帮助大禹治水的情节，犹如本文的"起兴"部分，如此行文只是为了引出大禹上门求教道教修行的情节。故而"治水母题"在这个故事中，仅仅是个由头而已。不过，即便如此，云华夫人传这部分的内容还是借鉴了《神女赋》，只是没有采用汉赋的行文规矩。主角从宋玉变成了大禹，语言更加通俗易懂。"禹尝诣之于崇巘之巅，顾盼之际，化而为石，或倏然飞腾，散为轻云，油然而止，聚为夕雨，

---

① 周明：《路史笺注》，巴蜀书社，2022年，第431页。
② （唐）杜光庭撰，董恩林点校：《广成集》，中华书局，2011年，第124页。
③ （唐）杜光庭撰，罗争鸣辑校：《杜光庭记传十种辑校》，中华书局，2013年，第606页。

或化游龙，或为翔鹤，千态万状，不可视也。"①无论语言形式如何变化，对云华夫人神龙见首不见尾的描写没有变，这部分的描写还保留着早期神话的色彩。《蜀中广记》卷七十五，云华夫人的仙传还在继续，形成延续性的故事，在通行本的云华夫人传之后，加入了唐咸通（860—874）末年"黄魔神"的仙话。据文中所云"黄魔神"乃云华夫人之使。此文可算作云华夫人仙话的继续发展，只可惜杜光庭未将这部分收入。②云华夫人的部分内容也出现在《路史·余论》卷九中，与罗辑《集仙录》文字比对来读，《路史》更像是摘取其中重要文字的节选，如《（墉城）集仙录》云："云华告禹曰：'太上悯汝之志，将授灵宝之文，陆策虎豹，水制蛟龙，馘邪检凶，以成汝功。'因授《上清宝文》。又得庚辰、虞余之助，遂导波决川。奠五岳，别九州，天锡玄圭，以为紫庭真人。"③

二

云华夫人传记中更多的是讲述道教的修行原则，而其所阐释的思想又与《西升经》有异曲同工之处。《西升经》产生于晋代，④是道教重要的经典之一，历来受到修炼者所注重，历史上有多个注本，著名的道君皇帝宋徽宗也曾注释过该经。《西升经》旨在阐扬《道德经》之妙，述《道德经》未尽之意。"周衰之末，民迷日久，世道交丧。爰有博大真人，以本为精，以物为粗，著书二篇，道德之意，以觉天下。后世之学者，复见天地之纯，古人之大体，实混元之力也。圣人之爱人终无己，犹虑未足以尽妙，又为关尹言道之要。列为三十九章目曰《西升经》。"⑤云林夫人传以凝练的语言，阐释了《西升经》的精髓内容。《西升经》

① （唐）杜光庭撰，罗争鸣辑校：《杜光庭记传十种辑校》，中华书局，2013年，第604页。
② （明）曹学佺撰，杨世文点校：《蜀中广记》，上海古籍出版社，2020年，第803页。《蜀中广记》"黄魔神"收入本书附录。
③ 周明：《路史笺注》，巴蜀书社，2022年，第1189页。
④ 任继愈主编，钟肇鹏副主编：《道藏提要》，中国社会科学出版社，1991年，第474页。
⑤ 《道藏》第11册，文物出版社、上海书店、天津古籍出版社，1988年，第489页。

尤其注重"一"，"道生一，一生天地，天地生万物。易变而为一。一者形变之始也，清轻者上为天；浊重者下为地。天地含精，万物化生。万物抱一而成。万物以精化形。一者，精之数也。原其始则得一，以生要其终则抱一而成"①。"一"作为基础，乃有包藏世间万事万物之精。此思想在云林夫人传中，亦有很好的表达。"夫圣匠肇兴，剖太混之一朴，为亿万之体；发大蕴之一包，散之以无穷之物。"②两篇文字在描述"一"的时候，采用的文字虽然不同，但思想却是源出一脉的。尤其是《西升经》第二十六章"老君曰：我命在我，不属天地"③的思想成为道教修身养性的标志性思想被广泛传播。云华夫人传也用不同的表述方式，阐释了相同的思想。"则我命在我，非天地杀之，鬼神害之，失道而自逝也。"④以此说明修行者的祸福休咎、生命长短皆由自作而非天定，强调了道教修行的重要性。

云华夫人传通过将道法传给大禹的叙述方式，也将一些道教的斩妖除魔、制邪伏怪的法术和盘托出，以辅助大禹治水，因为大禹将要面对各种艰难困苦。"汝将欲越巨海而无飙轮，渡飞沙而无云轩，陟厄涂而无所举，涉泥波而无所乘。陆则因于远绝，水则惧于漂沦，将何以导百谷而浚万川也？危乎悠哉！太上悯汝之志，亦将授以《灵宝真文》，陆策虎豹，水制蛟龙，斩馘千邪，检驭群凶，以成汝之功也。"通过云华夫人传，道教还成功的将大禹也纳入道教神系之中，"天锡玄圭，以为紫庭真人也"⑤。

梳理云华夫人传授给大禹的道教法门，有源出《道德经》《西升经》的讲求大道与尊道炼形的方法，也有招神劾鬼的法术。云林夫人传通过

---

① 《道藏》第11册，文物出版社、上海书店、天津古籍出版社，1988年，第502页。
② （唐）杜光庭撰，罗争鸣辑校：《杜光庭记传十种辑校》，中华书局，2013年，第605页。
③ 《道藏》第11册，文物出版社、上海书店、天津古籍出版社，1988年，第507页。
④ （唐）杜光庭撰，罗争鸣辑校：《杜光庭记传十种辑校》，中华书局，2013年，第606页。
⑤ （唐）杜光庭撰，罗争鸣辑校：《杜光庭记传十种辑校》，中华书局，2013年，第606页。

道教仙传书写的方式，将上古神仙大禹纳入道教神系，不仅扩充了神灵体系，而且进一步将道教与中国传统早期神话的神仙产生链接，成为承继中国传统神仙的重要传承体系。只是道教仙传承继的神仙体系，是以符合道教需要建构起来的新的话语系统。那个曾经在神话中叱咤风云、救民于滔天洪水中的英雄大禹，在道教神系中也只位列"紫庭真人"，足见这种神系的整合，强调的是以道教为主体。

第二节 九嶷山女仙

九嶷山在中国古代神话体系中，早已是仙山。道教在继承上古仙山九嶷山的文化遗产的同时，还不断创作新的神仙故事，以丰富九嶷山这座上古仙山的道教内涵。

一

上清真仙与九嶷山有关者颇多，九嶷山也与上古神仙渊源深厚。《山海经·海内经》有曰："南方苍梧之丘，苍梧之渊，其中有九嶷山，舜之所葬，在长沙零陵界中。"[①]根据《舆地纪胜》所载曰："九疑山，《寰宇记》及《元和志》并云：舜之所葬，按舜之所葬，今属道州，盖道州旧为营道县属永州故耳。"[②]故此山又称苍梧山，也写作"九疑山"，在湖南省永州宁远县（今永州市宁远县）。山势重峦叠嶂，山峰众多，因有九峰相望，故名九嶷山。其中尤以埋葬舜帝的舜峰最为著名，此山也盛产道教上清派神仙，从东晋到唐代，九嶷山产生了多位上清派神仙，成为上清神话的重要神山。先是有女仙萼绿华，后有罗郁于九嶷山得道。"访问此人，云是九嶷山中得道女罗郁也。宿命时，曾为师母毒杀

---

① 袁珂：《山海经校注》，巴蜀书社，1993年，第521页。
② （宋）王象之：《舆地纪胜》，中华书局，1992年，第2045页。

乳妇。玄州以先罪未灭，故令谪降于臭浊，以偿其过。与权尸解药。今在湘东山，此女已九百岁矣。"①蓐绿华曾有赠羊权诗三首，②故文中所谓权者，即羊权。蓐绿华下降羊权的故事在《宁远县志》中也有记载，文字与《云笈七签》的略有不同，但是故事梗概大致相同。"蓐绿华，年二十许。以晋穆帝升平三年（359）己未十一月十一日夜，随青衣数十人，降于零陵羊权家。自此一月辄六过焉。本姓杨，赠权诗一篇，并火浣布手巾一幅，金玉条脱各一枚。又云：'是九疑山中得道女，罗郁也。'谓权曰：'修道之士，视锦绣如敝帚，视爵禄如过客，视金玉如砾石。无思无虑，无事无为，行人所不能行，学人所不能学，勤人所不能勤，得人所不能得，何也？世人行嗜欲，我行介独。世人得老死，我得长生。故我行之，年已九百岁矣。'"③蓐绿华下降的羊权，也是在九嶷山修行成仙的。"羊权，零陵九疑山人，感仙女蓐绿华降其家，授以长生之术。权潜修道要，耽元味真，得尸解药，隐影化形而去。"④

二

东晋之后，九嶷山的仙话故事还在继续，唐代九嶷山又出现了两位女仙鲁妙典和王妙想。现存鲁妙典传记并未记载她的生活年代，《宁远县志》将其归入唐代。《宁远县志》与《太平广记》本"鲁妙典传"对比，《宁远县志》本乃删减版，⑤只是保留了鲁妙典故事的大概，故事性不强。鲁妙典在宁远的影响颇大，其修行的山峰因此也被冠以"鲁女峰"。"鲁女峰，在舜源峰西北。其下有鲁女观，今废。《真诰》鲁妙典，九疑山女冠也，有真仙语之曰：'此山大舜所理，天地之总司，九州之

---

① （梁）陶弘景撰，赵益点校：《真诰》，中华书局，2011年，第4页。
② （宋）张君房编，李永晟点校：《云笈七签》，中华书局，2003年，第2109页。
③ （清）曾钰：《宁远县志》卷十"仙释"，清嘉庆十七年刻本，第3页。
④ （清）曾钰：《宁远县志》卷十"仙释"，清嘉庆十七年刻本，第3页。
⑤ "鲁妙典传"，（清）曾钰撰：《宁远县志》收入卷十"仙释"，全文收入本书附录。

宗主也。'古有高道之士作三麓床，可以栖庇风雨，宅形念真因筑坛其上，授以灵药白日升天，仙坛石上有仙人履迹，峰势峻削碍日蹴云，信为神仙窟宅。"①九嶷山，是一座充满神仙故事的山峰，上文提到的"三麓床"，也充满了神仙故事。"麓床三级，在舜庙前，箫韶峰之东北，无为观后，相去十余里。古有道之士作之以栖息。"②也即是说，九嶷山不仅有舜帝的坟茔，还有有道之士留下的遗迹。《宁远县志》的记载颇有失察之处。其所引传记，开头即有"《集仙录》云"，并将鲁妙典归入唐代，然而在鲁女峰处，又云引自《真诰》。岂不知《真诰》乃梁代陶弘景所作，怎可能记录唐代之事。《真诰》中有"鲁女生"者，并非鲁妙典。③

《集仙录》鲁妙典传之结尾有曰："初，妙典居山，峰上无水。神人化一石盆，大三尺，长四尺，盆中常自然有水，用之不竭。又有大铁曰，亦神人所送，不知何用。今并在上。仙坛石上，宛然有仙人履迹，各古镜一面，大三尺；钟一口，形如偃月，皆神人送来。"④这段文字，数尽了九疑山"修真四坛"⑤中种种与神仙相关的内容。从现有的文献材料来看，我们已经分不清是先有遗迹，后将鲁妙典附会上去，还是遗迹由鲁妙典创造，然后逐渐演变成遗迹。总之，九嶷山，这座从上古神话中走来的仙山，与当地不断修行的有道之士已经融合生长，仙山招来有道之士，有道之人又不断产生新的神仙故事，以丰富九疑山之名，使得该山的声名不断壮大，传诸久远。

---

① （清）曾钰：《宁远县志》卷一"山川"，清嘉庆十七年刻本，第7—8页。
② （宋）祝穆撰，祝洙增订：《方舆胜览》，中华书局，2003年，第441页。
③ （梁）陶弘景撰，赵益点校：《真诰》，中华书局，2011年，第171页。
④ （唐）杜光庭撰，罗争鸣辑校：《杜光庭记传十种辑校》，中华书局，2013年，第721页。
⑤ （宋）祝穆撰，祝洙增订：《方舆胜览》，中华书局，2003年，第441页。

三

　　鲁妙典所在的道观，《宁远县志》有载曰："鲁女观，在何侯宅西，即所传鲁妙典飞升处，今废。"①与《太平广记》鲁妙典传后的记载颇不同。"妙典升天所留之物，今在无为观。"②无为观《宁远县志》记载则是另一位九嶷山女仙的修行处。"无为观，在麓床山，舜祠侧。王妙想辟谷处。梁大清中建，绍兴初重修。"③王妙想在《集仙录》中亦有记载。"王妙想。苍梧女道士也。"④她的出现壮大了九嶷山上清女仙的队伍，其传记载她是住在黄庭观。《宁远县志》记载确有黄庭观，"在九疑山下，近白马岩。梁双师修炼于此"⑤。《宁远县志》的记载恐有错误，鲁妙典与王妙想居住的道观均与传中所载不同。从"黄庭观"的名称会认为王妙想属于上清派，但从其传中称呼神明的用词有"大上大道君"⑥的称谓来看，恐是"太上大道君"之误。太上大道君是道教灵宝派对"灵宝天尊"的称呼，由此推测，王妙想或是修炼于九嶷山的道教灵宝派女道士。⑦

　　《宁远县志》中将王妙想归入唐代，或有其根据。从其传文的最后一句"兹山舜修道之所，故曰道州营道县"⑧，我们虽然无法判断王妙想的故事就发生在唐代，但是我们基本可以判断，这篇传记的写作年代确实是唐代。"南齐为营道郡。梁改永阳郡。唐改南营州，寻改道州。皇朝因之。今领县四，治在营道。"⑨撰作于唐代的王妙想传遵循的撰写原则是，记录王妙想的生平事迹的同时，还肩负着将《山海经》中九嶷山

①（清）曾钰：《宁远县志》卷十"寺观"，清嘉庆十七年刻本，第3页。
②（唐）杜光庭撰，罗争鸣辑校：《杜光庭记传十种辑校》，中华书局，2013年，第720页。
③（清）曾钰：《宁远县志》卷十"寺观"，清嘉庆十七年刻本，第3页。
④（唐）杜光庭撰，罗争鸣辑校：《杜光庭记传十种辑校》，中华书局，2013年，第711页。
⑤（清）曾钰：《宁远县志》卷十"寺观"，清嘉庆十七年刻本，第4页。
⑥（唐）杜光庭撰，罗争鸣辑校：《杜光庭记传十种辑校》，中华书局，2013年，第713页。
⑦吉宏忠主编：《道教大辞典》，上海辞书出版社，2020年，第178页。
⑧（唐）杜光庭撰，罗争鸣辑校：《杜光庭记传十种辑校》，中华书局，2013年，第714页。
⑨（宋）祝穆撰，祝洙增订：《方舆胜览》，中华书局，2003年，第437页。

的神圣性延续下去的重担。所以王妙想传先用一段类似地志著作风格的语言来介绍九嶷山。再采用仙传话语表述方式，来描绘王妙想事迹。"忽感大上大道君降于曲室之中，教以修身之道，理国之要，使吾瞑目安坐，冉冉乘空，至南方之国，曰扬州。"[1]某种程度上来说，王妙想并非亲身到了九嶷山，而且她采用的是俯瞰视角在观察九嶷山，以此展开九嶷山的介绍，此处将之与《方舆胜览》的记载做一对比，便可看出二者的描写视角确有不同。

《集仙录》[2]	《方舆胜览》[3]
瓠瓜之津，得水源，号方山，四面各阔千里，中有玉城瑶阙，云九疑之山。山有九峰，峰有一水，九江分流其下，以注六合，周而复始，溯上于此，以灌天河，故九水源出此山也。上下流注，周于四海，使我导九州，开八域，而归功此山。	九疑山，在宁远县南六十里。亦名苍梧山，九峰相似，望而疑之，谓之九疑山。有九峰，峰各一水，四水流灌于南海，五水北注，合为洞庭。

《方舆胜览》以地志类图书一贯的客观笔法介绍了九嶷山的情况，而《集仙录》中的解释则多了几分神话成分：虽然承认九嶷山的区域性，但还是努力将九嶷山的地位，抬高到导九州、开八域的高度，以继承从《山海经》就开始的神山圣水的基因。接着的描写就更加离奇，写作手法是上古神话话语与宗教话语的结合。"此山九峰者，皆有宫室，命真官主之。其下有宝玉、五金、灵芝、神草，三天所镇之药，太上所藏之经，或在石室、洞台、云崖、嵌谷，故亦有灵司主掌，巨虬，猛兽、螣蛇、毒龙以为备卫。"[4]文中的写作手法，既延续了九嶷山上古神话的写

---

① （唐）杜光庭撰，罗争鸣辑校：《杜光庭记传十种辑校》，中华书局，2013年，第713页。
② （唐）杜光庭撰，罗争鸣辑校：《杜光庭记传十种辑校》，中华书局，2013年，第713页。
③ （宋）祝穆撰，祝洙增订：《方舆胜览》，中华书局，2003年，第438页。
④ （唐）杜光庭撰，罗争鸣辑校：《杜光庭记传十种辑校》，中华书局，2013年，第713页。

作语境，又加入了道教仙话的写作方式。此举就将一座远古神话中的仙山的神圣性延续下来，并顺利地融入道教话语体系中。作者通过对仙山话语系统的继承与创新，成功地使九嶷山从上古神山转变成道教仙山，并纳入道教"三十六洞天"的仙山体系之中，"九疑山，湘真太虚洞天，三十里。在道州延唐县"[①]。于是九嶷山从上古神话的话语体系中走来，通过一系列神仙故事的再造与重构，它又轻松地跻身道教洞天之列。九嶷山事例影射出道教仙话与中国上古神话之间的继承与改造关系。

第二节 华山之女仙

仙山在道教的话语系统里，是有正神居住的山岳，山中正神能够保证修行人专一修炼，故此，修道者大多会选择名山大川居住，以确保自己的修炼能有正神护佑。

一

华山乃五岳之西岳，亦属于有正神居住的仙山，在道教神仙洞府体系中，占有重要地位。所以《集仙录》中也记录有几位与华山相关的女仙。道教名山一旦形成了神话传统，就会有神仙传记流传下来。金代道士王处一修撰的《西岳华山志》围绕"明星玉女"，形成了诸多与华山相关的传说，留有诸多遗迹，而这些传说和遗迹，大都围绕着"莲花峰"讲述。

《西岳华山志》在承袭"明星玉女"传的同时，将其中某些部分细化，详细地描写了与玉女有关的内容，并且将华山莲花峰的整体情况呈现在读者面前。

---

① 《道藏》第11册，文物出版社、上海书店、天津古籍出版社，1988年，第58页。

《集仙录》[1]	《西岳华山志》[2]			
明星玉女	莲花峰	明星玉女祠	玉女窗	石龟躞
明星玉女者，居华山，服玉浆，白日升天。山顶石龟，其广数亩，高三仞。其侧有梯蹬，远皆见。玉女祠前，有五石臼，号曰："玉女洗头盆。"其中水色，碧绿澄澈，雨不加溢，旱不减耗。祠内有玉石马一匹焉。	莲花峰一上四十里，卓立五千仞，上有明星玉女之别馆，金天王之正庙。二十八宿池、黑龙潭、玉女洗头盆、菖蒲池、仰天池、八卦池、太一池、太上泉，旁有玉井，生千叶白莲花，食之令人羽化。古诗云：太华峰头玉井莲，花开十丈藕如船。冷比雪霜甘比蜜，一片入口沉疴痊。我欲求之不惮远，青壁无路难夤缘，安得长梯上摘实，下种七泽根株连。	明星玉女祠，在顶之中峰，龟背上立祠。堂有玉女石室，玉女圣像一尊，并玉女石马一匹，其马神灵异常，夜闻嘶哕之声。顶上隐者常见之。祠前有石臼五枚，臼中具有水号曰：玉女洗头盆，其水碧绿澄澈，旱不竭，雨不溢。《神雾经》云：明星玉女持玉浆饵之，令人得神。	玉女窗在云台南峰上，有石门，入丈余，直上石窟。如窗望见南峰，明星玉女之别馆也。	石龟玉女祠在石龟上，其石似龟。东西八九步，南北二十余丈。两头壁立其形，如龟。前有石躞，犹如拆裂。阔可有五寸，其深不可测。以物投中，食顷，犹闻其下声，即古之进简于岳府之所也。

　　《西岳华山志》的描写是以地志类图书的一贯写作手法，去书写华山的胜境。然而文中开列之胜境大抵没有超出"明星玉女"传说的范围。由此可见，"明星玉女"在华山的影响。莲花一峰的诸多遗迹与故事无不与"明星玉女"紧密相关。

二

　　《集仙录》中收录的毛女，也与华山关系紧密，虽其传字数不多，

---

① （唐）杜光庭撰，罗争鸣辑校：《杜光庭记传十种辑校》，中华书局，2013年，第708页。
② 《道藏》第5册，文物出版社、上海书店、天津古籍出版社，1988年，第745页。

寥寥几笔。然而华山却因其而有峰曰"毛女峰"。《西岳华山志》记载内容较之毛女传更为详细。"毛女峰在岳之西。毛女字玉姜，秦始皇宫人也。见国祚流亡。遂负琴入华山，此峰上隐居。服松柏叶，饮泉水，体生绿毛，世人以见之所称毛女洞。至今洞中有鼓琴之声，有道人得见此洞，峰下有白石寺，废已久。"①除此之外，清代《华岳志》还将"北斗坪"的得名与毛女联系起来。"北斗坪，《华岳图》青柯坪面有峰插天，名北斗坪。盖古毛女礼斗得仙之地。"②毛女的声名一直持续到明清时期，其时诗人的诗作还提到毛女，毛女传说的影响经久不衰。③

南阳公主也是《集仙录》中收入的又一位华山仙女。南阳公主虽然有着显赫的身世，但其留下的文字记载却没有"明星玉女"和"毛女"那么多。收入《道藏》的《西岳华山志》中已经寻觅不到"公主峰"的内容。传文末所谓"潘安仁为记，行于世"之语，也未能找到潘安仁之文，恐是讹误。④

清代姚远翼撰《华岳志》零星记载有关于南阳公主的内容，还有关于南阳公主故事简单的版本信息。"公主峰，《述异记》与云台峰相近。汉南阳公主避王莽乱入山得道，有朱履遗迹。"⑤亦有学者指出，南阳公主传收入《述异记》卷下。⑥鲁迅先生《古小说钩沉》辑录有《述异记》散佚文字，但未见"南阳公主"传。⑦《华岳志》卷六仙真部分收有简短的南华公主传，⑧较《集仙录》的文字简略，未注明文字来源。

华山的声誉也在一代代的传说中不断被强化，而这些仙女的美妙传说不断传播，又反过来增加了华山的美名，华山与道教仙女的神话逐渐

① 《道藏》第5册，文物出版社、上海书店、天津古籍出版社，1988年，第748页。
② （清）姚远翼：《华岳志》卷一"名胜"，清乾隆二十七年刻本，第20页。
③ 诗收入附录。
④ 李剑国：《唐五代志怪传奇叙录》，中华书局，2017年，第1468页。
⑤ （清）姚远翼：《华岳志》卷一"名胜"，清乾隆27二十七年刻本，第27页。
⑥ 李剑国：《唐五代志怪传奇叙录》中华书局，2017年，第1468页。
⑦ 鲁迅：《古小说钩沉》，朝华出版社，2018年，第163—194页。
⑧ 《华岳志》"南阳公主传"全文收入本书附录。

融合在一起，成为华山的一部分，难以分割。

第四节　水神洛川宓妃

从更广义的角度去理解"洪水母题"，那么与"水"有关的神话，或多或少都可以算作"洪水母题"范围内的作品。对于水的敬畏使得人们在神话里创造出诸多与水相关的神灵，其中的某些水神也被道教吸收，而且这些水神的故事，多与中国上古神话中的神灵有千丝万缕的关系，在她们的传记中，穿插着早期神话的内容。有部分仙话是以早期神话为元素，改造而来的故事。她们的传记亦收录在《集仙录》中。"洛川宓妃"就是一篇信息量巨大的水神传记。

一

仙传开篇介绍了大名鼎鼎的洛神。因曹植的《洛神赋》，洛神变得家喻户晓。传记开头便将身世不明的宓妃归于"宓牺氏"一族，并且说明她是得道才成为的水仙。传文之中对曹植的《洛神赋》颇有微词，"此盖文士妖饰之词"[①]。在批评了曹植及宋玉这类偶遇女仙的作品之后，作者还更正了世俗长久以来的错误观点，"此非独水为太阴之府，而女仙主之，盖其职秩所遇也。……亦有男仙居水官之任也"[②]。由此可知，河神乃男女皆有，且就位的河神有官阶高下之分，男性河神有称河侯，也有称河伯。世俗官阶已经映射到水神的品秩之上，形成了不同的阶位。

"洛川宓妃"传中记录的诸多河神，也都源自魏晋时期的神仙传记。如服虹丹位证河侯的冯夷，其传就收入《搜神记》。只是情况与《集仙录》所载有不同，"宋时，弘农冯夷，华阴潼乡堤首人也。以八月上庚

---

① （唐）杜光庭撰，罗争鸣辑校：《杜光庭记传十种辑校》，中华书局，2013年，第647页。
② （唐）杜光庭撰，罗争鸣辑校：《杜光庭记传十种辑校》，中华书局，2013年，第647页。

日渡河溺死，天帝署为河伯。又《五行书》曰：'河伯以庚辰日死，不可治船远行，溺没不返。'"①《搜神记》的记载与《集仙录》差别较大。首先，《搜神记》里冯夷是河伯，而不是河侯；其次，冯夷是溺死之后成为水神的，并非通过服用虹丹成仙。《搜神记》的记载，反映了魏晋之际"庚辰"日不乘船远行的禁忌。

授给冯夷虹丹的涓子，《通鉴》等有传，曰："涓子，齐人，好饵术。接食其精至三百年，乃见于齐。著天地人经，四十八篇。后钓于河泽，得鲤腹中有符，隐于宕山，能制风雨，受伯阳九仙法。淮南王安，少得其文，不能解其旨也。其琴心三篇，有条理焉。"②《三洞群仙录》的记载稍异。③《集仙录》的作者让两者之所以能有关联，或是通过所谓"饵术"。一位善饵术的师父，授给徒弟以虹丹，这样就成功改变了冯夷溺死的情节，使之听起来更像神仙，而不是世俗通常认为的溺死鬼。这个转变或许反映了不同年代，中国人对于溺死之人成为神仙的不同态度。洛川宓妃传中还列举一系列传说中的水仙，如震蒙、姮娥、吕公子、天吴等。

二

震蒙亦是上古传说的水神，直至五代蜀地还在祭祀之。《蜀梼杌》："时大霖雨，祷于奇相之祠。唐英按：古史震蒙氏之女，窃黄帝玄珠，沉江而死，化为此神。即今江渎庙是也。"④成都城中的江渎祠由来已久，"江渎祠，在成都县南四里。《汉郊祀志》载秦并天下，立江水祠于蜀，至今岁祀焉"⑤。根据《方舆胜览》记载成都的情况推断，全国其他城市也曾有过江渎祠。也即是说，从秦并天下开始，震蒙氏女作为江渎神的

---

① 上海古籍出版社编：《汉魏六朝笔记小说大观·搜神记》，上海古籍出版社，1999年，第305页。

② 《道藏》第5册，文物出版社、上海书店、天津古籍出版社，1988年，第117页。

③ 《道藏》第32册，文物出版社、上海书店、天津古籍出版社，1988年，第268页。

④ 王文才、王炎校笺：《蜀梼杌校笺》，巴蜀书社，1999年，第138页。

⑤ （宋）祝穆撰，祝洙增订：《方舆胜览》，中华书局，2003年，第913页。

身份就已经在全国建立起来。早期神话的记载一如冯夷一般，震蒙氏女亦是溺水而亡，并不是"得黄帝玄珠之要而为水仙"①。

姮娥是家喻户晓的神话人物，都知道她偷了丈夫后羿的仙药，独自奔向了月亮，现有材料并没有姮娥为水神的记载。后人将其与水神联系在一起，恐怕是因为月亮乃阴中之精的原因。

天吴，《山海经·海外东经》有记载，曰："朝阳之谷，神曰天吴，是为水伯。……其为兽也，八首人面，八足八尾，皆青黄。"②《山海经》中的天吴是一位具有神兽外形的水神。

考察《集仙录》中记录的几位水神，并非只是为了找出文献的出处，此项工作，前人袁珂先生已经完成。③《集仙录》是要借改造"洛川宓妃"传记的机会，重新整合山川水神，将上古传说的水神皆一一纳入道教神系，并重申道教自然神的观念。故曰："况五岳、十山、九江、八泽，皆有仙曹灵府以司。明世人罪福功过，亦二土掌山川宝货、灵草、神芝，或统御洞天真经玉籍，其任不常，或千年五百年，亦有迁易，玄真杳隔，世莫得知也。"④"宓妃"传这样安排，不仅打通了道教水神与上古神话中水神的关系，也将道教神系祭祀与官方祭祀联系起来，让道教的水神既获得来自上古的渊源，又与官方提倡的信仰相关联。让道教产生以前的水神信仰，逐渐整合进入道教神系。更为不可思议的是进入道教神系的山川水神有了"任期"，"或千年五百年，亦有迁易"，这就为道教整合全国水神、统一全国水神信仰从神学理论上打下了基础。因此，"宓妃"传的意义不仅限于一篇传记，而是道教清整神系过程中的一部重要的文献，是道教神系与上古传说交融的尝试，也是中国道教构建神学理论的尝试性著作。

---

① （唐）杜光庭撰，罗争鸣辑校：《杜光庭记传十种辑校》，中华书局，2013年，第647页。
② 袁珂：《山海经校注》，巴蜀书社，1993年，第303—304页。
③ 袁珂：《中国神话传说词典》，北京联合出版公司，2013年。
④ （唐）杜光庭撰，罗争鸣辑校：《杜光庭记传十种辑校》，中华书局，2013年，第648页。

第五节 大江大湖的仙女

洞庭是充满神话的地方，据学者考证，洞庭其实有二：其一指众人皆知的洞庭湖。《淮南子》所云后羿斩杀长蛇之所，高诱注云："洞庭，南方泽名。"[①]其二指的是山，"洞庭之山……帝之二女居之"。毕沅认为，山在今湖南巴陵洞庭湖中，即君山。"洞庭君山，帝之二女居之，曰湘夫人。又《荆州图经》曰：'湘君所游，故曰君山。'"[②]《述异记》中的洞庭山则是指今太湖中包山，亦称西洞庭山[③]。道教认为重要的洞天福地之间相互连通，太湖包山也与茅山相连。[④]从"洞庭"所指的内涵如此丰富，地域如此之飘忽不定，就知道"洞庭"是一个盛产神话之地。

一

杜兰香就是与洞庭有关的神话人物。《道藏》中保存的《集仙录》杜兰香传已不存。今人罗争鸣的《杜光庭记传十种辑校》乃是曹毗的《杜兰香别传》（下称《别传》）[⑤]而《太平广记》卷六二收录的"杜兰香传"出自《集仙录》[⑥]，对比二者，文字稍有差异。不知为何罗争鸣舍《太平广记》，而选《别传》。另外《搜神记》《三洞群仙录》《通鉴后集》等著作中都有与杜兰香相关的文字。

分析现有的五个杜兰香传版本，基本可以分为两类，即《搜神记》为一类，其他四个版本为一类。《搜神记》所记侧重于杜兰香与张硕的关系，且没有讲到杜兰香与洞庭的关系。而其他几个版本则从杜兰香身

---

① 何宁撰：《淮南子集释》，中华书局，1998年，第577页。
② 上海古籍出版社编：《汉魏六朝笔记小说大观·博物志》，上海古籍出版社，1999年，第210页。
③ 袁珂：《中国神话传说词典》，北京联合出版公司，2013年，第243页。
④ （梁）陶弘景撰，赵益点校：《真诰》，中华书局，2011年，第206页。
⑤ （唐）杜光庭撰，罗争鸣辑校：《杜光庭记传十种辑校》，中华书局，2013年，第649页。
⑥ （宋）李昉等编：《太平广记》，中华书局，1961年，第387页。

世及与张硕的关系等方面入手，基本构成了稍显完整的传记形态。相比之下，《搜神记》更像截取杜兰香传记的一部分，扩充完成，但是细节更加丰富和完整。① 各版杜兰香传可以看作不同写作手法在同一个人物上的运用，作者选择的侧重不同、描写方式不同而已。从故事的完整和记事的简洁来说，《通鉴后集》的笔法相对较好，唯惜细节不够突出。《通鉴后集》没有记载其文字的出处，似乎是《集仙录》版本的精简版。而《集仙录》又是《别传》的改写版。《通鉴后集》乃是整理简化《集仙录》而成的一篇传记，保留了《集仙录》的故事梗概，简化诸多细节，因此显得文字简练、表述清晰，然而并不生动，缺乏故事的完整性和可读性。试对比两者文字，高下立判。

《通鉴后集》②	《太平广记》③
杜兰香，湘江渔父，于洞庭之岸得三岁女子，怜之。养十余岁，天姿奇伟非常。忽有青童自空而降，携女升天，女谓其父曰："我女仙杜兰香也。"是时，不还家。其后于洞庭忽出，降张硕家，硕乃修道之士。兰香初降时，授玉简、玉唾盂、红火浣布，以为登真之信。又一夕，命侍女赍黄麟羽帔之服，以授于硕。曰："此上仙之服也。"	杜兰香者，有渔父于湘江洞庭之岸，闻儿啼声，四顾无人，惟三岁女子在岸侧。渔父怜而举之。十余岁，天姿奇伟，灵颜姝莹，迨天人也。忽有青童灵人，自空而下，来集其家，携女而去，临升天，谓其父曰："我仙女杜兰香也。有过谪于人间，玄期有限，今去矣。"自后时亦还家，其后于洞庭包山降张硕，盖修道者也。兰香降之三年，授以举形飞化之道，硕亦得仙。初降时，留玉简、玉唾盂、红火浣布，以为登真之信焉。又一夕，命侍女赍黄麟羽帔，绛履玄冠，鹤氅之服，丹玉珮挥剑，以授于硕曰："此上仙之所服，非洞天之所有也。"不知张硕仙官定何班品，渔父亦老，因益少，往往不食，亦学道江湖，不知所之。

① 今本《搜神记》实乃据《艺文类聚》辑录本。参见李剑国：《唐五代志怪传奇叙录》，中华书局，2017年，第1462页。
② 《道藏》第5册，文物出版社、上海书店、天津古籍出版社，1988年，第481页。
③ （宋）李昉等编：《太平广记》，中华书局，1961年，第387页。

　　源自上古神话的重要神祇，要成为道教众多神灵中的一员，就需要修改甚至重写他们的传记，此举也是道教神灵继承中国上古神灵的途径之一。于是，我们会看到诸多上古神话中熟悉的身影，又出现在《集仙录》中，或是改变了面貌，或是转换了形式。不过上古神话的诸多因素，也因此保留在女仙传中。

二

　　"神女迎夫"神话，此类神话在《集仙录》中有"成公智琼"一则。

　　女神迎夫下降人间也是中国传统神话的重要内容，一般将之归为"神婚传说"大类。"'神婚传说'，一类，凡有神婚、冥婚、异类交婚三种，神婚又可分为神神、男神娶妇、女神迎夫三亚类。"[1]此类神话的典型代表就是流传广泛的"牛郎织女"的故事。《集仙录》中的女神迎夫故事，有"成公智琼"。

　　牛郎织女这种民间故事，由于传诸久远，时间、地点、人物身份等关键信息都会被虚化。因此我们就很难考证故事产生的年代，反映的时代背景，也很难知道故事发生的地区及其周围的环境。没有人物的身份信息，也很难查找出与主人翁相关的关系网。大多数民间故事就在这种虚化的时空背景下展开，故事的情节与实际的世界之间缺少关联性。而"成公智琼"故事则不同，在明确的历史时期，详细的故事地点，以写实手法塑造的历史人物，发生的女神迎夫故事。

　　"成公智琼"故事源自《搜神记》。[2]故事发生在魏朝嘉平年间（249—254），地点是济北郡，男主角弦超字义起。[3]《魏书》中并未查到弦超其人，故他的身份待考，但是文末有云，张敏撰有《神女赋》传记其事，而《神女赋》有片段留存《艺文类聚》中，且《神女赋》序

①　李丰楙：《仙境与游历：神仙世界的想象》，中华书局，2011年，第48页。
②　李剑国：《唐五代志怪传奇叙录》，中华书局，2017年，第1469页。
③　（唐）杜光庭，罗争鸣辑校：《杜光庭记传十种辑校》，中华书局，2013年，第714页。

文中有一段："会见济北刘长史，其人明察清信之士也，亲见义起，受其所言，读其文章，见其衣服赠遗之物，自非义起凡下陋才所能拘合也。"①从文中言之凿凿的情况分析，弦超或真是确有其人。作者将故事的时间背景和所在地点都以写实手法书写出来，已经与民间流传故事的写作方式不同。济北郡，也是确有其地的。"济北郡，汉和帝置。领县三。户九千四百六十七，口二万九千三百九十九。"②从这一点来说，"成公智琼"故事更趋近以写实的方法来写作，使得故事具有了真实的阅读体验。

我们虽然无法确定"成公智琼"写作的具体年代，但其写作手法与内容所涉及的年代确实有契合之处。神女与凡人若即若离的描写手法，带有魏晋神仙故事的写作特点。"我天上玉女，见遣下嫁，故来从君。盖宿时感运，宜为夫妇，不能有益，亦不能为损，然常可得驾轻车肥马，饮食常可得远味异膳，缯素可得充用不乏。我神人不能为君生子，亦无妒忌之性，不害君婚姻之义。……父母为超取妇之后，分日而燕，分夕而寝，夜来晨去，倏忽若飞，唯超见之，他人不见也。"③文字虽不如《洛神赋》那般晶莹剔透，翩若惊龙，但也基本抓住了"玉女"的形象精髓，采用的是魏晋之际女神的描写手法。"成公智琼"虽然采用了"神女下嫁"的传统主题，但是，她却是一位去来无常、飘忽不定的女神，与民间传说中"织女"的形象完全不同，这或许就是魏晋文人笔下的仙女应该具有的特征。

三

烟波浩渺的大江大河也是身姿绰约的女仙时常现身之所。"江妃二女"描写的就是这样一幅美丽的图画。而"二女"这种结构类型的神女

---

① （唐）杜光庭，罗争鸣辑校：《杜光庭记传十种辑校》，中华书局，2013年，第716页。
② （北齐）魏收：《魏书》，中华书局，1974年，第2528页。
③ （唐）杜光庭，罗争鸣辑校：《杜光庭记传十种辑校》，中华书局，2013年，第715页。

故事，一直是女仙故事的经典类型之一。如《博物志》卷八的"尧之二女，舜之二妃，曰湘夫人。舜崩，二妃啼，以涕挥竹，竹尽斑"①。还有《王子年拾遗》中的玄天二女，旋波和提嫫，都是令人难忘的二神女结构。罗争鸣辑本中的《江妃二女》有两个来源，《列仙传》和《韩诗外传》，前后两个部分描述的内容基本相同，只是文字稍有差异，辑本带领读者进入了"江妃二女"的"二女"神话结构，辑录自《列仙传》的文字相对简单，但仍具魏晋仙话一贯的叙事风格，缥渺恍惚，似有若无。人物身份、关系、来龙去脉依然不甚清楚，相较于"舜二妃"和"玄天二女"，"江妃二女"的文字，更具有飘飘欲仙之感。

南溟夫人传是《集仙录》中少有的故事结构曲折、内容充实，颇似传奇的仙传作品。故《唐五代志怪传奇叙录》认为，此故事源自《传奇》。②但故事架构依然没有脱离"离奇遇仙—回到家乡—时过境迁"的仙传之窠臼。《南岳总胜集》中亦载有这个故事，仙传开篇即点明了故事发生的时间为"元和中"。历史上使用"元和"年号者，有汉章帝刘炟和唐宪宗李纯，究竟是哪个"元和"文中并未交代清楚。

从《南岳总胜集》的文字来看，其侧重点是介绍一个与南岳有关的传奇故事。故而没在开篇处专门强调南溟夫人与南岳的关系。"南溟夫人者，居南海之中，不知品秩之等降，盖神仙得道者也。"③作者加上简短的介绍之后，就将一篇主要讲述"元彻和柳实"遇仙的故事，变成了"南溟夫人"传，虽然其中文字与《南岳总胜集》的多有不同，但故事大意相似，由此可以推测，《集仙录》的文字是依《传奇》修改而成。而《南岳总胜集》的写作结构，恐更接近《传奇》的原貌。该文提出了民间流传广泛的水仙多为女性的说法。"吾辈水仙也，水仙则阴也，而

① 上海古籍出版社编：《汉魏六朝笔记小说大观·博物志》，上海古籍出版社，1999年，第217页。
② 李剑国：《唐五代志怪传奇叙录》，中华书局，2017年，第1467页。
③ （唐）杜光庭，罗争鸣辑校：《杜光庭记传十种辑校》，中华书局，2013年，第685页。

无男子。吾昔道遇番禺少年情之至，则有子，未三岁，合弃之。夫人命与南岳神为子，其来久矣。"①《集仙录》将此简化成"我辈水仙也。顷与番禺少年，情好之至，有一子，三岁，合弃之，夫人今与南岳郎君为子矣"②。从文字内容来说，《集仙录》对"弃子"的原因完全没有交代，而《南岳总胜集》中说明的水仙没有男子，是南溟夫人弃子的原因。或者是因为《集仙录》"洛川宓妃"中已经阐明了"亦有男仙居水官之任"③的说法，故而将"水仙则阴也，而无男子"一句删去，后面的文字就显得有些词不达意了。

总的来说，《集仙录》中的南溟夫人是改造《传奇》而成的一篇仙传，《南岳总胜集》中收录的文字或更接近《传奇》原文，但文章的行文及词句之优美，则是《集仙录》的修改显得更胜一筹。

---

① （宋）陈田夫：《南岳总胜集》卷下，清光绪三十二年刻本，第19页。
② （唐）杜光庭撰，罗争鸣辑校：《杜光庭记传十种辑校》，中华书局，2013年，第686页。
③ （唐）杜光庭撰，罗争鸣辑校：《杜光庭记传十种辑校》，中华书局，2013年，第647页。

第八章

彭祖及女仙

彭祖是中国古代长寿的代表性人物，亦可将其看作中国长寿神话的原型。"彭祖者，姓籛名铿，帝颛顼之玄孙。至殷末世，年七百六十岁而不衰老。"①与他相关的神话也不少。彭祖与巴蜀渊源深厚，直到清代的《彭山县志》依然还有关于他的记载。"籛铿，彭城人，周末入蜀，即武阳家焉。相传有彭祖宅在象耳山下。"②彭山人民直到清代也还在祭奠这位长寿之祖。"彭祖庙，即彭祖祠。在治东十五里，彭祖墓侧，大佛山旁，有丹崖翠壁回伏拱护。"③在中国文化史上具有如此影响力的彭祖，也自然会受到《集仙录》的关注，专门收录有与他相关的女仙传记。

第一节　彭女

彭女的出现，成为阐释彭祖与巴蜀关系的关键性人物。"彭女者，彭

① （晋）葛洪撰，胡守为校释：《神仙传校释》，中华书局，2014年，第15页。
② （清）史钦义：《彭山县志》卷三，清嘉庆十九年刻本，第84页。
③ （清）史钦义：《彭山县志》卷三，清嘉庆十九年刻本，第6页。

祖之女孙也。……彭祖得道，不乐冲天，周游四海，居蜀多年，子孙繁众，故有彭山、天彭、彭门之名，俱在蜀焉。……今彭女山有礼拜石，有彭女五体肘膝拜痕及衣髻之迹，深有仅寸。"[1]将彭山的地名与彭祖联系起来，并非仙传所独有。《方舆览胜》中亦有类似的说法。"彭门山，两峰如阙，相去四十步，名天彭门，因以名州。又曰彭祖出入此山，因名彭门。"[2]彭祖虽只是从外而来居蜀地，但因他在中国文化史上声名巨大，地方文化亦会向着名人的方向去展开，形成以名人为中心的传说故事集群。

一

彭女曾礼拜的山头——彭女山名气并不响亮。倒是"彭亡山"之名方志记载得颇为详细。"彭亡山，治东北十里。唐《元和志》：周末彭祖家于此，而亡，故名。今其地有彭祖冢。《眉州志》：后汉岑彭讨公孙述至武阳营，于彭亡山，知而恶之，欲徙，会日暮而止，是夜果为刺客所杀。初，岑彭至此，改曰：平无，今讹为平模山。《通志》：一名彭望。《寰宇志》：作彭女山。《晋史》：宋义熙元年，朱龄石讨谯纵大战于平模山，即此。"[3]从清代方志的记载来看，彭女山亦简称彭山，传说彭祖也曾居住此山，彭女亦曾在此修炼。"彭山县治东十里，彭祖山，郡国谓之彭女山。峰列如屏，俯视众山，极顶有鹰洞，土人以梯绳援其上取鹰洞，口狭中广，内深丈余，有石灶、石床、石几，相传以为彭祖女炼丹之所。今足迹尚存。"[4]这是为数不多除《集仙录》外记载彭女事迹的文字，只是文中将彭女作为"彭祖女"而非"彭祖之女孙也"。时间邈远，记载有些误差当属正常。

---

① （唐）杜光庭撰，罗争鸣辑校：《杜光庭记传十种辑校》，中华书局，2013年，第656页。
② （宋）祝穆撰，祝洙增订：《方舆胜览》，中华书局，2003年，第963页。
③ （清）史钦义：《彭山县志》卷一，清嘉庆十九年刻本，第8—9页。
④ （清）史钦义：《彭山县志》卷六，清嘉庆十九年刻本，第1—2页。

二

彭女形成的地方记忆深植于彭山的民俗之中。"三月三日，为彭女降诞，四方男女朝拜祭赛者，前后十日络绎不绝。"①说明民间对于彭女有着深刻的记忆，并以民间节庆的形式表现出来。唐代以前彭山称之为隆山，唐时改为彭山。《元和郡县志》曰："彭山县，本汉武阳县也。秦惠王时，张仪、司马错伐蜀，蜀之王开明拒战不胜，退走武阳，获之，即其地也。汉昭帝时，犍为郡自僰道移理武阳。周武帝于此置隆山郡，以境内有鼎鼻山，地形隆起，故为名。隋开皇三年罢郡，以隆山属益州。贞观元年，割属眉州。先天元年，以犯讳改为彭山县。"②《墉城集仙录》"彭女传"认为，彭山之所以改名为彭山，与彭女有关。"彭女于此升天，其后置县，因山为号。元和丁酉岁，遣进士湛贲立碑以纪其事。"③清代的《续修彭山县志序》则认为彭县之名与彭祖有关，"大贤彭祖殁于其乡，据此则邑有彭祖，彭邑斯名，神明之区"④。由此看来，人们对于彭山县之名源于彭祖或彭女升仙之山的说法颇为认可，说明彭祖一族在彭山县的影响颇大。

彭女传的最后一部分，记载了唐代在这座山修建彭女观的事情。"唐光化三年庚申五月，有三鹤飞来，共巢于彭女观桧树之上，巢广六尺。刺史司空张琳具状，闻于蜀王。西平王香灯致醮，营修观宇。"⑤唐光化三年，即公元900年，此时杜光庭应该已在蜀中，他还为此事专门撰文《川主大王为鹤降醮彭女观词》。"今者忽闻灵鹤栖止云峰，乃玄元行化之山，是彭祖升天之所。"⑥唐末五代的彭女观还是作为道教宫观，在发

① （清）史钦义：《彭山县志》卷三，清嘉庆十九年刻本，第11—12页。
② （唐）李吉甫撰，贺次君点校：《元和郡县图志》，中华书局，1983年，第807页。
③ （唐）杜光庭撰，罗争鸣辑校：《杜光庭记传十种辑校》，中华书局，2013年，第656页。
④ （清）史钦义：《彭山县志·重修彭山县志序》，清嘉庆十九年刻本，第2页。
⑤ （唐）杜光庭撰，罗争鸣辑校：《杜光庭记传十种辑校》，中华书局，2013年，第656页。
⑥ （唐）杜光庭撰，董恩林点校：《广成集》，中华书局，2011年，第215页。

挥其宗教功能。

清代彭山的信仰环境有了变化，群众笃信佛教。《彭山县志》"风俗"中有云："嗜好，嗜朴诚、好礼与佛。"①这也道出了"彭女观"处境的尴尬。多年后虽然民众中还有纪念彭女的活动，但是彭女观变成了仙女寺，与彭女有关的印迹也基本消失殆尽。"仙女寺，在彭祖祠上，旁有仙女洞、仙女池，重岩滴翠，俯瞰江天千里一色。乾隆十八年浮屠德浚重修。"②到了清代，那座杜光庭曾经为其书写醮词的彭女观，已由僧人德浚重修成为佛教寺庙，曾经作为纪念彭女的彭女观，只在古籍中留下些许痕迹。

罗争鸣在《杜光庭记传十种辑校》"彭女传"后有注曰："本彭祖女孙事，《神仙传》卷一有《彭祖》篇，鲜见他书载录。"③《神仙传》中"彭祖传"并没有彭祖女或彭祖孙女的内容。从罗氏语及"彭女"传中描写蜀地及彭女山情况来推测，彭女故事乃是流传于蜀地的女仙作品，鲜有他书记录，幸得《墉城集仙录》方才保存下来。

第二节　采女

从文理上去推论，采女应当算作彭祖的徒弟。《集仙录》中的采女传，是从《神仙传》彭祖传中抽出改写而成的。《神仙传》中有彭祖传，采女问道事迹就在其中。彭祖以养生术闻名于世，采女所问乃养生之事。所以所谓的采女传，严格意义上来说，并非一篇传记。该文只是阐发彭祖养生术的文字，其文来自彭祖传文词而略有差异，但大意基本相同。

《集仙录》改编收入采女传，其意义十分明显，就是要系统地介绍传统的养生术。详细比对彭祖与采女传，发现二者在某些细节上的差

① （清）史钦义：《彭山县志》卷三，清嘉庆十九年刻本，第8页。
② （清）史钦义：《彭山县志》卷三，清嘉庆十九年刻本，第27页。
③ （唐）杜光庭撰，罗争鸣辑校：《杜光庭记传十种辑校》，中华书局，2013年，第657页。

异，体现了编撰者时代思想的不同。比如，彭祖传特别强调了"不知交接之道，虽服药无益也"①。采女传也强调"交接之术"，只是用语更为隐晦，并强调此术的危险。"若二炁交接之道，溯流补脑之要，此甚难行，有怀棘履刀之危。"②行文用语的变化，代表着时代对于"交接之道"看法的不同。魏晋与唐代，人们对于此道的接受与理解，已经有了翻天覆地的变化。从简单而客观的言说，变成"怀棘履刀"极具危险的修行方法，可见"交接之道"已经不被主流道教所认可。

有些养生的细节部分，采女传讲解得更为清楚。如，但养之得宜，可至百二十岁，不及此者，皆伤之也。彭祖传行文至此就转入下文，略之而过。采女传则列举了种种有碍养生的行为，更像是一篇可参照执行的规则。"大醉、大饱、大喜、大怒、大温、大寒、大劳、大极，皆伤也。至乐、至忧、至畏、至怖、至挠、至躁、至奢、至淫，皆伤也。甚饥、甚渴、甚思、甚虑，亦伤也。久坐、久立、久卧、久行，亦伤也。"③采女传对养生内容的细化，并非特别新的内容，都是道教一贯秉持的养生准则，只是在彭祖传中没有特别提出，而在这里详细论述了而已。随着时代的发展，到了撰写采女传记的时候，人们可能已经不那么熟悉这些养生原则了，作者才需要特别指出，而在写作彭祖传记的时代，恐怕这些知识还是常识可以一笔带过。

总的说来，无论是彭祖传，还是采自彭祖传的采女传，并非一篇严格意义上的人物传记，它们都可以看作道教养生思想的宣传文字，是阐发道教养生思想和原则的文献，尤其是采女传，在强化了诸多养生细节和准则之后，更便于指导人们的养生行为。创作采女传的目的，就是意图透过女仙传记的途径，去宣传道教的养生思想。采女传的出现是对上古神话中长寿养生思想的继承和发扬。

---

① （晋）葛洪撰，胡守为校释：《神仙传校释》，中华书局，2014年，第16页。
② （唐）杜光庭撰，罗争鸣辑校：《杜光庭记传十种辑校》，中华书局，2013年，第661页。
③ （唐）杜光庭撰，罗争鸣辑校：《杜光庭记传十种辑校》，中华书局，2013年，第661页。

第三节　九天玄女

九天玄女传的写作方式与圣母元君传有极其相似之处。虽题名九天玄女，但传记内容主要是记录"黄帝"的事迹。与九天玄女有关的内容不多，仅有开篇处介绍九天玄女身份的寥寥数字。曰："九天玄女者，黄帝之师，圣母元君弟子也。"[①]文中与九天玄女相关的情节也只有授黄帝符书和法印部分，其余之文则讲述黄帝与蚩尤的战争。

一

"黄帝"作为中华民族的祖先，关于他的神话十分丰富。而《集仙录》中的九天玄女传主要截取的是黄帝战蚩尤这部分内容，不似《史记·五帝本纪》中的"黄帝"传部分内容完整。这里选取《史记·五帝本纪》与《集仙录》中"黄帝战蚩尤"进行对比，即可看出二者在写作手法上的区别。

《史记·五帝本纪》[①]	《九天玄女》[②]
轩辕之时，神农氏世衰。诸侯相侵伐，暴虐百姓，而神农氏弗能征。于是轩辕乃习用干戈，以征不享，诸侯咸来宾从。而蚩尤最为暴，莫能伐。……蚩尤作乱，不用帝命。于是黄帝乃征师诸侯，与蚩尤战于涿鹿之野，遂禽杀蚩尤。而诸侯咸尊轩辕为天子，代神农氏，是为黄帝。	黄帝世为有熊国之君，佐神农为理。神农之孙榆罔既衰，诸侯相伐，干戈日寻，各据方色，自称五行之号。太暤之后，自为青帝；榆罔，神农之后，自号赤帝；共工之族，自号白帝；葛天之后，自号黑帝；帝起有熊之墟，自号黄帝。乃恭己下士，侧身修德，在位二十二年。而蚩尤肆孽，弟兄八十一人，兽身人语，铜头铁额，啖砂吞石，不食五谷，作五虎之形，以害黎庶，铸兵于葛炉之山，不禀帝命。帝欲征之，博求贤能，以为己助。得风后于海隅，得力牧于大泽，以大鸿为佐，天老为师。

① （唐）杜光庭撰，罗争鸣辑校：《杜光庭记传十种辑校》，中华书局，2013年，第651页。
① （汉）司马迁：《史记》，中华书局，2014年，第4页。
② （唐）杜光庭撰，罗争鸣辑校：《杜光庭记传十种辑校》，中华书局，2013年，第651—652页。

续 表

《史记·五帝本纪》[①]	《九天玄女》[②]
	署三公以象三台，风后为上台，天老为中台，五圣为下台。始获宝鼎，不爨而熟。迎日推策，以封胡为将，以夫人费修之子为太子，用张若、隰朋、力牧、容光、龙纤、仓颉、容成、大扰、屠龙众臣为翼辅，战蚩尤于涿鹿，帝师不胜。蚩尤作大雾三日，内外皆迷。风后法斗机作大车，以杓指南，以正四方。帝用尤愦，斋于太山之下。王母遣披玄狐之衣，以符授帝曰："精思告天，必有太上之应。"居数日，大雾冥冥，昼晦，玄女降焉，乘丹凤，御景云，服九色彩翠之衣，集于帝前。帝再拜受命，玄女曰："吾以太帝之教，有疑可问也。"帝稽首顿首曰："蚩尤暴横，毒害烝黎，四海嗷嗷，莫保性命，欲万战万胜之术，与人除害，可乎？"玄女即授《六甲六壬兵信之符》《灵宝五帝策使鬼神之书》，制妖通灵五明之印，《五阴五阳遁元之式》《太一十精四神胜负握机之图》《五兵河图策精之诀》，复率诸侯再战蚩尤于冀州。蚩尤驱魑魅杂妖以为阵，雨师风伯以为卫。应龙蓄水以征于帝，帝画之，遂灭蚩尤于绝辔之野中冀之乡，分四冢以葬之。

　　《史记》以史传体的写法，粗线条地勾勒了黄帝战蚩尤的情景，没有具体描写作战的细节和情况。《集仙录》中的黄帝战蚩尤的笔墨主要集中在大战前的准备，黄帝招兵买马，各路神仙前来相助，将黄帝阵营紧张备战的气氛烘托得十分到位。反而是大战的过程描写得过于简略，颇有草草收场之感，与战前的描写极不相配。另一部描写"黄帝战蚩尤"的作品《轩辕本纪》的结构就更加完整和丰富，故事首尾完具，叙事手法更加流畅，可读性也更高。[①]

---

① （宋）张君房编，李永晟点校：《云笈七签》，中华书局，2003年，第2156页。

九天玄女授黄帝法术的故事在"西王母"传记中亦有描写，其内容可以看作《史记》与"九天玄女"的中间形态。"昔黄帝讨蚩尤之暴，威所未禁，而蚩尤幻化多方，征风召雨，吹烟喷雾，师众大迷。帝归太山之阿，昏然忧寐。王母遣使披玄狐之裘，以符授帝曰：'太一在前，得之者胜，战则克矣。'符广三寸，长一尺，青莹如玉，丹血为文。佩符既毕，王母乃命一妇人，人首鸟身，谓帝曰：'我九天玄女也。'授帝以《三宫五意阴阳之略》《太一遁甲六壬步斗之术》《阴符之机》《灵宝五符五胜之文》，遂克蚩尤于中冀，剪神农之后，诛榆冈于版泉，而天下大定，都于上谷之涿鹿。"①九天玄女本是"圣母元君"之弟子，其授黄帝经符的内容，没有出现在"圣母元君"传中，反而出现在了"西王母"的传记之中，颇让人疑惑。或是"圣母元君"传记的大部分篇幅都用于描写"老子"降生的过程，不得已才将与"西王母"本无相关的"九天玄女"安排到了她的传记中，并成为授受黄帝法术的特使。还是传说故事中"西王母"的声名远超"圣母元君"，所以才有此写作方式。如此描写也将西王母与黄帝两位华夏早期的神灵关联起来。

二

《集仙录》并非作者独创，很多内容亦是采自前代的各种关于黄帝的神话，经过作者的删减拼凑之后，用到了"九天玄女"传中。黄帝作为中华上古神仙，他与中国文明，与道教的关系，已是诸多文献一再书写的内容，可谓资料丰富，内容详细。故此，九天玄女传的作者，才有可能以"九天玄女"为题，其中暗含了黄帝战蚩尤等内容，此举是借用女仙传的外壳，详细描写了黄帝与道教神仙的关系。这种写作手法，在《集仙录》中多有运用，借用女仙的外壳，包藏着男性神仙的内容，"九天玄女"传是如此，"圣母元君"传亦是如此。而传记中描写草草之处，

---

① （唐）杜光庭撰，罗争鸣辑校：《杜光庭记传十种辑校》，中华书局，2013年，第576页。

可能与这种写作构架有关，毕竟是女仙传不好在女仙传记之中详细铺陈男仙的赫赫战功。所以，不得已交代完主要情节之后就迅速收尾，形成了虎头蛇尾的行文结构，颇有缺憾。

第九章

结　语

　　《集仙录》作为现存唯一一部女仙传记，对于它的研究还相对薄弱。虽然已有杨莉和罗争鸣两位博士，以及几位硕士的专题研究，但《集仙录》中还蕴含有诸多闪光点等待我们去发掘。现存的《集仙录》并非完秩，所以已经很难看到编撰者谋篇布局的具体情况。残存的六卷文字，我们也很难意会编纂者的逻辑和思路。由于《集仙录》是编纂作品，所以写作手法并不统一，而编纂者对于已有传记的修改相对有限。阅读现存的《集仙录》，并没有一种整体感，显得有些凌乱。

　　我们试图通过自己所理解的道教，来重新编排并找到这些女仙传记的逻辑关系，虽不能说我们这个工作是徒劳，但至少本次工作完成得并不满意。依然会有一些女仙传记无法进入我们试图搭建的逻辑框架中，不得不割舍其传而不论述，诸如，黄景华、傅礼和、孙寒华等，就未能出现在本书中。

　　《集仙录》是杜光庭编撰的一部女仙传，其中有些传记明显地抄录于前朝的仙传之书，某些传记又有适当的改编改写，这就造成了全书的写作风格不一致。《集仙录》每篇传记的结构来说，有的传记具有完整的故事主角的生平事迹，有的则可能是某个事迹的记载，有的甚至是借着主角的名义，实际书写着另外一位神仙的事情。从写作手法上来说，有的传记内容简单，寥寥几笔；有的则内容丰富，条理清晰，有完整的人物故事；有的女仙传记内容瑰丽，想象奇特，情节诡异，读者可以获得良好阅读体验，但真实性则显得有些不足。

西王母虽是远古就有的女仙，但相关传说散见于古代传说之中，却未有一篇完整的西王母传。《集仙录》中的西王母传是现存最早的一篇。它整合了早期有关西王母传记的内容，形成了一篇独立的西王母传。完整的独立传记，也就廓清了西王母传的边界，于是很多异说逐渐被淡忘，甚至消失。《集仙录》西王母传的出现也终结了西王母故事的自然生长状态。

某些唐代蜀中女仙的传记有着较为明显的杜光庭亲自撰写的痕迹，这类作品恐是《集仙录》中最具价值的。因袭前期仙传的作品，在其他仙传中亦可能收录，而杜光庭亲自撰写的女仙传记，全赖其作，女仙们的故事才得以流传。这类女仙传记又多与巴蜀有关，更凸显出杜光庭编撰本书的用心。

就《集仙录》现存篇目来说，诸多围绕"二十四治"等展开的女仙故事，为营造蜀中的道教神圣空间进行了苦心经营，通过女仙传记的写作，重构道教洞天福地的秩序，为道教创立之后才出现的"二十四治"获得广泛认可，努力书写。

《集仙录》对于将早期神话仙山纳入道教体系也作出了努力，九嶷山、华山的诸多女仙故事，就是发生在上古仙山体系中。杜光庭通过收集编撰这些上古著名山岳的女仙仙传，将上古仙山的"仙气"顺利地继承过来，构成了道教的山川岳渎信仰体系。

研究道教女仙传记就不得不涉及道教派别，魏晋直至唐代，上清一派备受关注，杜光庭本人也是上清派道士，且上清派多女仙。因此就现存的残卷来说，上清的女仙亦占有很大篇幅。①然而甚为可惜的是，大多数上清女仙的传记都是剪裁自陶弘景的《真诰》，故无新意可言。反倒是其他派别和唐代创作的一些女仙传记，内容更加丰富，可读性也更强。

《集仙录》虽是道教女仙传记，但其中也反映了一些佛教内容，佛教内容或为对立面出现，或以变形的形态进入故事之中，从某种角度来说，吸收变形的佛教故事，或可看作道教对于佛教文化强大传播的一种接受和屈服。

《集仙录》中抄录自魏晋的女仙传有着明显的魏晋风骨，女仙们翩若惊鸿的身影，令人印象深刻。而之后撰写的女仙作品则更多注重史实的记录，写实性更强，与地方文化的互动更加丰富，很多女仙都在后世的地志类图书中留下了印迹，这也说明古代当地人对于女仙故事的接受与热爱。

总之，《集仙录》集合的女仙传记，颇值得我们今天继续去挖掘其中的故事和内容，她们的事迹对于我们理解仙话，理解道教的发展，理解仙传写作，仙传所蕴含的文化内核和仙传之于地方文化等都有了较为深刻的意义。尤其是那些曾经是历史真实人物的女仙们，她们的出现对地方文化有其独特的影响。她们的声名会与她们曾经居住过的地方一起，保留下来，成为地方文化中的一道风景，在后代不断流传。有的虽然可能会走样，距离故事的最初形态越来越远，但是这并不影响她们的故事继续产生影响。虽然今天我们可能只是将这些女仙当作一个个遥远的故事，但是她们在历史上，或许曾经是影响一方的文化事件。

---

① "如果说唐代女修传统是杜氏仙传必不可少的土壤，则上清传统便是这部仙传得以成形的基架。"见杨莉：《道教女仙传记〈墉城集仙录〉研究》，香港中文大学博士论文，2000年，第33页。

附　录

一、仙传人物列表

《列仙传》

卷上					
赤松子	宁封子	马师皇	赤将子舆	黄　帝	偓　佺
容成公	方　回	老　子	关令尹	涓　子	吕　尚
啸　父	师　门	务　光	仇　生	彭　祖	邛　疏
介子推	马　丹	平常生	陆　通	葛　由	江妃二女
范　蠡	琴　高	寇　先	王子乔	幼伯子	安期先生
桂　父	瑕丘仲	酒　客	任　光	萧　史	祝鸡翁
朱　仲	修羊公	稷丘君	崔文子		
卷下					
赤须子	东方朔	钩翼夫人	犊　子	骑龙鸣	主　柱
圆　客	鹿皮公	昌　容	溪　父	山　图	谷　春
阴　生	毛　女	子　英	服　闾	文　宾	商丘子胥
子　主	陶安公	赤　斧	呼子先	负局先生	朱　璜
黄阮丘	女　丸	陵阳子明	邗　子	木　羽	玄　俗

《历世真仙体道通鉴》

卷一					
轩辕黄帝					

卷二					
通玄天师	有古大先生	盘古先生	郁华子	广寿子	大成子
广成子	随应子	赤精子	录图子	务成子	尹寿子
真行子	锡则子	爕邑子	育成子	经成子	郭叔子

卷三					
赤松子	宁封子	马师皇	赤将子舆	偓佺	方回
篯铿	啸父	师门	务光	仇生	容成公
吕尚	葛由	范蠡	邛疏	介子推	涓子
马丹	平常生	陆通	琴高	寇先	王子乔
幼伯子	桂父	瑕丘仲	酒客	任光	萧史
赤须子	祝鸡翁	崔文子	朱仲	东方朔	修羊公
稷丘君	犊子	骑龙鸣	主柱	鹿皮翁	溪父
山图	谷春	阴生	子英	服闾子	文宾
商丘子胥	子主	陶安公	赤斧	呼子先	负局先生
阮丘	朱璜	陵阳子明	邗子	木羽	玄俗

卷四					
天真皇人	白石生	王倪	洪崖先生	展上公	何侯
文子	亢仓子	浮丘公	宋来子	沈义	王傅
刘奉林	成连先生	武夷君	王玮玄	韩众	王次仲
若士	古丈夫	衍门子	沈文泰	董谒	李充
孟岐	郭琼	黄安			

卷五					
皇初平	沈 建	华子期	王 远	蔡 经	涉 正
孙 博	班 孟	王 刚	皇 化	阴 恒	李 修
柳 融	葛 越	刘 安	刘 图	介 琰	龙 述
赵 丙	折 象	王 遥	陈永伯	刘 政	王 乔
成君平	丁 约				

卷六					
木 公	九元子	上黄先生	常生子	长存子	张穆子
高丘子	蒲先生	童子先生	九源丈人	宛丘先生	青鸟公
长桑公子	蔡 琼	列 子	庄 子	刘 越	王 果
鬼谷先生	茅 濛	西门君	徐 福	郭四朝	周太宾
姜叔茂	龚仲阳	谷希子	王仲高	公孙卿	李少君

卷七					
董仲君	车子侯	王 兴	寿光侯	卫叔卿	戴 孟
山世远	毛伯道	苏 林	阳 生	王思真	王仲都
上成公	桐 君	刘 晨	武 丁	玄都先生	蔡长孺
延明子高	崔野子	灵子真	任 敦	敬玄子	帛 举
徐季道	赵叔期	庄伯微	瞿 武	匡 俗	卢 耽
傅先生	黄观子	石 坦	张巨君		

卷八					
尹 喜	尹 轨				

卷九					
杜 冲	彭 宗	宋 伦	冯 长	姚 坦	周 亮
尹 澄	王 探	李 翼			

续 表2

卷十					
李八百	匡续	玉 子	离 明	杜 宇	李 冰
鲁 般	马成子	楚康王	唐建威		
卷十一					
孔丘明	何紫霄	唐公昉	丁令威	张 良	苏 耽
司马季主					
卷十二					
刘 讽	鲍叔阳	刘 京	刘 懂	严 青	王谷神
太山老父	巫 炎	李奉仙	清平吉	黄山君	吕 恭
陈安世	灵寿光	张礼正	李 根	黄 敬	甘 始
黄子阳	河上公				
卷十三					
安期生	马明生	阴长生	魏伯阳		
卷十四					
周义山	王 褒	梅 福			
卷十五					
裴 君	栾 巴	左 慈	孔元方	焦 先	阳翁伯
李意期	杜 契	李 阿	介 象		
卷十六					
董 奉	姚 光	徐 弯	茅 盈	韩 崇	
卷十七					
冯 良	郎 宗	淳于斟	桃 俊	刘 翊	吕子华
蔡天生	刘平阿	张激子	赵广信	张祖常	虞翁生
朱孺子	尹虔子	郑景世	平仲节	吴 睦	郭 静
范伯慈	韩伟远	刘少翁			

卷十八					
张天师					

卷十九					
王 长	赵 升	张 衡	张 鲁	张 滋	张昭成
张 椒	张仲回	张 迥	张 符	张子祥	张 通
张仲常	张 光	张慈正	张 高	张应韶	张 顺
张士元	张 修	张 谌	张栗一	张 善	张季文
张正随	张乾曜	张嗣宗	张象中	张敦复	张景端
张继先	张时修	张守真	张伯璟	张庆先	张可大

卷二十					
干 吉	宫 嵩	王道真	王玄甫	蓟子训	王 乔
壶 公	华 陀	青谷先生	刘文饶	赵威伯	乐长治
刘 根	刘伟道	夏 馥	范幼冲	钟离简	

卷二十一					
封 衡	王 老	张 皓	王少道	路大安	王 真
陈 长	王 晖	昌 季	张玄宾	王中伦	蓬 球
鲍 靓	许 迈	许 穆	扈 谦		

卷二十二					
杜 昺	朱 库	姜伯真	王 霸	元藏几	王 睿
李 筌	王可交	陈 简	卢 钧	王子芝	王 廓

卷二十三					
葛仙公					

卷二十四					
郑思远	葛 洪	黄野人	杨 羲	许 翙	许黄民
陆修静	孙游岳	陶弘景			

续 表4

卷二十五					
王远知	王 轨	潘师正	司马承祯	李含光	
卷二十六					
许太史					
卷二十七					
吴 猛	陈 勋	周 广	曾 亨	时 荷	甘 战
施 岑	彭 抗	盱 烈	钟离嘉	黄仁览	兰 公
许 大	胡惠超				
卷二十八					
王 纂	单道开	王 嘉	孟 钦	郭志生	郭 璞
郭文举	王 质	董 幼	范 豹	冯伯达	马 荣
韩 越	严 束	王灵舆	双袭祖	桓 闿	
卷二十九					
寇谦之	李 皎	韦 节	田仕文	徐 则	岐 晖
孙思邈	胡隐遥	刘道合			
卷三十					
梁 谌	孙 彻	马 俭	尹 通	牛文侯	王道义
陈宝炽	王 延	李顺兴	侯 楷	严 达	于 章
张法乐	巨国珍				
卷三十一					
钟离权	刘 纲	王 烈	刘道成	项蔓都	徐启玄
万 振	曹德休	杜昙永	萧子云	丁玄真	张公弼
李元基	陈道冲	王守一			

续 表5

卷三十二					
何尊师	刘知古	王 旻	吴道元	颜真卿	邓紫阳
伊祁玄解	许栖岩	摸先生	王 君	梁 须	王元芝
卖药翁	袁 亢				
卷三十三					
陈兴明	尹道全	施 存	了然子	邓欲之	徐灵期
邓郁之	陈惠度	张昙要	张如珍	廖 冲	由吾道荣
贾自然	萧灵护	张惠明	李思慕	申泰芝	张太空
柳 实					
卷三十四					
陈法明	王十八	孙 登	嵇 康	东郭延	乐子长
凤 纲	赵 翟	王玄甫	尹 思	张 岊	王仲甫
王先生	赵 郎				
卷三十五					
王履冰	岑道愿	王 顺	吉留馨	王 贾	王叔明
唐若山	王 向	罗子房	王 夐	王四郎	叶千韶
王 璨	李 珏	许仲源	施无疾		
卷三十六					
宋 愚	韦善俊	张惠感	张志和	朱孺子	王 老
侯道华	马 湘	邬通微	许 碏	金可记	宋玄白
贺自真					
卷三十七					
酆去奢	蓝采和	张 果	许宣平	薛 昌	吴 筠
李 白					

卷三十八					
刘玄和	杨泰明	李 贺	轩辕弥明	刘 商	刘 瞻
罗万象	殷文祥	谭峭岩			
卷三十九					
叶法善	邢和璞	申元之	罗公远	薛幽棲	王 柯
李 聿	杜 升	羊 愔	谭 峭		
卷四十					
薛季昌	田虚应	冯惟良	陈寡言	徐灵府	刘元靖
叶藏质	应夷节	左元泽	吕志真	杜光庭	闾丘方远
卷四十一					
聂师道	张 氲	傅仙宗	成道士	赵惠宗	翟法言
卷四十二					
舒虚寂	向道荣	任可居	程太虚	俞灵瑰	赵知微
刘道平	聂绍元	徐左卿	李遐周	谢通修	韩 湘
轩辕集	熊德融	刘德本	厉归真		
卷四十三					
朱桃椎	感庭秋	边洞元	李 真	郑 遨	李守微
程 晓	谭紫霄	黄 损	王 老	採药民	杨通幽
崔 伟	韦 古	佯狂道士	韦 老		
卷四十四					
卢 生	刘无名	李终南	柳条青	李 浩	张 辞
李 老	陈允升	许 鹊	橘 叟	道左老人	终南山翁
段 谷	鹿 人	刘 拣	白衣人	房州工人	江 叟
洪 志	桑俱凤	司马郊			

卷四十五					
吕　嵒	施肩吾	徐　钧	钱　朗	杨云外	王昌遇
尔朱洞	应　靖				
卷四十六					
王仙君	李　升	伊用昌	胡二郎	张　鳌	李梦符
乐子长	吴涵虚	李云卿	张荐明	贺　元	郭恕先
陈　陶	孙　成	许　坚	沈　麟	黄万护	
卷四十七					
陈　抟	苏澄隐	刘若拙	张　白	混沌道士	丁少微
陈花子					
卷四十八					
张契真	张元化	张齐物	张无梦	程仙翁	涂定辞
郭上灶	赵抱一	武抱一	朱自英	李仙人	刘从善
蓝　方					
卷四十九					
侯先生	张九哥	安昌期	陈景元	刘玄英	张用成
马自然	石　泰	薛道光	陈　楠	白玉蟾	彭　耜
朱　橘					
卷五十					
杨　戬	李鉴夫	赵灵运	屈突无为	率子廉	刘希岳
穆若拙	吕大郎	王　鼎	刘　昉	罗道成	曾志静
归真子	孙希龄	周　贯	刘元真	陈太初	马宣德
胡用琮	黄知微	毕道宁	田端彦	刘跛子	水丘子

卷五十一					
张虚白	刘卜功	刘元道	董南运	王秉文	刘 烈
蓝 乔	沈东老	车 四	章 察	邢仙翁	贾善翔
周史卿	刘大头				
卷五十二					
刘混康	王 筌	徐守信	张润子	王 吉	祝大伯
刘 益	魏二翁	王老志	李思广	荣 阳	雍广莫
皇甫涣	茴香道人	邹葆光	龚元正	沈若济	张 淡
张 拱	李 笈	蒋风子	莫道人		
卷五十三					
林灵蘁	王文卿				

《历世真仙体道通鉴续编》

卷一					
王 喆	马 钰				
卷二					
谭处端	刘处玄	丘处机			
卷三					
王处一	郝大通	和德瑾	李灵阳	皇甫坦	罗 晏
卷四					
萨守坚	赵麻衣	刘居中	谯 定	姚平仲	崔 羽
刘浩然	叚 瓃	饶廷直	苏 庠	冯观国	赵缩手
寇子隆	傅得一	张宗元			
卷五					
张道清	谢守灏	祖元君	火师汪真君	黄雷渊	雷默庵
莫月鼎	金蓬头				

《历世真仙体道通鉴后集》

卷一					
无上元君	太一元君	金母元君			
卷二					
九天玄女	蚕　女	云华夫人	姮　娥	织　女	昌　容
女　偊	李真多	嬴　女	太阳女	太阴女	毛　女
梅　姑	女　几	孙　氏	张文姬	张文光	张　贤
张　芝	卢　氏	张玉兰	屈　女	谌　姆	刘仙姑
盱　母	许　氏	薛练师			
卷三					
上元夫人	南极王夫人	右英王夫人	紫微王夫人	太真王夫人	灵照李夫人
中候王夫人	钩翼赵夫人	麻　姑	南阳公主	郭芍药	赵爱儿
王鲁连	南岳魏夫人	九华安妃	河北王母	韩西华	王抱台
王妙想	王奉仙	王　氏			
卷四					
紫素元君	赵素台	黄景华	周爱支	张桃枝	傅礼和
张微子	窦琼英	韩太华	刘春龙	郭叔香	孙寒华
王进贤	李奚子	樊夫人	东陵圣母	云　英	鲍　姑
丁淑英	黄仙姑	广陵茶姥	罗　女	梁　母	徐仙姑
花　姑	焦静真	王法进	费妙行	缑仙姑	王　女
卷五					
明星玉女	江　妃	太玄女	河西少女	园客妻	程伟妻
张姜子	李惠姑	施淑女	郑天生	文女真	裴元静
戚逍遥	何仙姑	谢自然	王　氏	蔡寻真	麻媪

卢眉娘	吴彩鸾	杜兰香	诸葛氏	韦 女	杨保宗
无名氏					
卷六					
钱女真	曹文姬	赵仙姑	郑仙姑	刘 妍	虞真人
莫州女	于仙姑	张仙姑	徐道生	陈琼玉	吴 氏

《疑仙传》

卷上					
李 元	卖药翁	张 郁	负琴生	葛 用	刘 简
卷中					
东方玄	郑文家	管 革	草衣儿	朱子真	
卷下					
姜 澄	沈 敬	萧 寅	韩 业	吹笙女	景 仲
何 宁	姚 基				

《广列仙传》

卷一					
老 子	赤松子	容成公	广成子	黄 帝	宁封子
赤将子舆	洪厓先生	马师皇	王 倪	何 侯	西王母
太真王夫人	东王公	上元夫人	偓 佺	宛丘先生（附姜若春）	务 光
孟 岐	匡 裕	彭 祖	青鸟公	范 蠡	吕 尚
刘 越	匡 续	葛 由	蔡 琼	彭 宗	冯 长（西岳真人）

王子乔	沈羲	周亮 （太素真人）	涓子	亢仓子	琴高
寇先	负局先生	马丹	列子	王瑞玄	韩崇
庄子	陵阳子明	尹喜 （文始先生）	尹轨 （太和真人）	丁令威	李八百
马成子	折象	宋伦 （太清真人）	玉子	太阳子	太阳女
太阴女	太玄女	墨子	浮丘伯	祝鸡翁	鬼谷子
茅濛	萧史	武夷君	皇太姥	魏真君	控鹤仙人
古丈夫	毛女	徐福	涉正	清平吉	白石生
卷二					
安期生	朱仲	刘京	茅盈（附茅震、茅固即一茅真君）	修羊公	屈处静
鲁妙典	缑仙姑	苏耽	王真	金申	王兴
卫叔卿 （附子变世）	东方朔	拳夫人	朱璜	郭琼	李少君
车子候	李根	鲍叔阳	司马季主	太山老父	程伟妻
巫炎	黄安	寿光侯	稷丘君	刘安 （淮南王）	尹澄
黄子阳	焦先	阴长生	南阳公主	江妃二女	栾巴
灵寿光	赵丙	瞿武	上成公	毛伯道 （附刘道恭）	方回
钟离简	钟离权 （即钟离正阳帝君）	庄伯微	范幼冲	陈永伯	萧綦
王仲都	王褒	苏林	刘根	谷春	梅福

续表2

魏伯阳	龙 述	姚 光	东廓延	吕 恭	华子期
沈文恭	子 英				
卷三					
王 乔	麻 姑	天台二女	刘 晨	阮 肇	王 老
张道陵（老祖天师）	王 远	蔡 经	宫 嵩	董 奉	介 象
黄初平	黄初起	鲍 靓	刘 讽	李 阿	张 鲁
介 琰	费长房	壶 公	蓟子训	左 慈	朱孺子
严 青	耆 域	孙 登	梁 谌	嵇 康	王 烈
王 质	兰 公	谌 姆	丁 义	蓝采和	
卷四					
葛 玄	葛 洪	黄野人	扈 谦	王 嘉	杨 羲
许逊真君	许 迈	许 穆	许羽（附）	云林夫人（附）	彭 杭
黄仁览	吴 猛	吴彩鸾	文 萧	孟 钦	张昭成
郭 璞	刘纲（天师）	樊夫人	东陵圣母	王道真	邓 郁
王玄甫（东华帝君）	曾文㢲	鄡去奢	范 豹	韩 越	萼绿华
张 岊	白鹤道人	万 振	王 延	蓬 球	郑思远（丹阳真人）
卷五					
陶弘景（蓬莱都水监）	桓 闿	刘玄英（海蟾子）	寇谦之	徐 则	萧子云（玄洲长史）
岑道愿	明崇俨	傅先生	许宣平	李 筌	骊山老母（附）
韦善俊	司马承祯	帛 和	王可交	班 孟	李长者

凤　纲	孙思邈 （真人）	罗公远	李　白	白居易 （附）	白龟年 （附）
薛　昌	徐佐卿	仆仆先生	吴道元 （道子）	王　皎	赵惠宗
张　果 （果老）	轩辕集	申元之	邢和璞	薛季昌	罗子房
张志和	李　贺	颜真卿 （北极驱邪 院判官）	伊祁玄解		
卷六					
吕　岩 （洞宾纯阳）	何仙姑	裴　航	云　英	谭　峭	尔朱洞
柳　实	元　彻	王四郎	许栖岩	韩湘子	江　叟
陈　抟	甘　始	张用成 （紫阳真人）	刘斗子	石　泰 （杏林真人）	赵　吉
薛道光	雷隐翁	林灵素	萨守坚 （附徐湾）		
卷七					
陈　楠 （泥丸真人）	朱　橘	白玉蟾 （海琼真人）	彭　耜	刘　益	石　坦
孔　元	王　喆 （重阳真人）	马　钰 （丹阳真人）	孙仙姑	谭处端 （长真子）	刘处玄 （长生子）
丘处机 （长春子）	郝大通	王处一	李灵阳	李　笈	周史卿
宋有道	李　珏	张　模 （太虚真人）	赵友钦 （都督真人）	刘　瞎	洪　志
莫月鼎	张三丰	铁冠道人	周颠仙	冷　谦	裴　仙
赤肚子	王昊阳				

《三洞群仙录》

卷一		
盘古物祖黄帝道宗	少昊歌瑟颛帝锡钟	唐尧鸣鹬夏禹乘龙
伯阳帝师仲尼真公	传说比星邹屠梦日	公孙抚琴师延吹律
子房万户涉正一室	马底肥遁昭微隐逸	简狄圣子兰公仙王
虞舜玉琯汉武锦囊	子恭秘术长桑禁方	窦迁金液嵩叟玉浆
惠超拔俗元素遁迹	知古金鱼安期玉舄	寿光少容玉真美色
景纯无成子年略得	范饮桂水张赐腴膏	灵箫握枣王粲得桃
妙想谒舜良卿荐尧	何知沙麓裒忆蓝桥	武宿鸟巢端窥螺壳
採访下宫成子中岳	赵度逐兔石巨化鹤	祖常幽馆许肇灵阁
孔升霅鹤华佗五禽	仙人毁璧贫士施金	采和歌拍段谷讴吟
昭王绝欲子休耻婬		
卷二		
杨君司命子晋侍宸	谦之师位道翔仙真	俞叟戒魄夏馥炼魂
道荣焚槸惠宗积薪	徐钓涂心钱朗补脑	伯高方台玄解真岛
阴生乞儿寒嵓贫道	溪父炼瓜孟节含枣	时荷一食青精九飡
天师三境翊圣九坛	玄甫五藏叔期三关	道君授剑玉女献环
圣母穿云周生取月	商唱阳春张吟白雪	张晬楼台逢升宫阙
楼嵩洞室徐姑掘穴	德玄五岳伟道九嶷	徐福白鹿处士黄鹂
裹谌佳会兰香玄期	谪仙呼鼠祝公养鸡	李珏贩籴安公伏冶
马湘纸猾章震泥马	程妻致縑苏母思鲊	道人两口先生霍踝
樊英喫水朱伦驾烟	抱一龙杖清虚蛇鞭	刘邦宾友虔子高仙
彭铿出处仲伦留连		
卷三		
明期飙室素台真馆	茅君鸡子圣姑鹅卵	道义驯鹿君友引犬

干朴识陶和璞笑琯	梅姑履水道华登松	令威仙鹤宋纤人龙
王鼎物外垂崖梦中	顺兴宿德少道阴功	杜沙龙飞马符鼠伏
韩湘蓝关尹喜函谷	盱真母部黄君父属	修公化羊尹澄恫鹿
志真縶虎子英捕鱼	子先二狗沉建一驴	韩众苣胜廷瑞菖蒲
俱凤阆茸持满侏儒	瑶池白橘沧洲碧枣	右英五芝凤纲百草
公成偓逸宋来洒扫	宫嵩长生郭延不老	祭女绣凤志和雕鸾
栾巴破庙谷青发棺	梁伯求卫孝惠祠韩	若山脱屣任敦弃官
稚川金阙公远碧落	沈羲龙虎公阳鸾鹤	帛公素书甘君仙药
郑公崑台子廉魏阁		
卷四		
尊师何何先生仆仆	侯观三松苏庵两竹	胡仿剐金雍伯种玉
道成跨骡敬之射鹿	廖扶北郭王绩东皋	董奉食粟曼倩偷桃
山甫玄发姚泓绿毛	王母击节子登弹璈	人间长史山中宰相
法进帝前奉仙天上	元一甓壶长房投杖	缑山王乔磻溪吕尚
石子东府广利南宫	紫阳役使鲁连飞冲	郭文训虎瞿君驾龙
黄石圯下李整洞中	赵升露宿马湘壁睡	稷丘拥琴渔父鼓枻
道开食粗石坦衣弊	司马白云巫谈紫气	琴高控鲤黄安坐龟
琮服桃核回书榴皮	焦光石芋羊惜云芝	
卷五		
善俊乌龙叔卿白鹄	万象货药季主卖卜	景闲碎釜赵明燃屋
秦避桃源田居柳谷	缑姑青鸟女真白猿	聂论宗性张讲还元
洞宾蓬岛景世云軿	房逢西白徐遇东专	契虚三彭上元五性
郄鉴司直吕海纠正	季伟定录思和保命	董重复活甘始治病
青州从事紫府真人	王晖虎耕陆羽鸟耘	仙柯给炭宣平负薪
费公石墨耿女雪银	虚寂马鸣大亮牛喘	太和鹤驾法善龙辇

玉札贤安金书妙典	老叟蒸儿孺子烹犬	高阆笑蟹曹操惊鲈
冯良弃世杜契隐居	泰宜宝洞元真仙墟	世云羽扇玄同飙车
成连刺船颛和击石	崇子致誉奉林闭息	通和青紫清虚黄赤
涓子玉函公弼石壁		
卷六		
玉器自满陶瓢屡空	宋香足雨吴符止风	尊师伏虎处士豢龙
孝先水上德闻瓮中	赤松雨师元芝水母	洞源鸣钟荐明闻鼓
剪韭务光服葵桂父	仙流谭宜客作子主	师文泉涌长洪雪飞
萧随弄玉犊配连眉	张老席帽孟岐草衣	骊母克木槎客支机
芝耕云卧松餐涧饮	司命宝爵老父神枕	严青夜行国珍昼寝
洞府天仓灵坛石廪	寡言石室灵府草堂	刘宽府帅贺亢员郎
何充仙品丁义神方	湘媪丹篆郭公青囊	子春膏盲游岩瘤疾
王质烂柯徐甲枯骨	仲节学道观子奉师	圆客瓮茧巴邛盎橘
金城绛阙清都紫微	希夷饵柏守微茹芝	伯玉娶妇蓟子还儿
居士芒履道者麻衣		
卷七		
保言冥吏曼卿鬼仙	章令飞举小直擢迁	郭靓负担黄齐挽船
长房缩地女娲补天	蓝方温厚初成慈悯	马明富盛同休贫窨
薛昌瓮卧申屠瓶隐	元泰龙轩公度凤靷	始皇起台黄帝置观
黄安舌耕和璞心算	广成窈冥卢敖汗漫	齐女玉钩傅生木钻
淮阳一老开皇九仙	喜称文始周号闻编	轩集授叶马湘摸钱
灵舆福地山图洞天	达灵复髭张果击齿	鸡师救病鳖灵导水
葛由刻木张辞剪纸	马俭制邪刘根召鬼	陈长驾屋严青挽舟
希夷尧舜洪崖巢由	程戒二虎陶画两牛	许寻偃月杜拜庭秋

续 表3

方朔窥窗张平凿井	白至仙居李践真境	昭王怀珠玄帝埋鼎
武丁被召少君言请		
卷八		
漆园傲吏烟波钓徒	苏耽鹤柜孙真牛车	弥明赋鼎陶白携壶
子良青简永叔丹书	元化湔肠黄眉洗髓	郝姑挑蔬许仆市米
戏臣鼓吻狂士掩耳	北海挂冠南阳遗履	王卿白兔吕公青蛇
钱真飞练女褒浣纱	张白饮酒樵青煎茶	王老打麦张泪破瓜
巫山云雨姑射冰雪	元嘉六举素卿三绝	栾巴斩狸长房诃鳖
雷剑冲斗尧查贯月	张哥呼蝶初平叱羊	顺兴辟戎进贤骂羌
孟钦风旋丘林云翔	休复妓侮徐姑僧僵	淮南八公田谷十老
赵升取桃田师降枣	梦昌戴花子韦被草	万传八音韦赠三宝
叔隐仙伯周颙鬼官	贾耽偷书神通窃丹	廖冲鹤骨平阿玉颜
守真三剑杨宝四环		
卷九		
赤脚仙人黄发老叟	景唐玉案明星石臼	何姑故人李升旧友
成子蛇噬陈纯鹤呕	四明宾友九宫仙嫔	郁夷金雾苍梧珠尘
马明救病峭岩拯贫	于章剪祟元泽笞神	禹钓五枝季卿一叶
冯俊负囊王遥担簇	卢生叱贼刘冯止劫	野夫一枵子芝二槛
李钓不饵陶琴无弦	炎黄钻火封子随烟	伯仁西补庚生东迁
昌龄策杖世云乘船	越溪道士少室仙伯	毕灵引艘仙柯拔宅
瞿生捶遁罗郁罪谪	千韶天书王褒神策	自东击虺赵昱斩蛟
韦见断笔曹视束茆	左蛟蹙缩陈虎咆哮	公昉遗鼠忠恕称猫
赵熙救惠董奉活爕	邡公观像曹王出猎	童子回舟老翁负笈
子阳桃皮田鸾柏叶		

续 表4

卷十		
郭无四壁刘有二困	孝成束带自然纶巾	青巾佳客白衣老人
酆丹一斗翁药千缗	铜牌志鹿金盆射鹊	李明合丹伯真采药
葛氏蛟帐女娲云幕	刘安鸡犬静之龟鹤	德休霹雳王兴云车
浮胡白豹雷公黄蛇	无竞怀果孙钟设瓜	陵阳沉澄曼卿流霞
明皇紫云元之绛雪	道元观灯知微玩月	御寇剖心道君剪舌
灰袋佯狂麻襦卓越	蓟驴虫流王尸泉涌	方远辩慧道华愚懵
杨雄墟墓周畅义冢	自然雷鸣法乐霞拥	李预餐玉王捷烧金
贺玚女箓秋夫鬼针	卢度应鹿龟年辨禽	上灶延颈老夫正心
金阙帝君玉仙圣母	张忠安车董京环堵	冲素精素道全勤苦
贫士抱龙稚川除虎		
卷十一		
处回旌节元卿琅玕	炭妇许逊木仙鲁般	法善宝函王乔玉棺
王母灵凤文妻彩鸾	刘照青藜穆敬黄竹	赤松明囊白云仙箓
侯楷同尘幽栖混俗	王生桑田麻姑陵陆	玉坛风冷瑶台露清
李贺楼记方朔瓮铭	李通丹台子微赤城	彭蛇盘蹙王鹤飞腾
空洞灵瓜嵫洲甜雪	伯微金泞仁本玉屑	李对道德严议优劣
葛呼钱飞宋指灯灭	陶挂朝服夏悬辟书	月支献兽麻村射猪
杨君问龙葛公借鱼	袭祖轻举自真升虚	刘翊阴德韩崇仁政
萧文补履负局磨镜	顾和执盖淳于典柄	韩康避名戴孟改姓
黄符疗疫苏香返魂	土厄娘子金华仙人	张误食厌应不茹荤
子晋窥井士则叩门		
卷十二		
何侯洒酒道子泼墨	兼琼酒星张鲁米贼	归真示书伯丑谭易

葛符上下郑风南北	戴洋短陋李阿贫穷	刘宽长者夏启明公
李赢蛟室思邈龙宫	葛期致雨赵炳呼风	阮丘货葱文宾饵菊
谢敷少微李至亢宿	玉画瓦龟黄折草鹿	观香脱纲许映解束
周驱邪魅刘役鬼神	李臻晦迹张皓登真	安妃贵客孙登奇人
道者棕幂先生布巾	天台刘阮合浦元柳	少君眉目子荣鼻口
真多朝元可居占斗	李泌泼蒜叔茂种韭	龙君橘社渔父杏坛
张澜饮水伯阳饵丹	骒客排闳胡琮启关	沈彬石椁袁玘铜棺
紫云乘风黄梅堕井	鲁聪致雷王向分影	谢云一川王涛万顷
秀川铁扇观福金饼		
卷十三		
沙苑矫翅华阳养翮	冯长回黄世京守白	裴云盘旋戚霞焕赫
正节野人含光清客	隐柱罗远入图柳成	子虚学古桃俊明经
滕公火铃许君灯檠	伯慈疾愈礼正身轻	汉武四多黄帝七昧
黄觉钱客仙凤赴会	元卿麟脂介象鲻脡	章后折爪守一破块
王倪飞步许鹊上升	子长德合图南道成	淳风占日薛颐谏星
子华太霄远游上清	公房舐疮张苍吮乳	沙海石薲唐昌玉药
道士振衣将军举麈	使者迎茅天王问许	插花饮酒击竹和歌
厉画一鹢董叹二鹅	德诚蛇剑陶侃龙梭	玉源宝马芙蓉素骡
烟萝三友竹溪六逸	王探投簪韦节还绂	泽民燕堂杜冲寝室
干吉疗病法满寝疾		
卷十四		
清虚小有寒华大茅	王锡甘露田生神胶	遄周诗谶忠恕字朝
脱空王老诈死马郊	文侯布谷郭璞散豆	王纂飞章张殖易奏
师皇龙针崔炜蛇灸	贺乞鉴湖葛求句漏	公昉仙酒法先神灯

君贤易姓拱寿涂名	鬼谷犬履山阴鹅经	偃佺松实永瑰茯苓
天师鬼降真君牛斗	王授琵琶集献豆蔻	道源推步虚中章奏
可交酒斟文祥栗嗅	元女华幄太真霓裳	太子服液长胡献霜
隐仙白石庐生黄粮	鲁公尸解颜回坐忘	赵高怀雀陶淡养鹿
王母瑶池老君玉局	梁妻更衣袁女改服	子云养神昭素寡欲
麻姑鸟爪羲皇蛇神	成子五石葛起千斤	自在掬水刘政兴云
李竦闲客龟蒙散人		
卷十五		
河公道尊元君仙最	麟伯屋穿紫霄石碎	月娥窃药江妃解佩
武夷设席祝融召会	宾圣白犬万祐青猪	桓闿执爨柳浩掌厨
柳融粉龟张果纸驴	鲁逢修舍奚山造车	列子御风可云卧雪
夸父追日太白捉月	云浆元道石髓王烈	沈彬三举董威百结
修通行者袁滋士流	左慈眇目许画偏头	子推黄雀君达青牛
上林献枣河阴市榴	携琴负壶浮家泛宅	
卷十六		
志和水戏夏统耦耕	季平可活隐瑶再生	肩吾三住墨狄五行
邢公丹灶周贯药铛	童子锦帷尚父绣幄	王贾玉符天宠金钥
洛下痴羊山中病鹤	景翼邪正兴明苦乐	归真驯兔颜阖饭牛
茂实乘虎太白跨虬	高士善卷仙官马周	伯元冥视梁谌梦游
山甫吉凶守信祸福	陈绚市鲊棲真啖肉	尔朱浮石鲍焦抱木
严东一瓢道徽百斛	仙君橘井神女竹坛	刘商襄药乐天炉丹
张硕羽帔原宪华冠	游岳却粒仲都御寒	孙博成火谭峭入水
定辞溷肠鲍助拍齿	灵胶续弦神芝活死	徐登妇人丘曾男子
蔡经狗窦宋卿鸡窠	梁须彻视李元飡和	荀环驾鹤阮琼碎罂
侠士舞剑廉贞持戈		

续表7

卷十七		
田宣块石羊愭片竹	刚称天门訸号鬼谷	南昌免官元瑜逃禄
山叟书符道人画簇	吴刚斫月蔡诞锄芝	君平卜筮望之巫医
接舆木实仇公松脂	哙参疗鹤灵瑰乘龟	从善借马朱冲还犊
董道画床王遥作狱	王果厌尘元鉴绝俗	子明瓦金李脱石玉
元化叱鬼仙翁鞭巫	祖龙駈石玉女投壶	穆王八骏邺令双凫
太虚受印道全佩符	周抚亭长丁度馆主	南极老人西河少女
姚坦银花邛疏石乳	夏统风至刘庆云举	皇化却老齐一反真
孟生魂魄王老精神	将符救友奉先会亲	微子合气道真乘云
尹失恃怙吴阙甘旨	王廓酒醇允升橘美	邓郁观鸟商丘牧豕
服间黄瓜展公白李		
卷十八		
陆生掘瓮屈氏埋钱	贤安紫椟伯儿红莲	归舜鹦鹉文祥杜鹃
筠卿三笛太真一弦	崔君破镟零子发匮	绿华绝整少元端丽
丘公鹤迹方平蝉蜕	翮京练精筺铿闭气	脉望何讽猧子袁晁
陶侃鹤吊道合蝗消	岐晖返室慧虚渡桥	聂遇彭蔡谢会梅萧
天活无恙常拟有疾	章仆金砚谢仙铁笔	张宽对星善胜吞日
屈原见斥贾谊被默	少君石像太真金钗	元子奉戒季伟长斋
曾子纳履何娘织鞋	阇卒抱石江叟遇槐	古忘宦情韩谨臣节
巽二起风葛三避雪	抱一啸傲庐鸿磬折	潘老肴馔玉仙曲蘖
仙宗赤鲤公远白鱼	赤须堕发紫霞生须	鲍靓兄弟积薪妇姑
周宝改葬骑生结庐		
卷十九		
德休鱼飧子骞脯祭	苏林吐纳先贤服饵	通微清爽李根奇异

续 表8

弱翁黄犊自然丹哥	允当悯虎君平牧鹅	金访蓬子针寄田婆
夏侯美睡礼和善歌	钦真力勤合灵睡懒	刘遁同舟公垂共简
卢娘绿眉阮籍青眼	昭武银鼎士良玉版	郭宪噀酒斑孟漱墨
道荣虎坑龙威鸟迹	崇岳拜松姚光燔荻	得一宝符伯威仙籍
汉儿划地秦妇筑城	伯庸鹤鸣藏质鸡鸣	
卷二十		
青丘元老紫微小星	李虞论语顾欢孝经	王远题门隐容浚井
王皎破脑杨公击顶	祈嘉呼遁仲甫吸景	成师挈囊伊尹负鼎
元达梦鸟文子击蜕	玉兰䐼腹上仙蜕皮	杜琼作赋许坚能诗
丘伯相鹤桐君碎鸡	员外秽夫屯田役卒	毛女食松何娘采橘
元放乞骸窦峙藏骨	宋江鬼堆衡山仙窟	尹君饮堇杜巫吐丹
裴氏盘石韦翁古坛	子玉白首昌容红颜	通元望阙徐则还山
左彻朝像高远辞帝	韩泳策蹇子真乘骥	景度玉冠紫元锦帔
道成始珍属文可记		

《墉城集仙录》（道藏本）

卷一			
圣母元君	金母元君		
卷二			
上元夫人	昭灵李夫人	三元冯夫人	南极王夫人
卷三			
云华夫人	太微玄清左夫人	东华上房灵妃	紫微王夫人
卷四			
太真夫人	麻 姑		

续　表

卷五				
云林右英夫人	婴　母	钩弋夫人	湘江二妃	洛川宓妃
阳都女	杜兰香			
卷六				
盱　母	九天玄女	孙夫人	蚕　女	彭　女
弄　玉	园客妻	昌　容	汉中酒妇	女　几
河间王女	采　女	太阳女	太阴女	太玄女
樊夫人	东陵圣母	西河少女		

《墉城集仙录》(《云笈七签》本)

墉城集仙录序	西王母传	九天玄女传			
梁　母	鲍　姑	孙寒华	李奚子	韩西华	窦琼英
刘春龙	赵素台	傅礼和	黄景华	张微子	丁淑英
王法进	王　氏	花　姑	徐仙姑	缑仙姑	广陵茶姥
南溟夫人	边洞玄	黄观福	阳平治	神　姑	王奉仙
薛玄同					

《洞仙传》(《云笈七签》本)

元　君	九元子	长桑公子	龚仲阳	上黄先生	蒲先生
茅　濛	常生子	长存子	蔡　琼	张穆子	童子先生
九源丈人	谷希子	王仲高	阳　生	西门君惠	玄都先生
黄列子	公孙卿	蔡长孺	延明子高	崔野子	灵子真
宛丘先生	马　荣	任　敦	敬玄子	帛　举	徐季道
赵叔期	毛伯道	庄伯微	刘道伟	匡　俗	卢　耽

续 表

范 豺	傅先生	石 坦	郑思远	郭志生	介 琰
徐 福	车子侯	苏 耽	张巨君	冯伯达	韩 越
郭 璞	戴 孟	郭文举	姚 光	徐 弯	丁令威
王 嘉	寇谦之	董 幼	刘 懂	王 质	干 吉
昌 季	王 乔	杜 契	范幼冲	青谷先生	夏 馥
刘 讽	展上公	周太宾姜叔茂附	郭四朝	张玄宾	赵威伯
乐长治	杜 曧	扈 谦	朱 库	姜伯真	

《神仙感遇传》

卷一					
王 杲	吉宗老	何道璋	谢 贞	李 岌	叶迁韶
牟羽宾	于满川	侯天师	韩氏女	王 睿	王从玘
崔玄亮	钱道士	令狐绚	李 筌	邓 老	杨 初
刘彦广	丰尊师	宋文才	刘 景		
卷二					
蓬 球	王可交	陈 简	邵 图	吴 磻	王 生
金庭客	费玄真	白椿夫	李 颜	李 班	裴沉从伯
唐居士	庐山人	权同休友人			
卷三					
御史姚生	武攸绪	荆州韶石	曹桥潘尊师	相国卢钧	李公佐
王子芝	何 亮	薛长官			
卷四					
谢 璠	郑又玄	卢道流	成 生	徐定国	京兆华原陆尊师

续　表

明皇十仙	虬须客	东明油客	王　璘	梓　州牛头寺僧	任公瑾
歧岐阳女子					
卷五					
崔希真	越僧怀一	杜　晦	吴淡醋	王　廓	燕国公高骈
杨大夫	薛　逢	蜀　民	康知晦	僧悟玄	费冠卿
紫逻任叟	朱含贞	吴善经	杨晦之	清河房建	僧契虚
卷六					
刘子南	道士王纂	桓　闿	阮　基	文广通	郭子仪
韩　滉	罗公远	萧静之	二十七仙	韦　弇	于　涛
维扬十友	张镐妻	张士平	崔　言	释玄照	胡六子

《南岳九真人传》

陈兴明	施　存	尹道全	徐灵期	陈慧度	张昙要
张始珍	王灵舆	邓郁之			

《江淮异人录》

司马郊	钱处士	聂师道	于　大	李梦符	刘同圭
耿先生	潘　宸	润州处士	洪州将校	史公镐	江处士
李　胜	建康贫者	陈允升	陈　曙	张训妻	董绍颜
魏王军士	沈　汾	虔州少年	闽中处士	洪州书生	椮潭渔者
瞿　童					

二、黄观福

黄观福,《集仙录》:雅州百丈县民家女,幼好清净,食柏叶,饮水,不嗜五谷。既笄,将嫁之。忽谓父母曰:"门前水中有异物。"女常时多与父母说奇事,往往验。因随往看之,水果汹涌。乃自投水,漉之,得一枯木天尊象,貌与女无异。其母忆念不已。忽与女三人下其庭中,曰:"女本上清仙人也,有小过谪人间,年限既毕,复归天上,无致忧念也。今年此地疾疫,死者甚多,以金遗父母,移家益州,以避凶岁,即留金数饼而去。"父母如其言,其岁疫毒黎雅尤甚。十丧三四,唐麟德年也。今人俗呼为黄冠佛,盖讹。以黄观福为黄冠佛。《通志》云:旧志入宋代列女误。

——(清)赵怡、赵懿撰:《名山县志》卷十四,
清光绪二十二年刻本

《集仙录》云:黄观福者,雅州百丈县民之女也。自幼不食荤血,好清净。家贫无香,取柏子焚之。每凝然静坐,经日不以为倦。或食柏叶,饮水自给,不嗜五谷。既笄,父母欲嫁之,忽谓父母曰:"门首水中极有异物。"随往看水,果汹涌不息,乃自投水中,良久不出。父母捞摝,得一木像天尊,古昔所制,金彩已驳,状貌与女无异,水即澄清,无复他物。便以木像置于路侧,号泣惊异而归。其母时来视之,忆念不已。忽有彩云仙乐导卫,观福与女伴三人下其庭中,谓父母曰:"女本上清仙人也,有小过谪在人间,年限既毕,复归上天,无至忧念。同来三人,一是玉皇侍女,一是大帝侍晨女,一是上清侍女也。今年此地疾疫,死者甚多,幸移家益州,以避凶岁。"即留金数饼,升天而去。父母如其言,移之蜀郡。其岁疫毒,雅地尤甚。十丧三四,即麟德之年

矣。今俗呼为黄冠佛盖，以不识天尊像①，仍是相传语讹，以黄观福为黄冠佛也。

——（明）曹学佺撰，杨世文点校：《蜀中广记》，
上海古籍出版社，2020年，第796页

三、黄魔神

咸通末岁，今翰林舍人兰陵萧公遘自右史审黔南。秋八月二十七日，溯三峡，次秭归。时蜀水方涨，横涛蔽目，公积悸而寝，梦神人赤发碧眸，且云险不足惧。公异之，再寐，又梦，公诘其所自，则曰："我黄魔神也，居紫极宫之西北隅，将祐助明公出于北境。"公曰："吾斥去荒徼，危殆未已，神能惠祐之，或以朝夕期，幸与吾俱游息，吾不敢忘！"亟言之，神许诺。自是抵于黔，又迁于罗，每陟险艰，神恍如在。泊公迁于朝，神梦告归，公曰："将设庙列塑于宫之傍。"丁酉岁，公从弟炕自沣阳尹亚西蜀，路出祠下，以囊金致公意，谓前制不专，请别修敬。太守清河公承命感异，亲营之。心匠既陈，层轩以新，神乐来斯，灵仪蹲蹲。按《灵宝经》，南方有大魔，其中央曰黄天魔王，横天担力，谓能力扶昊苍，周覆万有。天其或者以公有弘济之业，将扶危定倾，作镇天步，俾黄魔降鉴，为公之兆朕乎？噫！天为功，必藉于大贤，神之灵固辅于有德，是必有鸿猷盛绩，萃于公之身，未可知也。循以学官谪秭归，奉太守命，弗敢让集记。乾符丁酉岁仲春九日，司户参军袁循记。按黄魔神，即云华夫人之使也，故得附见。

——（明）曹学佺撰，杨世文点校：《蜀中广记》，
上海古籍出版社，2020年，第803页

---

① "今俗呼为黄冠佛盖，以不识天尊像"，"盖"字处不当点断，如："今俗呼为黄冠佛，盖以不识天尊像"，更符合文义。

四、广陵茶姥

《先天传》云：广陵茶姥者，不知姓氏、乡里，常如六七十岁人，而轻健有力，耳聪目明，头发鬒黑。晋东渡后，耆旧犹见之，殆百余年而颜不改。每持一器茗往市鬻之，市人争买，且至暮而器中茗不竭。州吏以犯禁系之狱，姥乃挈其鬻茗器自牖中飞去。按：姥，蜀人也。傅咸为司隶，下教云：闻南市有蜀妪作茶鬻卖，而廉事打破其器具。又云：卖饼于市，而禁鬻茶于蜀姥，何哉？

———（明）曹学佺撰，杨世文点校：《蜀中广记》，

上海古籍出版社，2020年，第773页

五、柳实、元彻

元和中，有柳实、元彻者，居于衡岳，二公具有从。父为官浙右，为理庶人，连累各窜于欢爱之州。二公共结行迈，而往省焉。至于廉州，白浦县登州，而欲越海，将抵交址。舣舟合浦岸，夜有村人缛神，箫鼓喧哗，舟人与二公侯使咸往观焉。夜将半，俄飚风起，断缆飘于大海，莫之所适，俄抵孤岛而风止，二公愁沮而陟焉。见玉天尊像，莹然于案。所有金炉香烬，而别无一物。二公周览，次忽睹东海上有巨兽，出首四顾，若有俯听。良久，乃没去。逡巡有紫云自海而涌出，蔓衍数百步，有五色芙蕖，高百余尺。叶叶而绽，内有帐幄，若绮绣杂错，耀夺人目。见虹桥忽展，直抵于岛上。俄有双鬟侍，如捧玉盒，持金炉似莲花，而至于天尊所易。其残烬炷以异香。二公见双鬟，叩头再拜，辞理哀酸，求反人世，双鬟不答。二子请益良久，女曰：子何人而致此？二子以事告女曰：少顷，有玉虚尊师，当降此岛与南溟夫人会约。子坚请之，将有所遂。言讫，有道士乘白鹿，驭彩霞直降于岛上。二子拜而泣告，天师悯之。曰：子随此女而谒南溟夫人，当有归期，无虑。尊师语双鬟曰：予

暂修真毕，当诣彼二子，受教至帐前。行拜谒之礼，见女子未笄，衣五色文章。二子告以姓字。夫人哂之曰：昔时天台有刘晨，今有柳实；昔有阮肇，今有元彻。莫非天也，设二榻而坐。俄顷，尊师至，夫人迎拜，遂还坐。有仙娥数辈奏以笙竽箫笛。傍引鸾凤雅合节奏。二子恍若梦于天钧，则人世罕闻见也。遂命飞觞，忽有玄鹤衔彩笺自空而下。曰：安期先生知师尊赴南溟会，暂请枉驾，尊师读之谓玄鹤曰：寻当至彼。尊师语夫人曰：与安期先生闲阔千载，不值南游，无因访话夫人，促侍女进馔，玉器光洁与夫人对食，而二子不得飡。尊师曰：二客未合飡，然为致人间之食而食之。夫人曰：然则进馔乃人间常味也。尊师食毕，怀出丹篆一卷，而授夫人。夫人拜而捧之，遂告回，谓二子曰：子有道骨，归不难。然邂逅相遇，合有灵药相贶。但子宿分自有师，吾不合为子师尔。二子拜尊师遂去。夫人命侍女曰：可送二客去。曰：所乘者何？侍女曰：有百花桥可驭。二子感谢，拜别夫人，赠以玉壶一枚，高尺余。夫人命笔题玉壶诗，云：来从一叶舟中来，去向百花桥上去。若到人间扣玉壶，鸳鸯自解分明语。俄有桥长数百步，栏槛之上皆有异花。二子于花间潜窥，见千龙万虬，递相缴绕为桥柱石。有使者曰：吾不当为使，而送子，盖有深意。欲奉托强为此行襟带间一盒子。盒子中有物，隐隐然如蜘蛛形状。谓二子曰：吾辈水仙也，水仙则阴也，而无男子。吾昔道遇番禺少年情之至，则有子未三岁，合弃之。夫人命与南岳神为子，其来久矣。中间南岳回雁峰，使者有事于水府，回日凭寄吾子所弄玉环，往而使者隐之，吾颇为恨。二君子为持此盒子，到回雁峰下，访使者庙，而投之，当有异变。傥得玉环为送吾子。吾子亦当有报效尔，慎勿启之。二子受之谓使者曰：夫人诗云，若到人间，扣玉壶鸳鸯自解，分明语何也？曰：子归有事，但扣玉壶，当有禽而应之，事无不从意。又曰：玉虚尊师云：吾辈自有师，师复是谁？曰：南岳太极先生。尔当自遇之，遂与使者别桥之已尽，达昔日合浦维舟处。回视之，无桥矣。二子询时代，已十年也。欢爱二州亲属殂矣。二子惆怅问道，将归衡山，中途因以手扣玉壶，遂有鸳鸯语曰：当饮食前行自遇。俄顷，道左有盂肴馔罗列。二子食而饱数日，寻即达家。昔日童稚已弱冠，然二子妻各谢世已三日。家人辈悲喜不自胜。人云：郎君巴没大海，服阕已九秋也。二子似厌世体已，清虚观妻之丧，不甚悲戚。因相共抵回雁峰下，访使者庙，以盒子投之。倏有黑龙，长数丈，激风喷雹，折木拔屋，霹雳一声，庙宇立碎。二子战栗不敢熟视。空中乃有掷玉环者。二子取之而送于南岳庙，及归有黄衣少年，持二金盒子，各到二子家。曰：郎君持此药。曰：反魂膏。而报二君子家有毙者，虽一甲子犹可涂项而活，受之而少年忽不见。二子遂以活妻。后共寻云水，访太极先生。而曾无影响。闷然而归，因雪见老叟负薪而卖。二子哀老年而寒，饮之以酒。睹薪檐上有刻太极字，乃疑异之。礼为师，持玉壶以告之。叟曰：吾贮玉液者，此壶也。往来数久，甚喜。遂拉二子同上祝融峰，更不出，疑自此皆得道也。

　　——（宋）陈田夫：《南岳总胜集》卷集下，清光绪三十二年刻本

六、鲁妙典

　　鲁妙典，《集仙录》云："九疑女冠也。生即颖慧高洁，不食荤腥，谓母曰：'人之上寿，不过一百二十年，哀乐相半。况女子之身，岂可复埋没真性，混于凡俗乎？'有麓床道士过之，授以《大洞黄庭经》。入九疑山岩栖，屡有魔试，而正介不挠。积十余年，有神人语之，曰：'此山大舜所理，天地之统司，九州之宗主也。古有道之士，作三麓床，可以栖庇风雨，而宅形念真。'又十年，真仙授以灵药，仙去。"

　　——（清）曾钰：《宁远县志》卷十"仙释"，清嘉庆十七年刻本

七、王妙想

　　王妙想，《神仙录》云："苍梧女道也。辟谷服气，居黄庭观，巽水

之旁。日竭精诚想念丹府。岁余，常闻音乐在半空，久之散去。又岁余，忽有灵香郁烈，祥云满庭，天乐之音振动林壑，光烛坛殿，空中作金碧之色，千乘万骑悬空而下。有一羽衣宝冠剑佩升殿而坐，群仙拥从。妙想往谒大仙谓之，曰：'吾乃帝有虞氏耳。因教以修道之要，授以驻景灵丹。'后妙想白日升天去。"

————（清）曾钰：《宁远县志》卷十"仙释"，清嘉庆十七年刻本

八、李筌（《黄帝阴符经疏序》）

少室山达观子李筌，好神仙之道。常历名山，博采方术，至嵩山虎口岩石壁中，得阴符本绢素书，朱漆轴以绛缯缄之。封云："魏真君二年七月七日，上清道士寇谦之，藏诸名山，用传同好。"其本糜烂，应手灰灭。筌略抄记，虽诵在口，竟不能晓其义理。因入秦，至骊山下，逢一老母，鬐髻当顶，余发倒垂，弊衣扶杖，路傍见遗火烧树。自语曰："火生于木，祸发必克。"筌惊而问之，曰："此是《黄帝阴符》上文，母何得而言？"母曰："吾受此符，三元六甲周甲子矣。（谨按《太一遁甲经》云：一元六十岁，行一甲子，三元行一百八十岁，三甲子为一周，六周积算一千八十岁）年少从何而知？筌稽首再拜，具告得处。母笑曰："年少颧颊贯于生门，命轮齐于月角，血脑未减，心影不偏，性贤而好法，神勇而乐智，是吾弟子也。然五十六年当有大厄。"因出丹书符，冠杖端刺筌，口令跪而吞之。曰："天地相保。"乃坐树下，说阴符玄义。言竟，戒筌曰："黄帝阴符三百言，百言演道，百言演法，百言演术。参演其三混而为一。圣贤智愚，各量其分得而学之矣。"上有神仙抱一之道，中有富国安人之法，下有强兵战胜之术。圣人学之得其道，贤人学之得其法，智人学之得其术，小人学之受其殃，识分不同也。内出于天机，外合于人事。若巨海之朝，百谷止水之含。万象其机张包宇宙，括九夷，不足以为大。其机弥隐，微尘纳芥子，不足以为小；观其精微，

黄庭八景，不足以为学；察其至要，经传子史，不足以为文；任其巧智，孙吴韩白不足以为奇。是以动植之性，成败之数，死生之理，无非机者。一名黄帝天机之书。九窍四肢不具悭贪愚痴，风癫狂班者并不得闻。如传同好，必清斋三日，不择卑幼。但有本者，为师不得以富贵为重，贫贱为轻。违者夺二十纪。《河图》《洛书》云："黄帝曰：圣人生天帝赐算三万六千七百二十纪，主一岁若有过，司命辄夺算。算尽夺纪，纪尽则身死。有功德，司命辄与算，算得与纪，纪得则身不死，长生矣。每年七月七日写一卷，藏诸名山岩石间，得算一千二百。本命日诵七遍，令人多智慧，益心机，去邪魅，销灾害，出三尸，下九虫。所以圣人藏之金匮，不妄传也。"母语毕，日已晡矣。曰："吾有麦饭相与为食。因袖中出以瓠，令筌取水。筌往谷中盛水，其瓠忽重，可百余斤。力不能制，便沉于泉。随觅不得，久而却来，已失母所在。唯留麦饭一升。筌悲泣号诉，至夕不复见。筌乃食麦饭而归。渐觉不饥，至今能数日不食，亦能一日数食，气力自倍。筌所注《阴符》，并依骊山母所说，非筌自能。后来同好敬尔天机，无妄传也。

——《道藏》第2册，文物出版社、上海书店、

天津古籍出版社，1988年，第736页

九、毛女

毛女，字玉姜，在华阴山中，猎师往往见之。形体生毛，自言秦始皇宫人也。秦亡，入山避难，遇道士谷春，教食松叶。遂不饥寒，身轻如飞，百七十余年。所止岩中，有鼓琴声云。

——（清）姚远熹撰：《华岳志》卷六"仙真"，

清乾隆二十七年刻本

（明）张守乾《北斗坪诗》："三峰高接天，一峰临北斗。毛女不可

寻，白云迷洞口。"

（清）桑调元诗："拂晓一岩青，参差挂北斗。瑶坛毛女跪，秋苔扶寸厚。肥菌儿臂滑，瘦石鬼面丑。云穿古洞深，天逼危梯陡。独立空翠间，孤松与吾偶。商颜接中条，寒烟点培塿。"

毛女峰、毛女洞。《雍胜略》："秦时宫人，字玉姜。入山隐此峰上，食柏饮水，体生绿毛，人常见之。有毛女洞，至今洞中犹闻鼓琴之声。"

（唐）陆畅《毛女峰诗》："我种东峰千叶莲，此峰毛女始求仙。今朝暗算当时事，已是人间七万年。"

（清）王世正《毛女洞诗》："毛女负琴去，倏然松杪飞。青冥风露冷，彷彿见天衣。"

（清）王含光诗："阴洞寥寥北斗西，相传秦女抱云栖。乍抛金屋投穹壑，习服黄精过别溪。杳袅烟姿随鹤化，阑珊花泪付猿啼。山中甲子凭青草，飘瞥咸京树影迷。"

（清）朱枫诗："藤萝垂修条，苍翠摇疏林。毛女久飞去，古洞还重寻。碧枕苔罕蚀，那复纤尘侵。似怜垂白游，彷彿斗鸣琴。岩穴敞云构，回风吹我襟。飘飘望松林，潇洒餐松心。"

（清）桑调元诗："瀑泉落幽硐，松风回远林。耳根萧然净，如听玉姜琴。洞门人迹断，秋苔蔽重岑，女中有逸士，山高水何深。"

——（清）姚远矗撰：《华岳志》卷一"名胜"，

清乾隆二十七年刻本

十、程太虚诗

蘸月井

银蟾蘸影碧泉中，万里云收湛太空。

直到清虚无一物，水晶宫映广寒宫。

231

漱玉井

瀑布横飞翠壁间，微音入耳送清寒。

冷然一曲非凡响，万颗明珠落玉盘。

驭仙峰

山在虚无缥缈间，传闻峰顶驭真仙。

三竿红日云峨里，一枕清风华岳巅。

囊里胡麻堪驻景，炉中妙药可延年。

更无若水三千里，便有蓬莱在眼前。

宿鹤峰

鹤峰岑寂隐相依，顶戴砾砂白羽衣。

夜见千堆寒雪积，暗含数点白云飞。

孤山隐去林和靖，华表归来丁令威。

骑上扬州吾不愿，芝田有食养天机。

步虚峰

试说南岷第一峰，步虚峰上势凌空。

等闲翘足乘风驭，便可腾身到月宫。

缑岭上升王子晋，罗浮飞过葛仙翁。

我今欲把三尸脱，归去蓬莱天界中。

洞阳峰

南岷胜概厌诸方，东壁奇峰出洞阳。

尺五日轮才晃耀，大千世界便辉光。

扶开华岳烟云渺，显得蓬莱日月长。

世道废兴原有数，浮沉聚散亦何伤。

醮坛峰

苍松老桧拥华坛，鹤唳猿啼白昼间。

烟篆香残凌汉表，风飘仙乐响山间。

高烧泰华金莲炬，齐到黄冈玉笋班。

独步苍苔寻故址，恍然咫尺觐天颜。

伏龙峰

卓立南岷碧汉中，彩云祥瑞伏龙峰。

盘旋宇宙峥嵘势，鼓舞风雷变化踪。

泉吐香涎通小窍，烟笼苍角挺乔松。

朝云暮雨阳台下，不数巫山十二重。

丹霞峰

登高放眼亦宽赊，五色祥云晤彩霞。

才接晴虹撑碧汉，旋移旭日照天涯。

枫头带赤飘晨鹤，林表翻红闪暮鸦。

一抹深深知几许，碧桃枝上有仙家。

磨剑井

源泉岩溜漾清波，淬出光铓利太阿。

桥下斩蛟余事耳，断除天下几妖魔。

清心井

飞泉触石玉丁当，中隐神龙岁月长。

多少人间烦苦事，只消一滴便清凉。

濯印井

一脉灵泉天地通，金章玉篆洗磨中。

水清不爱人妆点，印色何曾染得红。

——摘自（清）高培毅撰：《西充县志》卷一三，清光绪二年刻本

十一、缑仙姑

（宋）缑仙姑，长沙人，初入衡山，修道年八十余，孑然无侣。居傍南岳卫夫人仙坛。忽一青鸟飞来，自言夫人使，为姑伴。每有登山者，必预言其姓名。一日，言今夕有暴客至，姑勿怖，□夜果有群僧持

杜挺来，姑在床上，僧不见而出。俱为虎伤。姑后隐九疑山，道成仙去。载《一统志》。

——（清）曾钰：《宁远县志》卷十"仙释"，清嘉庆十七年刻本

缑仙姑，长沙人，入道居行山，年八十余，容色甚少。于魏夫人仙坛精修香火，十余年，孑然无侣。坛侧多虎，游者须结伴执器而入。姑隐真其间，曾无见畏，数年后有一青鸟，如鸠鸽，红顶长尾。飞来所居，自语云：我南岳夫人使也，以姑修道精苦，独栖穷林，命我为伴。他日又言，王母姓缑氏，乃姑之祖也。闻姑修道勤至，将有真官降而授道。但时未至耳，宜勉于修励也。每有人游山，必青鸟预说其姓字。又曰：河南缑氏乃王母修道之故山也。又一日，青鸟飞来曰：今夕有暴，无害，勿以为怖也。其夕，果有十余僧来毁魏夫人仙坛，乃一巨石方可丈余，其下尖浮，寄他石上。每二人推之，则摇动，人多则矻然而住。是夜群僧持火挺刃，将害仙姑。入其室，姑在床上，而僧不见。僧既出门，即推坏仙坛，轰然有声。山振谷裂，谓已颠坠矣。而终不能动，相率奔去。及明，有至远村者，十人分散，九僧为虎所杀，其一不共推故免。岁余，青鸟语姑迁居他所，因徙居湘南，鸟而随之。而他人未尝会其语。郑畋自承旨学士，左迁梧州，师事于姑。谓畋曰：此后四海多难，不可久居。吾将隐九疑矣。一日，遂去。出《墉城集》。

——（宋）陈田夫撰：《南岳总胜集》卷集上，清光绪三十二年刻本

后　记

经常翻阅古籍的我，时常会遇到古籍缺失的文字。通常我们都会以"□"去代表这个曾经存在但现在已经无法知晓的文字。一篇文章里缺失几个字，就会有几个"□"。缺失的文字不多时，我们还可以理解文意。但如果一篇文章有太多的"□"，我们就很难读出作者的原意了，其他仅存的文字也会因为失去了依靠，显得孤立无援，而变得文理不通。

那些倒在时间长河里的"□"，再也不会回到它们应该存在的位置上，它们曾经的存在"状态"，统一被标注为"□"。在过去的三年里，我们可能或多或少地都遭遇到了身边曾经存在而现在已经不在的亲朋故友。他们的生命可能也会化作一个个的"□"，而我们可能就会成为那些无依无靠的仅存的文字。虽然生命最终都将归去，但我还是希望，我们所处的时代成为一篇完整的文章，而不是一篇无法读取，全是"□"的残篇。

神话作为人类文明的源头活水，在人类面对不可知时，给予人类面对未知的勇气和顽强生活下去的力量。《墉城集仙录》中的女仙们以她们的方式，追寻着生命的真谛。或许我们以今天科学的眼光来看，会觉得有些荒诞。但她们以她们所处时代能够想到的方式，给生命以回应，积极追寻生命的超越，其精神是值得敬佩的。研究她们对生命无限的渴求和对生命的敬畏精神，今天依然具有意义。

感谢四川省社会科学院神话研究院给我这样一个机会，能够深入《墉城集仙录》了解古人对于生命意义的追寻。感谢向宝云院长发起倡导本丛书的编写；感谢苏宁女士多年来在研究工作上对我的指导；感谢周明老师一直以来的关心和支持；感谢杨骊女士的鞭策和鼓励；感谢张芷萱博士任劳任怨的细心工作！感谢本书责编邓泽玲女士专业的工作精神，方才避免了本书可能出现的错误。

就在本书完稿之时，我想祝愿我们的神话研究院越来越好，让我们有机会不断深入神话的世界，汲取营养、造福当下。

邢飞

2022 年 12 月